Ronald F. Currie jr.

Gott ist tot

Ronald F. Currie jr.

Gott ist tot

Aus dem Amerikanischen
von Sabine Roth

Goldmann Verlag

Die amerikanische Originalausgabe erschien 2007 unter dem Titel
»God Is Dead« bei Viking, New York

Die Arbeit der Übersetzerin an diesem Buch wurde durch
ein Stipendium des Deutschen Übersetzerfonds e.V. gefördert

FSC
Mix
Produktgruppe aus vorbildlich
bewirtschafteten Wäldern und
anderen kontrollierten Herkünften

Zert.-Nr. SGS-COC-1940
www.fsc.org
© 1996 Forest Stewardship Council

Verlagsgruppe Random House FSC-DEU-0100
Das für dieses Buch verwendete
FSC-zertifizierte Papier *Super Snowbright*
liefert Hellefoss AS, Hokksund, Norwegen.

1. Auflage

Satz: Uhl + Massopust, Aalen
Druck und Einband: GGP Media GmbH, Pößneck
Printed in Germany
ISBN 978-3-442-31152-1

www.goldmann-verlag.de

Für meinen Vater Ron Currie sen.

Gott ist tot

Ihr Knechte, seid gehorsam euren leiblichen Herren mit Furcht und Zittern, in Einfalt eures Herzens, als dem Herrn Christus.

Epheser 6,5

Als junge Dinka-Frau verkleidet, erreichte Gott gegen Abend ein Flüchtlingslager im Norden Darfurs. Er trug ein dünnes grünes Baumwollkleid, abgetretene Ledersandalen, Creolen an den Ohren und einen Strang schwarzer und weißer Holzperlen um den Hals. Über der Schulter hing ihm ein Stoffsack, in dem ein Kleid zum Wechseln, ein Beutel Hirse und ein Plastikbecher steckten. In seiner rechten Wade klaffte eine Wunde, eine böse, schwärende Scharte im Fleisch, an der sich Trauben zuckender Maden gütlich taten. Die Wunde erfüllte einen doppelten Zweck. Erstens passte er damit besser zu den anderen im Lager, von denen viele durch Machetenhiebe der Dschandschawid-Milizen verletzt worden waren. Und zweitens half der starke, brennende Schmerz ein wenig, seine Schuldgefühle wegen der Flüchtlingsmisere zu lindern, der er dank einer unbarmherzigen polytheistischen Bürokratie ohnmächtig gegenüberstand.

Oder zumindest beinahe. Immerhin hatte Gott den Sack mit der Hirse, und der Sack mit der Hirse war unerschöpflich, so dass er mit vollen Händen von dem süßen Korn herschenken konnte. Seit Wochen zog er schon so herum – folgte dem Pfad des Flusses Lol durch versengtes Grasland, teilte Hirse aus und fragte alle, ob sie wohl einen Jungen namens Thomas Mawien kannten. Die meisten verneinten. Einige, dankbar für die Stärkung und bestrebt, sich zu revanchieren, logen und wollten den Jungen gerade gestern noch gesehen haben, unterwegs Richtung Norden, fort aus der Kampfzone, oder auch nach Südosten, und wenn Gott ihren Hinweisen folgte, verlor er den Fluss aus den Augen und verlief sich heillos. Er wanderte in großen Kreisen; oft kam er am selben Felsblock oder derselben Baumgruppe Tage später wieder vorbei. Von der Hirse gönnte er sich nichts, er aß Blätter, Abukwurzeln und einmal auch Überreste eines Straußenkadavers, die von den Menschen und von den Hyänen verschmäht worden waren.

Er litt unter der Sonne, die er geschaffen hatte. Entkräftet von Hitze und Cholera brach er in einem Feld dürrer gelber Gräser zusammen. Sein Kleid rutschte in unzüchtige Höhen, aber die Austrocknung lähmte ihn so, dass er den Saum nicht herunterziehen konnte, und als sich zwei Wildhunde näherten und in weiten, hungrigen Kreisen um ihn herumzuschleichen begannen, war er zu schwach, sie zu verscheuchen.

Erlösung kam in Gestalt der Dschandschawid. Die Hunde hörten sie schon von fern und nahmen Reißaus, aber Gott, noch immer wie gelähmt, konnte nur im Gras liegen und lauschen, während die Front aus Pferden und Landrovern herandonnerte wie eine riesige, entsetzliche Maschine, die alle Lebewesen vor sich hertrieb und den Boden erzittern ließ. Die Dschandschawid retteten ihn vor den Hunden, und seine Schwäche rettete ihn vor den Dschandschawid; wäre er in der Lage gewesen, aufzustehen und zu fliehen, hätten sie ihn mit Leichtigkeit eingefangen, und da sie in ihm nicht den Schöpfer des Universums gesehen hätten, sondern nur eine schlanke Dinka mit langem, anmutigem Hals und mandelförmigen Augen, hätten sie ihn so lange und so oft vergewaltigt, bis es ihn umgebracht hätte.

Doch Gott blieb versteckt, während die Dschandschawid rechts und links an ihm vorbeijagten. Vögel stoben himmelwärts; Nagetiere flüchteten in ihre Baue. Selbst die Moskitos und Zikaden suchten das Weite. Durch das Getöse von Dieselmotoren und galoppierenden Pferden peitschten Gewehrschüsse. Ein Huf, rissig und mit schadhaftem Eisen, schlug nur Zentimeter von Gottes Kopf auf. Noch immer war er zu keinem Laut, keiner Bewegung fähig.

Und dann, so urplötzlich wie sie gekommen waren, waren die Dschandschawid wieder verschwunden, und das Schweigen, das eintrat, war so absolut, dass es selbst Gott schwerfiel, seinen Ohren zu trauen.

Als er zu sich kam, war es hell, und er stellte fest, dass er die Glieder wieder regen konnte, wenn auch nur langsam und unter Mühen. Er stand auf und folgte den Spuren der Dschandschawid, der Schneise aus niedergetrampeltem Gras, verbrannten Hütten und Kadavern jedweder Art, die geradewegs nach Norden führte, und als er ans Ufer des Lol zurückkam, warf er sich in das seichte Wasser, trank gierig, schmeckte Dreck und Kot und scherte sich nicht darum.

Spät am selben Nachmittag kam Gott über einen furchigen Lehmpfad ins Flüchtlingslager und näherte sich den einzigen Menschen in Sichtweite, zwei alten Leuten, die unter einem Tamarindenbaum auf der Erde hockten. Um sie herum erstreckte sich das leere Camp: Grüppchen windschiefer Hütten, erbaut aus Stroh und zerschlissenen Plastikplanen.

»*Kudual*«, begrüßte Gott die beiden Alten. »Seid ihr hungrig? Ihr seht hungrig aus.«

Der Mann schlief im Sitzen, vornübergebeugt, die nackten Beine unter sich geknickt wie zerbrochene Stecken. Die Frau hob langsam den Blick und nickte. Gott bot ihr von der unerschöpflichen Hirse an. Mit einer Hand, die so schwarz und verschrumpelt war wie ein Streifen Dörrfleisch, langte sie in den Sack und nahm sich ein wenig, drückte das Korn dann mit beiden Händen an ihre Brust, nickte bescheiden und murmelte dazu Worte des Danks.

»Nimm noch mehr«, sagte Gott. »Bitte. Es ist genug da.«

Ohne Umstände gehorchte die alte Frau. Sie häufelte die Hirse neben sich auf dem Boden auf, griff nach Gottes Hand (die er ihr, beschämt und gepeinigt von seiner Unfähigkeit, ihrem Elend abzuhelfen, zu entziehen versuchte) und küsste sie, ehe sie ihren Mann mit einem derben Stoß mit dem knochigen Ellenbogen weckte.

»Los, such uns Holz und Wasser zum Kochen«, befahl sie. »Wir haben zu essen.«

Mit der Bedächtigkeit dessen, den die Erfahrung gelehrt hat, seinem Glück nicht ohne Weiteres zu trauen, faltete der alte Mann sich auseinander und stand auf. Gott sah ihm nach, wie er durch das leere Camp davonschlurfte.

»Dieser Mann hat einmal fünfhundert Rinder besessen«, sagte die Frau. »Und schau ihn dir jetzt an.«

»Alte Frau, darf ich dich fragen«, sagte Gott, »ob du einen Jungen kennst, der Thomas Mawien heißt? Fünfzehn Jahre alt, aber ziemlich groß? Die Dschandschawid haben ihn vor vielen Jahren als Sklaven genommen. Aber er ist ihnen entwischt.«

»Ich kenne ihn nicht«, erwiderte die Frau. »Aber deshalb kann er trotzdem hier sein.«

»Hier ist gar niemand, so wie es aussieht«, sagte Gott. »Haben die Dschandschawid das Lager überfallen?«

Die Frau entblößte viel rotes Zahnfleisch ohne Zähne. »Nein, heute nicht«, lachte sie. »Heute ist der große Mann hier, da sind wir sicher.«

»Was für ein Mann?«

»Der *ajak*, der Dicke. Fett und bleich wie eine Mango. Der ist aus Amerika zu Besuch. Wo immer das sein soll. Geht herum, lächelt, schüttelt Hände.«

Aus Amerika. Damit wusste Gott, wer dieser *ajak* war und wie er ihm vielleicht dabei behilflich sein konnte, Thomas zu finden.

Die Frau fuhr fort: »Morgen fährt er wieder heim« – sie hob langsam die Hand in die Höhe, um ein startendes Flugzeug anzudeuten – »und die Dschandschawid kommen zurück.«

»Wo ist er jetzt?«, fragte Gott.

»Drüben auf der Westseite«, sagte die Frau. »Deshalb siehst du hier niemand. Sie laufen alle hinter ihm her wie die Blöden und singen und tanzen herum.«

Colin Powell in seinem vollklimatisierten Chevrolet Suburban konnte die zornige Sonne nichts anhaben. Er hatte den Kopf gesenkt und sprach mit gedämpfter Stimme in ein Satellitentelefon. Auf dem Ledersitz ihm gegenüber saß ein ranghoher Beamter des Außenministeriums, Powells Ralph-Lauren-Leinenjackett auf dem Schoß. Draußen bildete der Secret Service einen engen Kordon um den Wagen. Alle Agenten trugen schwarze Stiefel, khakifarbene Hosen und Westen, verspiegelte Sonnenbrillen und dazu Schenkelhalfter mit SIG-Sauer-P229-Pistolen, alle hielten sie eine Heckler & Koch-MP5 im Anschlag. Solcherart angetan, spähten sie hinaus auf die singende, heulende Menge der Dinka-Flüchtlinge, tauschten über winzige Ohrstöpsel Informationen und gelegentlich ein knappes Kommando aus und demonstrierten trotz 35 Grad im Schatten eine roboterhafte, transpirationsfreie Führungspräsenz.

Mit einem Fluch schaltete Powell das Telefon aus. »Verraten Sie mir eins«, sagte er zu dem Beamten. »Warum bekomme ich jedes verdammte Mal die armseligsten Aushilfs-Knallchargen im ganzen Weißen Haus an die Strippe? Warum habe ich in fast vier Jahren ganze *drei* Mal mit diesem Proleten-Arschloch selber gesprochen? Und zweimal davon bei der Scheiß-*Weihnachts*feier?«

»Keine Ahnung, Sir«, sagte der Beamte. »Wegen diesem Fauxpas vielleicht, den Sie sich im Februar in der *Washington Post* geleistet haben? Aber hören Sie, wir sollten unsere Stichworte für die Pressekonferenz heute Abend durchgehen…«

»Ich kann Ihnen ganz genau sagen, warum«, sagte Powell. »Weil ich schwarz bin.«

»Also, ich weiß nicht, Sir«, sagte der Beamte, verunsichert.

»Deshalb bin ich ja überhaupt nur im Amt«, fuhr Powell fort. »Weil ich schwarz bin. Pervers, hmm? Ich habe den Job, weil ich schwarz bin, und mein Boss redet nicht mit mir, weil ich schwarz bin.«

»Wenn ich offen sprechen darf, Sir«, sagte der Beamte, »ich bin mir nicht sicher, ob ich Sie nun unbedingt als *schwarz* bezeichnen würde.«

Powell durchbohrte ihn mit einem Blick, den er von Samuel Jackson abgeschaut und nach unzähligen Stunden vor dem Videorecorder inzwischen perfekt draufhatte. »Ach ja?«, sagte er.

Der Beamte, dem zu spät klar wurde, in was für einen Fettnapf er da hineingetreten war, versuchte zurückzurudern. »Na ja, ich meine, ethnologisch gesehen sind Sie selbstredend schwarz, Sir. Gar keine Frage. Ich dachte eher an Ihre *Erscheinung*, diesen angenehmen, unbedrohlichen Ascheton, der…«

»Ich bin kohlrabenschwarz, Sie Wichser!« Mit großer Geste zeigte Powell auf die Scharen der Dinka, die den Suburban umdrängten. »Diese Leute da draußen«, sagte er, »sind meine Brüder und Schwestern. Meine *Familie*.«

»Aber natürlich«, sagte der Beamte. »Entschuldigung, Sir.«

»Entschuldigung angenommen. Volltrottel.«

»Wenn ich jetzt vielleicht auf die Schlüsselwörter für heute Abend zurückkommen dürfte, Sir.«

»Schießen Sie los.«

»Gut, also, Thema der Pressekonferenz ist die sudanesische Regierung und unsere Haltung zu ihr. Schlüsselwörter hinsichtlich der humanitären Situation hier sind unter anderem, aber nicht ausschließlich: ›Konsequenz‹, ›Forderung‹, ›feste Hand‹, ›die Dschandschawid in den Griff bekommen‹, ›angemessen reagieren‹ und ›Lösung‹.«

»Verstanden«, sagte Powell.

»Schlüsselwörter hinsichtlich der sudanesischen Regierung sind unter anderem, aber nicht ausschließlich: ›ausweichen‹, ›ableugnen‹, ›Verantwortung‹, ›Militarismus‹, ›Rassismus‹ und – das ist Ihr Pik-Ass im Ärmel, Sir – ›konterkarieren‹.«

»Was zum Henker heißt das denn?«

»Durchkreuzen, hintertreiben. Gibt dem ›Ausweichen‹ und ›Ableugnen‹ einen zusätzlichen Dreh. Glauben Sie mir, Sir, damit bringen Sie den Saal zum Rasen.«

»Sie müssen's ja wissen«, sagte Powell. »Okay, ich stell mich also hin und zieh die Samtpfötchen-Show ab. Geb den Cowboy mit Herz, dem das Ganze nicht am Arsch vorbeigeht.«

Draußen erhob sich plötzlich ein Tumult. Powell blickte auf und sah zwei Leibwächter auf die schönste junge Schwarze zuhechten, die ihm je unter die Augen gekommen war. Die

Männer versuchten mit vereinten Kräften, die Frau von dem Suburban abzudrängen. Einer zerrte an dem grünen Stoff ihres Kleides, während der andere sie im Würgegriff hielt und dabei sehr korrekt die Aufforderung an sie ergehen ließ, Vernunft anzunehmen und sich geschlagen zu geben. Die Frau rief Powell durch das spiegelnde, kugelsichere, bombenfeste Glas der Scheibe etwas zu. Ein dritter Agent, seine Pistole gezückt und auf den Kopf der Frau gerichtet, stürzte sich ebenfalls ins Getümmel.

Powell stieß die Tür des Suburban auf. Trockene Hitze traf ihn wie eine Keule. »Seid ihr Kerle noch zu retten?«, schrie er. »Lasst sie los!«

Der Agent, der sie würgte, lockerte seinen Griff. »Sie hat sich dem Fahrzeug genähert, Sir«, sagte er.

Mit einer wütenden Handbewegung beorderte Powell den Mann zu sich herüber. »Vielleicht sind Ihnen die hundert oder mehr Kameras hier entgangen«, zischte er durch zusammengebissene Zähne. »Vielleicht ist Ihnen außerdem entgangen, dass die Frau verletzt ist. Vielleicht ist Ihnen zu allem Überfluss auch noch entgangen, dass sie ein lupenreines, akzentfreies Englisch spricht – was doch ein *klein* wenig seltsam erscheint in so einer Gegend, finden Sie nicht, Sie Flachwichser?«

»Doch, Sir, ich denke schon.«

»Dann nehmen Sie die Pfoten weg, und lassen Sie sie reden!«

Der Agent drehte sich um und machte seinen Kollegen ein Zeichen, worauf diese zur Seite traten. Die Frau hob ihren heruntergefallenen Stoffbeutel aus dem Staub auf, zog sich ihr Kleid zurecht und trat näher.

Powell lächelte sie an. »Womit kann ich dienen, Sugar?«

»Mr. Secretary«, sagte die Frau, deren große Augen von Tränen schwammen, »ich brauche Ihre Hilfe.«

»Wir dringen auf ein Ende des *Militarismus*«, sagte Powell. »Wir dringen darauf, dass die Regierung *die Dschandschawid-Milizen in den Griff bekommt* und zerschlägt, damit die Menschen gefahrlos die Flüchtlingslager verlassen und in ihre Dörfer zurückkehren können.«

In dem großen Segeltuchzelt, das für die Pressekonferenz aufgestellt worden war, mitten im Blickfeld der Kameras, saß Gott zur Rechten Powells. Links von Powell bemühte sich der sudanesische Außenminister Mustafa Osman Ismail vergeblich, ein Lächeln aufzusetzen. Ein Stück weiter, von den Kameras gerade nicht mehr erfasst, stand der hochrangige Beamte des Außenministeriums und lauschte angespannt Powells Worten.

»Ich habe Mr. Ismail mit aller *Konsequenz* klargemacht, dass dem Blutvergießen Einhalt geboten werden muss«, verkündete Powell den versammelten Reportern. »Eine *Lösung* kann nur erzielt werden, wenn die Regierung *angemessen reagiert.*«

Er wandte sich Ismail zu, der das angestrebte Lächeln des Wohlwollens und der Kooperation endlich doch in sein Gesicht zaubern konnte, indem er sich Powells Kopf auf einer Lanze aufgespießt vorstellte.

»Zu diesem Zweck, und als Beweis seines guten Willens, hat mir Mr. Ismail seine Unterstützung bei der Suche nach Thomas Mawien zugesagt, der vor einem Jahrzehnt von den Dschandschawid entführt und versklavt wurde. Seine Schwester Sora, die hier neben mir sitzt, hat uns um Hilfe dabei gebeten, ihren Bruder ausfindig zu machen, und ich habe ihr versprochen, dass ich Darfur nicht eher verlassen werde, als bis sie und Thomas wieder vereint sind. Das heißt, wir alle werden uns hier noch ein Weilchen länger aufhalten als ursprünglich geplant.«

Dem Beamten, dessen linkes Augenlid angefangen hatte zu flattern, sobald Powell von seiner Botschaft abzuschweifen begann, zuckte es mittlerweile in sämtlichen Körperteilen, so sehr drängte es ihn, zum Tisch zu stürzen und die Traube von Mikrophonen herunterzufegen.

»Während wir uns hier unterhalten, suchen Einheiten der Sudanesischen Volksbefreiungsarmee die Region nach Thomas ab. Erst wenn er heil und gesund wieder bei seiner Schwester abgeliefert wird, erst dann und nicht eher können wir überzeugt sein, dass die Regierung des Sudan nicht einfach ihre Politik des *Ausweichens* und *Ableugnens* fortsetzt; erst dann können wir sicher sein, dass sie nicht länger versucht, sich aus der *Verantwortung* zu stehlen und unsere Maßnahmen zu *konterkarieren.*

Danke«, sagte Powell und erhob sich. »Das wäre erst einmal alles.« Die Masse der Reporter erhob sich mit ihm, schreiend und mit den Händen fuchtelnd wie ein einziger, aufmerksamkeitshungriger Organismus. Der Beamte ging hastig dazwischen. »Keine Fragen«, rief er laut. »Keine Fragen!« Powell legte den Arm um Gott, behielt die Pose im Blitzlichtgewitter über mehrere Sekunden bei, bevor er sich umwandte und Ismail die Hand hinstreckte. Der betrachtete sie einen Augenblick lang, wie man ein totes Eichhörnchen oder einen frischen Hundeschiss betrachtet, nahm sie aber mit schlaffer, gehässiger Geste, als Powell seinen Samuel-Jackson-Blick auf ihn abschoss. Dann machte er, flankiert von seinen Männern, kehrt und stelzte aus dem Zelt.

Die Leute vom Secret Service begannen die Reporter in die schale Nacht hinauszutreiben, und der Beamte wandte sich zu Powell um. »Bei allem Respekt, Sir, sind Sie des Wahnsinns? Wir werden morgen in Indonesien erwartet! Sir, in Indonesien *ist* bereits morgen.«

»Indonesien läuft uns nicht weg«, sagte Powell.

»Abgesehen davon«, sagte der Beamte, »abgesehen davon, Sir, und verzeihen Sie, wenn ich hier meine Befugnisse überschreite, ist es nicht unsere Aufgabe, fremde Regierungen *herumzukommandieren*. Unsere Aufgabe ist es, sie zu *überzeugen* und *für uns zu gewinnen*.«

»Scheiß drauf«, sagte Powell. »Ich bin General, schon vergessen? Und Generäle erteilen Befehle. So wie ich Ihnen jetzt auch einen Befehl erteile: Schwirren Sie ab.«

Das Satellitentelefon des Beamten klingelte, ein scharfes, zorniges Schrillen. Hastig schlug er sich aufs Jackett, fand das Telefon und presste es mit beiden Händen ans Ohr.

»Ja?« Das Blut wich ihm aus dem Gesicht. »Ja, Sir … Sir, ich weiß auch nicht … Es kam für mich genauso überraschend wie … Ich habe keine Ahnung, warum der Minister sein Telefon ausge … Sir, lassen Sie mich … lassen Sie mich Ihnen versichern, dass ich ein treuer Diener der Regierung bin und bl … Sir, vielleicht wollen Sie ja mit ihm selber … Yessir, er steht direkt neben mir.«

Der Beamte wollte Powell das Telefon in die Hand drücken. »Der Präsident.«

Powell winkte ab. »Richten Sie's mir später aus«, sagte er.

Dem Adjutanten, der neben Mustafa Osman Ismail auf der Rückbank des Land Rover saß, war am Morgen gar nicht aufgefallen, dass die Straße vom Flüchtlingslager nach El Fasher, ihrem Quartier für die Dauer von Powells Besuch, so holprig war. Aber nun, am Abend, während sie unter der silbernen Sichel eines ganz jungen Mondes über ausgedörrte Schlammebenen rumpelten, schien die Vibration jeder Rille, jedes winzigsten Steinchens in seinem frisch gebrochenen Unterarm ums Tausendfache verstärkt.

Der junge Adjutant hatte in den wenigen Sekunden, die Ismail gebraucht hatte, um ihm kühl und geübt die rechte Speiche zu durchtrennen, gleich mehrere Lektionen gelernt.

1) Ismails berühmtes Lächeln unterschied sich durch nichts von dem Lächeln eines Haifisches.

2) Hinter Ismails schmalem Wuchs verbarg sich schier unglaubliche Körperkraft.

3) Es war unklug, Ismail anzusprechen, wenn er gerade von einem ausländischen Diplomaten gedemütigt worden war, besonders, wenn dieser Diplomat aus Amerika kam.

Schmerz bildet. Der Adjutant hatte seine Lektionen so verinnerlicht, dass er jetzt keinen Mucks von sich gab. Sosehr der Wagen auch ruckelte und bockte, so qualvoll auch die gesplitterten Knochenenden aneinanderrieben, nicht das leiseste Wimmern entfuhr ihm.

Schließlich brach Ismail selbst das unangenehme Schweigen.

»Ruf Rahman an«, befahl er dem Adjutanten. »Sag ihm, seine Leute haben bis morgen Mittag, um den Jungen zu finden.«

Der Adjutant erwog kurz zu fragen, ob er dem Befehl mit irgendeiner konkreteren Drohung nachhelfen solle, sagte sich dann aber, eigener Erfahrung eingedenk, dass dies im Zweifel nicht nötig war.

»Ja, Doktor«, sagte er gepresst.

»Wir liefern den Jungen an Powell aus«, sagte Ismail. »Er wird zufrieden sein, und er wird verschwinden. Aber in der Minute, in der die Räder seines Flugzeugs von der Startbahn abheben, lasse ich die Dschandschawid von der Leine. Und ich pfeife sie nicht eher zurück, bis nicht jeder einzelne Dinka in diesem Lager tot ist.«

»Ich habe nie an meinen Entscheidungen gezweifelt«, vertraute Colin Powell Gott an. »Nicht als Kind, nicht in Vietnam, nicht als Generalstabschef. Haufenweise Anlässe, mich zu fragen, ob ich richtig handle. Siebenundsechzig Jahre, eine Karriere wie aus dem Bilderbuch – und nie habe ich auch nur einen Schritt von mir hinterfragt. Und dann, auf dem Flug hierher, bekomme ich plötzlich einen Anruf – einen stinknormalen Telefonanruf, vielleicht drei Minuten lang –, und auf einmal bin ich mir sicher, *bomben*sicher, dass jede Entscheidung in meinem Leben bislang falsch war.«

Powell hockte im Schneidersitz auf dem Lehmboden des Konferenzzelts. Gott lag auf einer Pritsche, die Powell hatte bringen lassen, nachdem er den ranghohen Ministerialbeamten davon informiert hatte, dass sie nicht in das Hotel in El Fasher zurückkehren würden. Draußen, jenseits des Rings wachestehender Secret-Service-Agenten, hörten sie die murmelnden Stimmen der Dinka-Familien, das Zischen und Knacken von Lagerfeuern, das Seufzen des gleichmäßigen Steppenwindes.

»Außer dass ich Alma geheiratet habe«, sagte Powell. »Das war richtig. Aber abgesehen davon …«

Obwohl er sich zutiefst verantwortlich fühlte für die Umstände, die Powells Selbstvertrauen so schwer erschüttert hatten, war Gott müde, zermürbt von Schuld und von einer Blutvergiftung von der Wunde in seinem Bein, und er ertappte sich bei dem Wunsch, Powell möge den Mund halten, so dass er schlafen könnte.

Aber die Schuldgefühle obsiegten doch, und Gott fragte: »Von wem war der Anruf?«

Powell beugte sich schwerfällig vor und seufzte. »Von einer Frau namens Rita, die ich kannte, als wir beide noch Kinder waren. Ihr Bruder Keith und ich waren Freunde. Keith kam ums Leben, und ich war der einzige Mensch, der wusste, wie es passiert war. Aber ich habe es nie jemandem verraten.«

Einen Moment lang schwiegen beide.

»Rita ist jetzt in einem Pflegeheim in South Carolina. Sie hat Leberkrebs«, sagte Powell.

»Haben Sie es ihr erzählt?«, fragte Gott.

»Ja.«

»Und wie fühlen Sie sich jetzt?«

Powell sah auf. »Grauenhaft«, sagte er.

»Ich bin sicher, Rita ist Ihnen dankbar«, sagte Gott. »Jetzt weiß sie endlich, was damals mit ihrem Bruder passiert ist.«

»Und zum ersten Mal frage ich mich«, fuhr Powell fort, »wie wird ein Mann der erste schwarze Sicherheitsberater des Präsidenten? Wie wird ein Mann der erste schwarze Generalstabschef? Wie wird ein Mann der erste schwarze Außenminister? Und ich sage mir: indem er sich auf jede nur erdenkliche Weise wie ein Weißer verhält.«

Gott sagte nichts. Stattdessen tat er das, was er immer tat – das einzig wirklich in seiner Macht Stehende: mitfühlen, mitfühlen.

»Der ranghöchste, mächtigste Hausnigger aller Zeiten«, sagte Powell. »Das bin ich.«

Später in der Nacht jedoch, als die heruntergebrannten Feuer die Luft mit dem schweren Honigduft schwelender Asche sättigten, als die Gespräche ringsum eins nach dem anderen verstummten und an ihre Stelle das sachte Atmen von vierzigtausend Menschen trat, die unter einem paillettenbesetzten Himmel alle den gleichen Traum träumten – später in der Nacht musste Powell sich eingestehen, dass sein politischer Selbstmord heute nicht nur der verspäteten Rückbesinnung auf seine Wurzeln geschuldet war, sondern etwas

Einfacherem, Greifbarerem: der Sehnsucht nach Wiedergutmachung.

Denn was er aus Ritas Stimme gehört hatte, war nicht Dankbarkeit gewesen. Nein. Was da aus Schall in elektrische Signale umgewandelt, Tausende von Meilen per Telefonkabel befördert und dann von Satellit zu Satellit übertragen worden war, um zuletzt in sein Telefon geleitet und in Schall zurückverwandelt zu werden, das war reiner, unverfälschter Schmerz. Frisch aufgeflammter Schmerz über Keith' Tod, das auch, aber mehr noch der Schmerz darüber, die Wahrheit erst jetzt zu erfahren, wo nichts mehr zu machen war.

Und nun war dieses schöne, seltsame Mädchen aufgetaucht, diese Sora, deren einziger Wunsch es war, ihren Bruder zu finden. Zumindest im Moment stand es noch in Powells Macht, ihr dabei zu helfen. Und er wollte verdammt sein, wenn er es nicht versuchte.

Wochen später fand sich der ranghohe Ministerialbeamte (der nie sonderlich beliebt gewesen war, gerade weil er so verzweifelt um Beliebtheit buhlte) als begehrter Gast jeder Cocktailparty und jeder informellen Runde im Großraum Washington wieder, und überall durfte er seine Insider-Version vom Abgang des Exaußenministers zum Besten geben.

»Es kam völlig aus dem Nichts heraus«, verriet er einer Gruppe junger Juristen aus dem Außenministerium während der Happy Hour im Hawk & Dove. Inzwischen hatte er so viel Routine beim Erzählen, dass er gar nicht mehr groß nachdenken musste, sondern einfach die ungeteilte Aufmerksamkeit all dieser Menschen genoss (ganz besonders die einer gertenschlanken Blondine, die noch jung genug war, um mit lustloser Nonchalance eine Zigarette nach der anderen zu rauchen, und die, wie er noch in dieser Nacht entdecken sollte, ein im weitesten Sinne Pentagon-förmiges Muttermal in der linken Kniekehle hatte). »Es ging auf dem Flug in den Sudan los, ohne jede Vorwarnung. Powell bekam einen Anruf von irgend so einer alten Schachtel, die er noch aus seiner Kinderzeit kannte. Die ganze Sache«, sagte der Beamte, »fing mit einem Anruf an.«

Ein kollektiver Seufzer der Ungläubigkeit. Mehrere in der Gruppe nutzten die Kunstpause, um an ihren Microbrews und Cosmopolitans zu nippen.

»Wie konnte sie ihn überhaupt zu fassen kriegen?«, wollte die Blondine wissen.

»Seine Frau hat sie durchgestellt«, sagte der Beamte. »Offenbar hatte sie es erst bei Powell daheim versucht.«

Noch ein Seufzer. Gläser klirrten. Zigarettenspitzen flammten auf.

»Ich werd verrückt«, sagte jemand.

Der Beamte zog die Brauen hoch und zuckte die Achseln.

Ein Anwalt, dessen füchsische Züge dem Beamten vage vertraut vorkamen, schaltete sich ein: »Wollen Sie damit sagen, der Mann, der nur mit dem Finger hätte schnippen müssen und er wäre der erste schwarze Präsident geworden, ist über den Anruf einer Kindergartenflamme gestolpert?«

Der Beamte lächelte. »Ich will damit sagen, dass er mich nach diesem Anruf zum ersten Mal als schlappschwänzigen weißen *motherfucker* tituliert hat. Aber keineswegs zum letzten Mal.«

Der Morgen brach über dem Flüchtlingslager an, klar und sengend, und fand Gott zusammengekauert am Eingang des Konferenzzelts, in eine wollene Militärdecke gehüllt. Die Entzündung wütete in seinem Blut. Vom Fieber geschüttelt, sah er Frauen in leuchtend roten und grünen Gewändern Plastikeimer voll Wasser auf dem Kopf balancieren. Andere saßen in einer Essensschlange, die so lang war, dass ihr Ende im dichten Gewirr der Hütten verschwand. Diese Frauen standen vom Boden auf, als Powell erschien, begleitet von dem Ministerialbeamten und zwei Geheimagenten. Eine Welle von Gesang und Applaus folgte Powell auf seinem Weg zum Konferenzzelt. Gott sah, dass er lächelte.

»Sora«, sagte er und umfasste Gottes Hände mit den seinen. »Sie haben Thomas gefunden.«

Gleich zu ihren Füßen hockten zwei kichernde kleine Jungen und wuschen einander mit Wasser aus einer verbeulten Blechdose, auf der BOHNEN stand.

Powell drückte inständig Gottes Hände. »Sora? Sie haben deinen Bruder gefunden. Sie sind unterwegs hierher.«

Über Powells Schulter sah Gott eine abgemagerte Kuh, die von einem halbwüchsigen Mädchen am Strick geführt wurde. Die Kuh hielt nur mühsam mit dem Mädchen Schritt. Bei jeder Bewegung spannte sich das Fell über ihren Rippen. Grünlicher Schaum quoll aus ihren Nüstern, und ihr Euter schlackerte wie ein leerer Handschuh. Vor den Augen Gottes machte die Kuh einen halben Schritt nach vorn, taumelte rückwärts und starb auf ihren vier Füßen. Einen Moment stand sie noch aufrecht. Dann begann sie mit entsetzlicher Langsamkeit in sich zusammenzusacken, so als würde sie von der Schwerkraft eingeholt, könnte sich aber nicht mit ihr anfreunden. Die Vorderbeine knickten am Knie ein, und dann kippte das hintere Ende seitlich weg und zog den Rest des Körpers mit sich in den Staub.

Auf der Stelle waren Maul und Augen von Fliegen umschwärmt. Das Mädchen stand da und starrte mit leerem Blick auf den Kadaver. Über die Sprechgesänge der Frauen in der Essensschlange, über das Kichern der beiden Jungen erhob sich ein hoher, steter Laut, ein dünner, monotoner Klagelaut. Gott wusste, er kam von dem Mädchen, aber ihr Gesicht blieb so starr und ausdruckslos wie zuvor, auch als sie sich niederwarf und die Arme um das tote Tier schlang.

Das Kichern und Singen, das Plätschern und Klatschen wollte und wollte nicht enden. Gott spürte mit Gewissheit und mit Erleichterung, dass auch für ihn der Tod herbeikam.

»Sora«, sagte Powell. Das Lächeln war verschwunden; voller Sorge spähte er Gott in die Augen. »Du solltest dich hinlegen. Thomas wird bald hier sein.«

Gott ließ es zu, dass die Sicherheitsleute ihn wieder ins Zelt hineinführten. Sie halfen ihm, sich auf die Pritsche zu legen, und breiteten eine zweite Decke über ihn.

In Powells zerknittertem Anzug klingelte es. »Laufen Sie rüber ins Sanitätszelt«, befahl er einem der Agenten, während er seine Taschen nach dem Telefon abklopfte. »Die sollen so schnell wie möglich jemanden herschicken.«

Er hob den Apparat ans Ohr und drehte sich weg. »Ja?«, sagte er. Eine Pause trat ein. »Tja, leider können Sie mich nicht mehr feuern. Ich trete zurück.«

»Ich muss wirklich selten blöd sein«, sagte Powell. Er hatte das Zelt verlassen, um Sora nicht zu beunruhigen, und stiefelte nun, ins Telefon schreiend, mit wütenden, ziellosen Schritten durchs Lager, gefolgt von einem Geheimagenten und einem stetig wachsenden Tross anbetender Dinka. »Ich hatte allen Ernstes gehofft, Sie blödes Arschloch würden begreifen, dass sich Anstand hier ausnahmsweise mal auszahlt. Politisch auszahlt, meine ich.«

Pause.

»*Blödes Arschloch* hab ich gesagt.«

Pause.

»Sich politisch auszahlt deshalb, weil die Wähler, wenn Sie mir hier Rückendeckung geben würden, zur Abwechslung mal einen Präsidenten zu sehen bekämen, der die diplomatische Rhetorik hinter sich lässt und *handelt.* Der etwas Gutes tut, und sei es noch so gering.«

Pause.

»Ach, hören Sie mir doch auf mit *heikel und komplex.* Wofür halten Sie mich – für irgendein Erstsemester aus Georgetown, das glühend vor Eifer loszieht, um die Welt zu verändern? *Heikel und komplex* sind die Dinge doch nur, weil wir sie heikel und komplex machen.«

Pause.

»Was mit mir passiert ist? Sie möchten wissen, was mit mir *passiert* ist?«

Pause.

»Wie Sie wollen. Nehmen wir einen hypothetischen Fall. Aber gut aufpassen, Sie werden hinterher abgefragt.«

Pause.

»Nehmen wir an, Sie sind ein schwarzer Junge, der in der Bronx aufwächst. Stellen Sie sich vor, es ist der heißeste Sommer, den Sie mit Ihren acht Jahren erlebt haben, und der Krieg ist zu Ende und sämtliche Jobs im Viertel sind futsch, weil die ganzen Weißen aus Europa und aus dem Pazifik zurückgekommen sind und selber Arbeit suchen. Also hocken alle tagaus, tagein in der Hitze aufeinander. Und dann stellen Sie sich vor, jemandem reicht's, und er nimmt einen Stein und schlägt eine Scheibe ein. Wer weiß, warum? Vielleicht weil er Anarchist ist, vielleicht weil er ein Scharfmacher von der Gewerkschaft ist, vielleicht auch einfach aus Langeweile. Eine ganze Woche riechen Sie danach jeden Morgen beim Aufwachen Tränengas. Ein Drittel aller Häuser in Ihrem Block wird abgefackelt.

Und jetzt stellen Sie sich vor, Ihre Mutter, die von da, wo sie herkommt, viel Schlimmeres gewohnt ist und sich vielleicht nicht so sorgt, wie sie sollte, schickt Sie zum Einkaufen. Sie schickt Sie zusammen mit einem größeren Jungen los, Keith, der im selben Haus wie Sie wohnt. Keith ist vierzehn, und er soll ein Auge auf Sie haben. Nur sind da, wo der Laden gestanden hat, nichts als verkohlte Mauerreste, so dass ihr sechzehn Blocks weiter nach Norden laufen müsst, bis zu Cab's Grocery. Auf dem Rückweg werden die Milch und die Orangen immer schwerer, und Keith schlägt eine Abkürzung vor. Also biegt ihr in einen Durchgang zwischen zwei Häusern ein, und Keith zeigt dir den Maschendrahtzaun, über den du klettern sollst, damit er dir die Tüten rüberreichen kann und ihr durch den Hinterhof abkürzen könnt, aber du bist noch nicht mal halb oben, da packt dich ein Cop am Hosenboden und pflückt dich runter.

Der Cop donnert dich auf den Asphalt und setzt dir den Stiefel in den Nacken. Du riechst Dreck und Nerzöl. Kleine Steinchen graben sich dir in die Schläfe. Du versuchst den Kopf zu drehen, aber der Stiefel drückt noch fester zu, und der Bulle sagt: *Immer sachte, Bürschchen.*

Ein zweiter Cop hat sich Keith vorgeknöpft. *Was führt ihr kleinen Scheißnigger im Schild? Hier einbrechen, oder was?* Und Keith, der andauernd Prügel bezieht, weil seine Klappe so viel größer ist als seine Fäuste, sagt: *Verpisst euch.* Dann hörst du ein Geräusch, als würde jemand mit einem Baseballschläger auf eine Rinderhälfte dreschen, noch mal und noch mal und noch mal, und Keith schreit erst und heult dann und ist dann still.

Fuck, sagt der Cop mit dem Stiefel in deinem Nacken.

Du wirst auf die Füße gezerrt und mit dem Gesicht voran gegen den Drahtzaun gedrückt. Der zweite Cop drängt sich von hinten an dich. Du spürst, wie er zittert. Er hakt die Finger durch die Drahtmaschen und beugt sich ganz nah an dich ran und flüstert dir ins Ohr: *Kein Wort zu irgendwem, Nigger-Ratte.* Sein Atem schlägt heiß und feucht an deine Backe und stinkt nach Zwiebeln.

Sie lassen dich laufen. Du rennst den ganzen Weg bis nach Hause, und deine Mutter will von dir wissen, was mit dir los ist, wo Keith steckt, wo die Einkäufe sind. Aber du sagst nichts. Dein Vater kommt von der Arbeit heim und stellt dir die gleichen Fragen noch mal, und du sagst nichts. Ein paar Tage später kommen die Bullen und sitzen bei euch am Küchentisch und trinken den Kaffee, den deine Mutter ihnen bringt, und fragen dasselbe, aber ihre Stimmen kommen dir entsetzlich bekannt vor, und du sagst nichts.

Du bewahrst dein Geheimnis dein Leben lang. Du hütest es so gut, dass es dir nach einer Weile so vorkommt, als wäre es überhaupt nie passiert, als wäre es eine Geschichte, die irgendwer dir erzählt hat, oder vielleicht auch nur ein Traum.

Ein halbes Jahrhundert später bist du auf diplomatischer Mission in den Senegal unterwegs, ein Nachtflug, und du kannst nicht schlafen. Du siehst dir einen Film an. Der Film führt dir vor Augen, wie wenig sich letztlich doch verändert hat, auch wenn du der mächtigste Schwarze in der Geschichte der mächtigsten Nation der Erde bist. Du hast jahrelang nicht mehr an Keith gedacht, aber jetzt fällt er dir ein, und plötzlich ist alles wieder da, so klar und deutlich, als wäre es gestern gewesen – das matschige Geräusch des Schlagstocks auf Keiths Schädel, der Geruch zerquetschter Orangen auf dem heißen Asphalt. Es ist wirklich passiert. Es war kein Traum.

Und dann fällt dir auf, dass du der einzige Schwarze im ganzen Flugzeug bist.«

Pause.

»Wie würden Sie sich da fühlen? Wie würden Sie reden? Wie würden Sie sich verhalten, Sie verpimpelter, großkotziger Welt-Polizeichef?«

Pause.

»Rein hypothetisch gesprochen?«

Ein Konvoi aus fünf Militärjeeps und einem nagelneuen Range Rover brauste mittags ins Lager, dass der Staub nur so wallte und die Kinder in alle Richtungen stoben. Powell wartete, bis die Prozession zackig vor dem Konferenzzelt zum Stehen kam. Finster blickende Männer in schmutzigen Tarnanzügen sprangen aus den Jeeps, Schnellfeuergewehre in den Händen. Aus dem Range Rover stieg Ismail, gefolgt von seinem Adjutanten (dessen rechter Unterarm in einer ungeschlachten Schiene steckte) und als Letztem einem hochaufgeschossenen, aber krummrückigen Jungen, der nichts am Leib trug als zerschlissene Shorts und Sandalen.

Die drei marschierten zu Powell. Ismail machte dem Jungen ein Zeichen. »Stell dich vor«, befahl er.

»Ich bin Thomas Mawien«, sagte der Junge in mühseligem Englisch. Er schielte zu Ismail hinüber und schlug dann die Augen nieder. »Der Bruder von Sora.«

»Ich weiß, wer du bist, mein Junge.« Powell umarmte ihn und wandte sich ab, um ihn ins Zelt zu führen.

»Sie sind zufrieden, Mr. Powell?«, rief Ismail hinter ihnen her.

»Sie warten hier draußen«, sagte Powell.

Im Zelt war es dunkel und kühl. Sandkörnchen trieben in der Luft, angeleuchtet von einem Sonnenstrahl, der durch den offenen Eingang hereinfiel. Eine Ärztin stand an Gottes Pritsche und stellte Gottes Tropf ein.

»Sora«, sagte Powell. »Thomas ist da.«

Gott schlug die Augen auf, blinzelte ein paar Mal, hustete.

Powell nahm die Ärztin beiseite. »Wie lange müssen Sie sie noch behandeln?«, fragte er. »Wir sollten so bald wie möglich weg von hier. Am besten heute.«

»Völlig ausgeschlossen«, sagte die Ärztin. »Sie braucht drei oder vier Antibiotikabehandlungen. Sie ist viel zu schwach für den Transport. Vielleicht in einer Woche oder in zweien, wenn's gut geht. Aber fürs Erste auf gar keinen Fall.«

Gott stützte sich auf und versuchte die Gestalt am Fußende der Pritsche scharf zu sehen – vielleicht trog sein verschwommener Fieberblick ihn ja doch. Er sah lange hin, während der Junge verschüchtert von einem Bein aufs andere trat.

»Du bist nicht Thomas«, sagte er schließlich auf Arabisch.

»Doch«, behauptete der Junge ohne rechten Nachdruck.

»Nein. Dein Gesicht ist ähnlich, und die Größe stimmt. Aber du bist nicht Thomas.«

Der Junge rang die Hände. »Bitte«, sagte er.

»Die Männer, die dich hierhergebracht haben. Haben sie dir gesagt, du sollst dich als mein Bruder ausgeben?«

»Ja.«

»Aber du bist es nicht. Du bist nicht Thomas.«

Der Junge warf einen Blick auf Powell und die Ärztin. »Nein.«

»Haben sie dir gedroht? Die Soldaten?«

»Ja.«

Gott betrachtete ihn einige Sekunden, dann sagte er: »Dreh dich um, aber langsam, damit ich dich anschauen kann.«

Der Junge gehorchte. Seine Handgelenke, die Knöchel und der Hals waren mit dunklen Striemen bedeckt, wie Lederriemen sie hinterlassen, die zu lange Zeit zu fest angezogen werden. Über den von Arbeit und Unterernährung verbogenen Rücken zickzackten die wulstigeren Striemen der Peitschenhiebe.

»Woher kommst du?«, fragte Gott.

»Bis heute Morgen habe ich Ziegen für einen Mann namens Hamid gehütet.«

»Und davor? Wo warst du davor?«

»Weiß nicht«, sagte der Junge. »Hab ich vergessen.«

Schuldgefühl gerann in Gottes Kehle zu einem Klumpen. Mit letzter Gewissheit wusste er plötzlich, dass dieser Junge und alle anderen im Lager – die Männer, die im Alter auf einmal allein dastanden, die jungen Frauen mit verschwundenen Ehemännern und hungrigen Kindern – seiner Entschuldigung mindestens genauso würdig waren wie Thomas, mindestens genauso tauglich als Altar, auf dem er seine Verfehlungen bekennen und um Vergebung bitten konnte. Gott rutschte von der Pritsche und fiel vor dem Jungen auf die Knie wie ein Moslem beim Gebet. Hinter seinen Augäpfeln brannte und stach es ganz ungewohnt, und er wollte eben zum Sprechen ansetzen, als der Junge sich vor ihn hinkauerte und ihm die Hand auf die Schulter legte.

»Bitte«, sagte der Junge, »steh auf.« Mit verängstigten Blicken sah er im Zelt umher, als könnten jeden Moment Ismail und die Soldaten hereingestürmt kommen.

Gott hob den Kopf. »Es tut mir leid«, sagte er.

»Bitte«, wiederholte der Junge und zog drängend an der Schulter von Gottes Kleid. »Wenn du Schwäche zeigst, macht sie das nur noch böser.«

Einige Stunden nachdem Powell mit dem Jungen abgefahren war – er würde bald zurückkehren, versprach er –, riss Gott sich den Infusionsschlauch aus dem Arm und taumelte ins Freie, um der stickigen Luft im Zelt zu entkommen. Er suchte den östlichen Horizont ab und sah schon das erste Flugzeug, ein winziges Körnchen Schwarz vor dem Himmel. Nicht lang, und es gesellten sich ein Dutzend mehr dazu, kleine Punkte, die in langsamen, engen Bogen umeinanderkreisten wie ein Schwarm Tsetsefliegen.

Die meisten Flüchtlinge hatten für den heißesten Teil des Tages in den Hütten oder unter Tamarindenbäumen Schutz gesucht, aber als sich die Nachricht von den seltsamen fernen Pünktchen verbreitete, kam Bewegung in sie. Mütter sahen zum Himmel empor, als wollten sie nach dem Wetter schauen, scheuchten dann ihre Kinder auf und sammelten ihre Habseligkeiten zusammen, während sich im Osten eine unheilverkündende Staubwand verdichtete und die Flugzeuge näher kamen, jetzt in Angriffsformation.

Gott richtete sich in die Hocke auf, zog die Decke fest um seine Schultern und wartete. Die Dinka liefen immer panischer durcheinander. Sie stürzten zum Brunnen, um einen letzten Schluck Wasser zu trinken, und machten ihre wenigen Ziegen und Esel los. Eine Frau verlor vor lauter Eile einen Schuh, aber statt innezuhalten und den anderen auch abzustreifen, humpelte sie weiter, so schnell sie konnte, ihre kleine Tochter am Handgelenk mit sich ziehend. Die, die zu spät dran waren, ließen einfach alles stehen und liegen und rannten davon.

Sonnenlicht glitzerte auf den Flügelspitzen der Flugzeuge. Aus der Staubwand ein Stück hinter den Flugzeugen hörte Gott die ersten gedämpften Maschinengewehrsalven. Der Boden begann ganz leicht zu schwingen.

In hunderterlei Dialekten riefen die im Lager Zurückgebliebenen, nun, da sie sich in der Falle wussten, Gott an. Er lachte und weinte zugleich. So viele Namen hatte er und konnte doch auf keinen antworten.

Die Flugzeuge donnerten über sie hinweg. Sie neigten sich vornüber und warfen ihre Last ab. Gott gönnte ihnen keinen Blick. Er starrte auf den Staubsturm, aus dem große schwarze Pferde auftauchten wie Geisterrosse, mit schweißglitzerndem Fell und zornig geblähten Nüstern. Die Reiter dieser Rosse schwangen messerscharfe Klingen und zielten mit ihren Gewehren. Ihre Gesichter waren hinter gewürfelten Tüchern verborgen. Die Bomben zischten und pfiffen. Die Erde bebte. Gott schloss die Augen und wünschte, es gäbe jemanden, zu dem er beten könnte.

Die Brücke

Und es werden Zeichen geschehen an Sonne und Mond und Sternen.

Lukas 21,25

Dani Kitchen fuhr die übliche Strecke heim zu ihrer Mutter, durch die struppigen Felder, die sich beidseits der Route 201 bis zum Horizont dehnten. Die Sonne rollte prall neben ihr her, hoch am Himmel selbst noch spätnachmittags, und die Asphaltdecke schimmerte in der Entfernung wie verschüttetes Benzin. Hohe Gräser, Schilfrohr und Teichkolben nickten im warmen Wind, im Wechsel mit Erdbeerbeeten und Äckern voll jungem Mais, der ihr vorerst gerade nur bis zur Taille reichte, aber der Ende August, wenn sie von hier fortging und in Chapel Hill zu studieren begann, zweieinhalb oder drei Meter hoch stehen würde.

Ausnahmsweise war Dani nicht in Eile und blieb mit ihren gemächlichen fünfzig Meilen sogar unter dem Tempolimit. Der Fahrtwind vom offenen Fenster zerzauste ihr die Haare. Eine blonde Strähne schlug ihr gegen die Wange, fand Halt in der Feuchtigkeit am Mundwinkel und blieb dort kleben. Statt sie hinters Ohr zu streichen, lachte Dani, fing sie mit der Zunge ein und saugte den leicht bitteren Shampoogeschmack heraus, der vom morgendlichen Waschen noch in den Haarspitzen hing.

Auf dem Rücksitz ihres Grand Am lagen als zerknittertes weißseidenes Häuflein Hut und Talar von der Schulabschlussfeier. Ihr Zeugnis, schon jetzt vergessen, war auf den

Boden hinuntergerutscht, wo es sich den Platz mit Pepsidosen, einem längst überfälligen Leihvideo und den Lehmstollen des letzten Winters teilte.

Sie fuhr an Shores' Farm vorbei, wo sie zweimal im Monat für ihre Mutter Fleisch holte: Carol, der alte Farmer, verkaufte Steaks und Schweinehälften, milden Käse und Sandwichschinken direkt vom Hof, alles von ihm selbst geschlachtet, zerlegt, geräuchert und abgepackt. Er kannte von Kindesbeinen an nichts anderes; den Hof hatte er von seinem Vater geerbt, und jetzt war er Mitte siebzig. Er wollte an einen Bauunternehmer verkaufen, hieß es, der auf seinem Land eine Wal-Mart-Filiale aufmachen würde. Es stank nach Scheiße und Blut bei Carol, aber Dani fuhr gerne hin; sie mochte seine Art, seinen bedächtigen Humor – irgendwie war er nicht nur der Mann, der die Farm bewirtschaftete, fand sie immer, er war die Farm selbst. Dani rief den Kühen einen Gruß zu und drückte auf die Hupe, aber sie ließen sich nicht stören, sondern mampften nur weiter, geruhsam und gedankenschwer.

Sie lachte noch einmal und fuhr an ihnen vorbei.

Mit der einen Hand trommelte sie rhythmisch auf das Lenkrad. Mit der anderen griff sie nach ihren Zigaretten in dem Fach zwischen den Sitzen. Sie zündete sich eine an und inhalierte tief und ohne Gewissensbisse, denn Dani war ein von Grund auf unbekümmertes Mädchen (eine Frau, ermahnte sie sich, sie musste anfangen, sich selbst als Frau zu sehen, als Frau und Akademikerin, und vielleicht konnten sie und überhaupt alle sich bei der Gelegenheit ja auch gleich dran gewöhnen, ihren vollen Namen zu benutzen!). Tief drinnen glaubte sie fest daran, dass ihr nie etwas Schlimmes zustoßen konnte. Sie besaß zwar Verstand genug, um zu wissen, dass sie sich darin nicht groß von anderen Achtzehnjährigen unterschied, die zu schnell fuhren oder rauchten. Aber das scherte sie wenig. Sie war stolz auf ihre reine Haut, ihre weißen Zähne, ihre kräftigen, schlanken Beine. Die Welt hatte ihr noch keinen Grund gegeben, an sich zu zweifeln, und bis das geschah, war sie unverwundbar und verhielt sich auch so und machte sich keinen Kopf um die Folgen.

Vor einer Woche zum Beispiel, beim feuchten, noch immer etwas unbeholfenen Gerangel im Bett, hatte sie gespürt, wie Bens Schultern sich anspannten und bebten, als er sich seinem Höhepunkt näherte, und er war langsamer geworden und hatte sich ein Stück von ihr weggebogen und ihr ins Ohr geflüstert: »Darf ich in dir drin?«

Dani hatte sich unter ihm gerekelt und gefragt, als verstünde sie nicht: »Was in mir drin?«

Verlegen, schüchtern wie immer, drückte Ben das Kinn auf die Brust. »Du weißt schon.«

»Sicher«, sagte sie. Sie schob ihm die Hand unters Kinn, so dass er ihren Blick erwidern musste. »Aber ich will, dass du es aussprichst.«

»Nein«, sagte Ben. »Ist egal.«

Dani, gerührt von seiner Scheu, fühlte eine Zärtlichkeit in sich aufwallen, die mehr mütterlich war als erotisch, und sie sagte: »Ach, Ben, mach einfach, Baby.«

Und so traute er sich. Danis Mutter hätte von *sträflichem Leichtsinn* gesprochen, ein Wort, das sie gern auf das Verhalten ihrer Tochter anwandte. Aber Dani sorgte sich nicht. Sie wusste Bescheid; ihr würde es nicht gehen wie ihrer Mutter, die mit noch nicht mal achtzehn mit einem Kind dagesessen hatte, das sie allein durchbringen musste. Noch während Bens Orgasmus spürte sie, wie ihre Beckenmuskeln sich zusammenzogen, ihn aus ihr hinausstießen, sanft, aber bestimmt. Als er fertig war und sich über sie fallen ließ, schob sie ihn weg, streifte mit den Lippen seine Stirn und ging hinüber ins Bad, und ehe sie auch nur die Hand nach dem Klopapier ausstrecken konnte, lief sein Samen schon aus ihr heraus, floss an der Innenseite ihres Schenkels hinab, wo er kalt wurde, ungefährlich, harmlos – einfach eine kleine Bescherung, die man aufwischte, und damit Schluss.

Hinterher legte sie sich nicht wieder hin, sondern setzte sich stattdessen auf die Bettkante und zog den Fuß unter den Po. Ben streichelte ihr mit den Fingerspitzen den Rücken. Er erzählte irgendwas über ein Lagerfeuer, eine Party oben beim Wasserturm, aber Dani hörte kaum hin; ihre Gedanken waren vorausgewandert zum Herbst, wenn sie in North Carolina aufs College gehen würde, zu dem Leben, das auf sie wartete, wenn sie erst einmal weg war aus diesem Kaff, und nichts, aber auch gar nichts fiel ihr ein, dem sie auch nur eine Träne nachweinen würde.

Und während ihre Freundinnen die folgenden Tage hindurch mit dem Schlimmsten gerechnet hätten, während sie dem Schmerz und dem Blut entgegengebangt hätten, die ihnen verkünden würden, dass ihr Leichtsinn unbestraft geblieben war, warf sich Dani sorglos in ihre letzte Highschoolwoche. Sie ging zu den Cheerleaderproben und machte beim Talentwettbewerb mit. Sie schrieb ihr Testament und Vermächtnis für die Schulzeitung, und bei Matt Bouchards Campingwochenende für die Oberstufe betrank sie sich und knutschte mit einem Jungen, der nicht Ben war. Und als ihre Periode kam, nahm sie davon kaum Notiz.

Dani bog von der Asphaltstraße auf einen kleinen Zufahrtsweg ab, für den ersten der beiden rituellen Akte, die diesen Tag des symbolischen Übertritts abrunden sollten. Der Schotterweg wand sich hinunter zum McGrath Pond, und sein Gefälle wurde mit jeder Schneeschmelze eine Spur steiler und tückischer. An mehreren Stellen flocht er sich in scharfen Kehren zwischen Bäumen und kantigen Granitblöcken hindurch, und Dani behielt den Fuß die meiste Zeit auf der Bremse. Nach einer halben Meile wichen die Bäume jäh zurück, und vor ihr lag der See, bläulich-gelb wie eine Propanflamme. Schmale Schaumkronen tüpfelten seine Oberfläche im frischen Wind. Dani fuhr in eine Parkbucht gleich beim Bootssteg und schaltete auf Parken.

Sie stieg aus, öffnete den Kofferraum, der mit einem Plopp aufsprang, hievte eine bis zum Rand mit Andenken gefüllte Einkaufstüte heraus und schlug den Deckel wieder zu.

Links vom Bootssteg, unter ein paar schlanken Weißbirken, war unerlaubterweise eine Feuerstelle angelegt, eingefasst von rußgeschwärzten, in einem Halbkreis aufeinandergeschichteten Steinen. In der Grube lagen die Überreste eines Feuers, schwer zu sagen, wie alt – ein Bett aus Asche, durchweicht und matschig vom Regen der letzten Nacht, darauf halbverkohlte Äste, ein paar angesengte Bierdosen und die geschmolzenen Wracks zweier Turnschuhe. Dani langte in ihre Tüte und fischte eine Dose Feuerzeugbenzin heraus, dann stellte sie die Tüte auf den Kopf und sah die Schätze ihrer Kinderjahre in die Grube plumpsen. Ohne zu zaudern, aber auch ohne Boshaftigkeit – ohne irgendeine Emotion außer dem warmen, beständigen Gefühl froher Erwartung, das sie den ganzen Tag schon begleitete – schüttete sie die halbe Dose Benzin über Fotos, Babyschuhen und Urkunden aus, riss ein Streichholz an und warf es auf den Haufen.

Aber es war nicht wie im Kino: Das Streichholz verlosch, ehe es auf der Flüssigkeit auftraf. Dani riss das nächste an. Sie wölbte die Hand um das zarte Flämmchen, kniete sich hin und hielt den Streichholzkopf an das Fell eines Plüschpandas.

Augenblicklich fing das Benzin Feuer, und sie sprang zurück, während der ganze Haufen schon in Flammen aufging.

Sie zündete sich eine Zigarette an und sah ihren Sachen beim Brennen zu. Draußen auf dem See schwammen zwei Eistaucher nebeneinanderher und verschwanden dann mit einer einzigen glatten Bewegung unter der Wasseroberfläche. Der Mann im Motorboot fiel ihr wieder ein, der damals, als sie ein kleines Mädchen war, auf diesem selben See Jagd auf ein Eistaucherweibchen gemacht hatte. Aus irgendeinem Grund hatte das Tier nicht fliegen können – ein gebrochener Flügel vielleicht. Aber es hatte das Boot rechtzeitig bemerkt und war untergetaucht, um nach einer Minute oder zweien fünfzig Meter weiter wieder hochzukommen. Der Mann nahm erneut Kurs auf das Tier, und erneut tauchte es weg. Dani hatte noch das Motorengeräusch im Ohr – dieses verhaltene, räuberische Tuckern, solange der Mann auf das nächste Auftauchen wartete, und dann das Aufheulen, wenn der Vogel an die Oberfläche kam; es trug über den ganzen See bis zu der Stelle am Ufer, wo Dani und ihre Mutter in der Sonne lagen. Und sie sah noch die glitzernde Raute aus Sonnenlicht, reflektiert von dem verchromten Scheinwerfer am Bug des Bootes, das immer von Neuem auf den gequälten Vogel zubrauste. Über eine Stunde zog sich das hin, den Eistaucher verließen immer mehr die Kräfte, die Zeit, die er unter Wasser blieb, wurde immer kürzer, der Abstand zum Boot immer geringer, bis er schließlich zum letzten Mal auftauchte, und der Mann gab Gas, und der Vogel war zu erschöpft, um noch einmal zu tauchen, und das war's dann.

In Danis Erinnerung war das das einzige Mal, dass sie als Kind geweint hatte. *Warum, Mama?*, hatte sie immer wieder geschluchzt, und ihre Mutter, die mit trockenen Augen auf den Mann mit seinem Boot starrte, hatte kaum merklich den Kopf geschüttelt und gesagt: *Ich weiß es nicht, Herzchen. Manche Männer sind einfach so.* Und Dani hatte nicht begreifen können, und begriff bis zum heutigen Tag nicht, warum ihre Mutter keine Träne um den Vogel oder um den Kummer ihrer Tochter vergossen hatte.

Das hier dagegen – diese mutwillige Zerstörung der Andenken an ihr bisheriges Leben – würde ihrer Mutter durchaus ein paar Tränen entlocken. Der Gedanke verschaffte Dani keine Genugtuung; es war etwas, das sie sich selbst schuldig war; die Frage, was andere dazu sagten, stellte sich erst einmal nicht. Ohnehin würde ihre Mutter nie verstehen, dass der Anlass für Dani ein freudiger war: ihre Art, alles Alte, Verbrauchte, Wertlose in ihrem Leben über Bord zu werfen – ihr Willkommensgruß an die Zukunft.

Aber irgendetwas fehlte noch. Sie wollte morgen als ganz und gar neuer Mensch aufwachen, und dafür reichten die Sachen, die sie angezündet hatte und die inzwischen weitgehend zu Glut und Asche verbrannt waren, noch nicht aus. Also ging sie zurück zum Auto, holte Talar, Hut und Zeugnis heraus und warf auch sie kurzentschlossen ins Feuer. Der Talar und der Hut verschmorten schnell, unter Absonderung eines grauenhaften chemischen Gestanks. Das Zeugnis in seinem Kunstlederdeckel brauchte länger, bis es Feuer fing. Dani stocherte mit einem Stock darauf ein. Über das verbrannte Zeugnis, das wusste sie, würde ihre Mutter mehr als nur eine Träne vergießen, sie würde ihre Tochter deswegen verfluchen – umso mehr, als sie selbst die Highschool nicht beendet hatte, nachdem sie mit Dani schwanger geworden war. Für ihre Mutter war das Abschlusszeugnis ein Ziel in sich, während Dani darin nur ein Mittel zu einem höheren Ziel sah: zum College und all den Türen, die das Studium ihr öffnen würde. Das Blatt Papier als solches bedeutete ihr nichts, so viel sie auch sonst auf Zeichen und Symbole, auf Omen und Vorahnungen gab.

Dieses Wetter zum Beispiel, dieser vollkommene, herrliche Tag. Der helle Sonnenschein, die warme Brise, die geruhsam grasenden Kühe, das im Gleichtakt schwimmende Eistaucherpaar – das alles konnte nur Gutes verheißen. Dani hatte Aufmunterungen fast nie nötig, aber willkommen waren sie ihr doch.

In dem Augenblick, als das Zeugnis zu glühender Asche zerfiel, tauchten die Eistaucher wieder aus den Tiefen des Teiches. Von den Wellen geschaukelt, schüttelten sie sich vom Kopf bis zum Schwanz trocken, spreizten dann die Flügel und begannen damit zu schlagen, nahmen Fahrt auf, bis ihre dünnen schwarzen Füße gerade noch das Wasser streiften. Sie zogen die Füße in die Daunen unter ihren Bäuchen, fuhren sie ein wie ein Flugzeug sein Fahrgestell, und dann stiegen sie steil in die Höhe und flogen in weitem Bogen über den Waldsaum davon.

Dani sah ihnen nach und hatte schon wieder Lust, gleich nach North Carolina aufzubrechen. Warum eigentlich nicht? Wozu hierbleiben und den ganzen Sommer im House of Pancakes schuften, wenn sie genauso gut sofort losfahren und schon eine ganze Weile vor Anfang des Herbstsemesters in Chapel Hill sein konnte, mit einer neuen Wohnung, neuen Freunden? Es war die Art von Einfall, bei dem ihren Freundinnen die Knie weich werden würden, von ihrer Mutter gar nicht erst zu reden. Einfach seine Siebensachen packen und losfahren, mit nur ein paar hundert Dollar im Portemonnaie und auf gut Glück? An einen Ort, an dem sie noch nie gewesen war und wo sie niemanden kannte? Die ganze Ungewissheit dabei, das Risiko! Aber wo andere vor der Ungewissheit und dem Risiko zurückschreckten, wurde die Sache für Dani erst spannend. Und wollten nicht auch in Chapel Hill fetttriefende Frühstücke serviert sein? Gab es nicht auch in Chapel Hill Leute, die sie lieben könnte und von denen sie geliebt würde?

Es war mehr als ein Zeichen, es war ein Fingerzeig: Was um alles in der Welt hielt sie davon ab, diesem Kaff hier schon morgen den Rücken zu kehren?

Die Antwort war natürlich: nichts. Absolut gar nichts.

Und damit war es entschieden. Ihr zweiter Halt nach der Abschlussfeier, bei Bob's Drive-In an der Benton-Brücke, würde also mehr sein als nur ein lockerer Treff mit den Mädels (denn nichts anderes waren sie letztlich – lieb und nett, aber eben immer noch Mädels), es würde ein Abschied sein. Vielleicht war ja auch Ben mit ein paar von den Jungs da. Dann würde er wieder cool und lässig tun, als hätte er nur mal kurz vorbeigeschaut, doch heimlich hoffte er dabei immer noch, einen Blick auf sie zu erhaschen oder mit etwas Glück sogar ein paar Worte mit ihr zu wechseln, obwohl er eigentlich wissen musste, dass es aus zwischen ihnen war, endgültig aus, schließlich hatte er noch ein Schuljahr vor sich, und selbst wenn dieses Jahr nicht wäre, war es immer noch aus, denn so widerstrebend es Dani sich und erst recht ihm eingestand: Sie liebte ihn nun mal nicht. So einfach lagen die Dinge manchmal, auch wenn die Leute sich noch so viel einfallen ließen, um es alles komplizierter zu machen.

Sie stieg wieder ins Auto und brauste die kleine Zufahrtsstraße hinauf, dass der Kies nur so spritzte, ganz beschwingt von ihrer Entscheidung, auch wenn sie wenig Lust darauf hatte, Ben zu treffen und es ihm eröffnen zu müssen; besser, er erfuhr es von einer ihrer Freundinnen, morgen oder übermorgen, wenn er Zeit hatte, allein damit fertig zu werden. Kummer dieser Art verarbeitete man am leichtesten für sich, glaubte Dani, fern von Freunden und Familie, und vor allem fern von der Person, die den Kummer verursacht hatte. Sie wusste, Ben liebte sie, aber sie wusste auch, was diese Liebe aus ihr machen wollte – die Frau eines Fabrikarbeiters mit fünf Kindern und splissigem Haar, die nichts ihr Eigen nennen konnte außer den Krampfadern an ihren Beinen. Ein kleiner Teil von ihr hasste Ben deswegen. Und sie wusste, dass sein Unglück harmloser und kurzlebiger sein würde, als es das ihre wäre, wenn sie seiner Liebe nachgab und sich von ihm zu der Frau machen ließ, die er wollte.

Sie bog wieder auf die Hauptstraße und fuhr weiter in Richtung Osten, wo Bob's Drive-In lag. Linker Hand, über den Hügeln auf der anderen Talseite, konnte sie vor dem leuchtenden Blau zwei schwarze Punkte ausmachen – die Eistaucher, noch immer zusammen, noch immer fortschwebend, auf und davon, fast außer Sicht nun.

Dani lächelte und überlegte schon einmal, was sie mitnehmen und was sie hierlassen wollte.

Von Bob's aus würde sie direkt nach Hause fahren und packen. Lange würde sie dafür nicht brauchen. Einen Koffer, Jeans und Blusen, Socken, BHs und Höschen, ein paar kurze Röcke für den heißen Südstaatensommer. Tagebuch, zwei, drei Zeitschriften, ihre zerlesene, heißgeliebte Ausgabe von *Ein Baum wächst in Brooklyn.* Waschzeug, Zahnbürste und Deo, Haargummis, Kontaktlinsenlösung. Ihre Mutter würde fragen: *Was machst du denn da?* Und Dani würde sagen: *Ich fahre, Mama. Ich bin jetzt erwachsen, und alle Zeichen weisen nach Süden.* Ganz lapidar. Und ihre Mutter würde traurig und ein bisschen besorgt sein, dass ihre Kleine von ihr fortging. Aber Dani glaubte, dass sie gleichzeitig stolz und froh sein würde. *Dann fahr, Kindchen,* würde sie nach einer kurzen Pause und einer tränenreichen Umarmung sagen. *Zieh hinaus in die Welt, und tu all die Dinge, zu denen ich nie Gelegenheit hatte.*

Ich bin schon dabei, dachte Dani, als sie nun auf der Landstraße dahinfuhr, unter der Sonne, zwischen wogenden Feldern voll Mais und Rohrkolben und Erdbeeren.

Nach Benton war es vom See aus nicht weit, und bald nahm Dani die letzte der ausladenden Kurven hinauf zu der Häuserzeile, die das Ortszentrum bildete. Hinter der Biegung kam schon die Brücke in Sicht, und sie sah eine Reihe von etwa zehn Autos, die am Fuß der Brücke hielten. Am anderen Flussufer stauten sich die Autos bis zu Bob's Drive-In. Und auf der Brücke selbst, flankiert von zwei Streifenwagen mit blinkendem Blaulicht, stand gleich an der Fußgängerrampe ein einsamer schwarzer Sedan mit offener Fahrertür.

Dani stieg aus und näherte sich der Brücke und den anderen Schaulustigen, langsam, den Blick unverwandt auf eine schwarzgekleidete Gestalt gerichtet, vermutlich den Fahrer des Sedan, die auf dem schmalen Sims außen am Brückengeländer stand. Zwei State Troopers mit ihren breitkrempigen Hüten standen hinter ihm, die Hände erhoben in verhaltener Beschwörung. Sie redeten auf den Rücken des Mannes ein. Die Spitzen seiner schwarzen Schuhe ragten über dem Flussbett ins Leere; nur seine Absätze berührten den Sims. Seine Arme in ihren schwarzen Ärmeln streckten sich nach hinten. Seine Hände umklammerten die oberste Stange des Geländers, so fest, dass Dani selbst aus dieser Entfernung sehen konnte, wie die Haut über den Knöcheln spannte.

Und sie verringerte die Entfernung, rascher nun; wie von selbst trugen ihre Füße sie vorbei an den anderen, die gafften und deuteten und alle in einem Abstand stehen blieben, den sie für sicher zu halten schienen. Dani ging immer weiter. Und sah, dass der Mann auf der falschen Seite des Geländers ein

Priester war; er drehte das Gesicht kurz zu den Polizisten hin, und flüchtig sah sie an seinem Hals das Weiß des Priesterkragens aufblitzen. Sie sah außerdem, dass er alt war. Sein Haar war dicht, aber schlohweiß, die Haut über dem weißen Kragen schlaff und gräulich, zu einem Strauß lappiger Falten gezwängt durch das enge Kollar seines Glaubens.

Und Dani ging noch näher heran, bis dahin, wo die Stahlkonstruktion der Brücke begann. Hier waren die Tapfersten der Gaffer stehen geblieben, die Hand vor den Mund gepresst, als hielte eine unsichtbare Sperre sie vom Weitergehen ab. Dani überwand diese Sperre und machte einen Schritt auf die Brücke und dann noch einen. Sie konnte jetzt die Polizisten hören, die Angst in ihren Stimmen. »Pater, bitte«, sagten sie, ihre Hände offen und hilflos. Der Priester beachtete sie nicht; wie gebannt starrte er hinab auf den Fluss, der in der Sommerhitze zu einem Rinnsal vertrocknet war und das harte, rissige Flussbett bloßlegte – Steinbrocken, die grünlich schimmerten von Flechten, ein paar an der Sonne verfaulende tote Fische.

Drüben am anderen Ufer, bei Bob's Drive-In, sah Dani ihre Freunde, Jungen wie Mädchen, auf den Kühlerhauben ihrer Autos stehen, die Hand als Schirm über den Augen. Ein Junge wandte sich zu einem anderen um und sagte etwas. Als er sich wieder nach vorn drehte, lachte er.

Was für Kinder!, dachte Dani. *Sie finden das lustig.*

Die State Troopers: baumlang der eine, der andere mittelgroß, beide höchst souverän und kompetent wirkend mit ihren gestärkten Uniformen und klobigen schwarzen Pistolenhalftern. Aber ihre Augen erzählten eine andere Geschichte. Sie fürchteten sich. Sie standen keine zwei Meter von dem Rücken des Priesters entfernt und machten doch keine Anstalten, ihn zu berühren. »Pater, bitte.«

Dani ging noch ein Stück näher, um den Streifenwagen herum; ihre Beine bewegten sich wie von selbst. Sie schaute die Polizisten an. *Tut etwas*, wollte sie sagen, aber sie schwieg, aus Angst, der Klang ihrer Stimme könnte die letzte schwache Verbindung zur Wirklichkeit kappen, die das Einzige zu sein schienen, was den alten Priester noch auf der Brücke hielt. Denn das, was hier gleich geschehen würde, war doch nicht wirklich wahr, oder? Es konnte einfach nicht wahr sein. Wenn sie nur stumm blieb, durch nichts an dem fragilen Gleichgewicht rührte, kam vielleicht alles wieder ins Lot. *Tut etwas, um Himmels willen.*

Dani blieb stehen. Der Priester riss den Blick vom Flussbett los. Zum ersten Mal an diesem Tag verschwand die Sonne hinter einer Wolke, einer Phantomwolke, die aus dem Nichts daherkam, und die Erde verfinsterte sich, und Dani schaute rasch zu den Hügeln hinüber und sah, dass der Himmel leer war, und sie schaute zurück und sah auf dem Asphalt neben den gewichsten Stiefeln des baumlangen Polizisten etwas, das sie bis nach Carolina und über Carolina hinaus verfolgen würde: den Hut und die Drahtbügelbrille des alten Priesters, säuberlich Seite an Seite abgelegt.

Noch Jahre später, lange nach dem Ende der Welt und ihrer Neuerschaffung, träumte Dani manchmal davon, wie sie den Arm nach dem Priester ausstreckte, und glaubte beim Aufwachen die gestärkte schwarze Baumwolle seines Hemdsärmels zwischen den Fingern zu spüren.

Dani sah in die Höhe, dahin, wo auch der Priester hinsah. Sie entdeckte nichts außer Blau. Als sie den Blick wieder senkte, war der Priester weg. Für einen langen, langen Augenblick blieb alles so stehen. Und dann kam die Sonne hinter der Phantomwolke hervor, und die Erde wurde hell, und in die Dinge kam wieder Bewegung, nur verlangsamt jetzt.

Goldener Oktober

Heulet, ihr Hirten, und schreit, wälzt euch in der Asche, ihr Herren der Herde; denn die Zeit ist erfüllt, dass ihr geschlachtet und zerstreut werdet und zerbrechen müsst wie ein kostbares Gefäß.

Jeremia 25,34

Wir waren zu zehnt – acht ohne die zwei, die in der Wohnzimmermitte standen und einander die Pistolen an den Kopf hielten. Von den zehn, dachte ich, konnte ich ja wohl kaum der Einzige sein, der sich fragte, ob das alles tatsächlich passierte. Gut, wir hatten getrunken, und auf dem Haus von Ricks Eltern und allem, was darinnen war, lag dieser eigentümliche Schimmer, den die Dinge annehmen, wenn man mehr als eine halbe Flasche Yukon Jack geleert hat. Noch dazu war es zu der Zeit, als der Tod Gottes schon amtlich war, aber es die BUKK noch nicht gab, und das ganze Leben, Suff hin oder her, kam einem mehr als nur ein bisschen schräg und abgedreht vor. Es hätte ohne weiteres ein Traum sein können. Ich hätte im Koma liegen können, fest schlummernd unter den Tentakeln seufzender Apparate, während meine Mutter meine kalte Hand in ihrer hielt und auf der Innenseite meiner Lider ein Film ablief, in dem die Welt in Trümmern lag und ich und meine Freunde, verwaist und verzagt, im Begriff standen, Massenselbstmord zu begehen. Deshalb war ich mit ziemlicher Sicherheit nicht der Einzige, dem das Ganze nicht so recht wirklich erschien, selbst als Rick eins, zwei, DREI zählte und bei DREI Ben und Manny sich das Hirn wegballerten.

Ich glaube, ich kicherte sogar, nur einen Sekundenbruchteil bevor das Zimmer sich in ein Inferno aus Blut und Rauch verwandelte. Ich meine, eigentlich ging für uns ja bald wieder die Uni los, nur dass es keine Unis mehr gab. Es wollte einem alles nicht so leicht in den Kopf.

Mindestens eine Minute nachdem die Schüsse abgefeuert worden waren, konnte ich so gut wie nichts sehen vor lauter Rauch. Es roch wie die Zündplättchen, die man als Kind beim Cowboy-und-Indianer-Spielen hernimmt, vermischt mit einem durchdringenden Gestank nach versengten Haaren und versengter Haut. Der Rauch kräuselte sich langsam zur Decke hoch, schleifend wie tiefhängende Wolken, und auf dem Boden wurden die Leichen von Ben und Manny sichtbar. Wenn ich nicht gewusst hätte, dass sie es waren, hätte ich sie nicht erkannt.

Wir standen alle herum, Bier in der Hand, und der Rauch schwänzelte in kleinen Fähnchen von uns weg. Alle schienen im Schock, außer Rick, dessen Gesicht, als die Wolke sich verzog, dieselbe grimmige Gefasstheit zeigte wie zuvor. Chad, der rechts hinter Manny gestanden hatte, sah aus, als hätte sein Shipyard-Brewing-Company-T-Shirt für ein Splatter-Bild von Jackson Pollock herhalten müssen. Ich hatte im vorigen Semester »Die zeitgenössische Kunst im Überblick« belegt, und wir hatten viel Zeit auf den abstrakten Expressionismus verwendet, deshalb konnte ich mir bestens die Unterschrift vorstellen, die in unserem Kunstbuch unter diesem speziellen Werk gestanden hätte: Pollock, Jackson. *Suizid.* Hirn auf Baumwolle, 2005.

Alles war voller Blut. Blut an Ricks Wänden, Blut an Ricks Bücherregalen, an dem großen gerahmten Familienfoto noch aus unserer Schulzeit. Blut floss in trägen roten Streifen über den Bildschirm des Plasmafernsehers, der, seit es keinen Strom mehr gab, stumm und nutzlos in der Gegend stand.

Blutspritzer tüpfelten die Keramikfiguren, die Ricks Mutter gesammelt hatte. Und Blut bedeckte den Boden, ein See aus Blut, das an den Rändern schon stockte wie ein Pudding, den man nicht abdeckt.

Rick watete in die Sauerei und hob die Pistolen auf. »Hol einen Putzlumpen«, befahl er mir.

Verluste hatten wir alle hinter uns. Meine Mutter war tot, im Schlaf gestorben, nachdem keine Nachfülllieferungen für ihre Insulinpumpe mehr mit der Post kamen. Mannys Vater hatte einen Schlaganfall erlitten, als die Dinge gerade ernsthaft aus dem Ruder zu laufen begannen; die Krankenwagen fuhren nicht mehr, und er starb zuckend und strampelnd auf dem Badezimmerboden ihres Bungalows; Mannys Mutter hatte sich daraufhin mit seiner kleinen Schwester nach Florida aufgemacht, wo die Zustände angeblich nicht ganz so verheerend waren. Die Familien von Chad, Allen und Ben waren alle bei Verkehrsunfällen umgekommen, die an der Tagesordnung waren, seitdem überall die Ampeln ausfielen und die Straßen sich mit Autowracks zu füllen begannen. Wesleys Vater und Stiefmutter waren zum Golfen nach Tuscon geflogen und nie zurückgekommen. Leos Eltern fielen einer Explosion in der Shell-Tankstelle zum Opfer, wo sie Dosensuppen und Milkyways zu erbeuten gehofft hatten. Das Feuer wütete eine Woche lang und arbeitete sich bis zu den Einfamilienhäuschen von Cherry Hill vor, wo die Familie von Cole, Jacks Mutter und Jacks beide Zwillingsschwestern verbrannten. Und Ricks Eltern wurden vor seinen Augen erschossen, von einem Nachbarn, der mit einem Heber das Benzin aus ihrem Audi absaugen wollte. Rick erledigte den Mann, einen Professor der Volkswirtschaft, der an Football-Sonntagen gern auf ein paar Wodka-Martinis bei ihnen vorbeigeschaut hatte, durch einen Schlag mit dem Rechen auf den Hinterkopf.

Einer nach dem anderen waren wir nach unseren jeweiligen Tragödien bei Rick aufgekreuzt. Manny und ich zogen ein, als seine Eltern noch lebten; wir waren gerade in der Garage und suchten nach etwas, um damit ein zerbrochenes Fenster im ersten Stock abzukleben, als der Nachbar sie wegen einem Vierteltank Super bleifrei erschoss.

Ich frage mich oft, wie es weitergegangen wäre, wenn wir draußen in der Einfahrt gestanden und den Kerl hätten kommen sehen. Wenn Manny sich ihm in die Kniekehlen geschmissen hätte wie früher in seiner Glanzzeit im Footballteam. Wenn ich ihm die Schusshand mit dem Original-Reggie-Jackson-Louisville-Schläger zerschmettert hätte, der in der Garage an der Werkbank lehnte. Denn dann hätten Ricks Eltern vielleicht überlebt, und wir wären nicht allein gewesen mit der Entscheidung, wie es mit uns weitergehen sollte. Schließlich waren wir im Grunde noch Kinder.

Am Morgen darauf kamen Leo und Cole gemeinsam an, noch am Nachmittag gefolgt von Jack, und alle zusammen gruben wir zwei Löcher hinten im Garten, neben den Tomaten, die Ricks Vater angebaut hatte. Keiner weiß wirklich, was *unbehagliches Schweigen* bedeutet, ehe er nicht neben zwei Haufen frisch aufgeworfener Erde gestanden und nach Worten gerungen hat. Ich war drauf und dran, ein Gebet vorzuschlagen, und hätte mich gleich darauf ohrfeigen können für meine Blödheit. Letztlich war es egal, Rick war eh gleich ins Haus zurückgegangen.

Den Leichnam des Nachbarn schleiften wir auf die Straße und ließen ihn dort liegen.

Nach außen hin unterschieden sich die folgenden Wochen nicht groß von unserem Leben davor. Wir tranken zu viel, ließen Musik laufen und spielten Videospiele, blieben die Nächte durch auf und verschliefen den Tag. Wesley und ich kaperten in dem verlassenen U-Haul-Fuhrpark einen Laster und brachten ein Wochenende damit herum, Haskell's Liquor Store auszuräumen und die Bestände in Ricks Garage zu schaffen. Der Altweibersommer kam. Wir spielten draußen Hufeisenwerfen, fläzten in Liegestühlen und hielten den Alkoholpegel nach Möglichkeit hoch genug, um uns vormachen zu können, dass das hier verlängerte Sommerferien waren und nichts weiter.

Aber die neue Wirklichkeit ließ sich nicht ausblenden. Trotz des hohen, wolkenlosen Himmels, den die Spätsommerhitze mit sich brachte, lagerte über allem ein grauer Dunst von den vielen Feuern, die ungehindert überall im Tal brannten, und überzog unsere Haut mit Ruß. Einer nach dem anderen gaben die Radio- und Fernsehsender den Geist auf. Unsere Vorräte an Essen und Alkohol schrumpften. Der Nachthimmel flackerte immer öfter stahlblau, von den vielen Transformatoren, die an Telegraphenmasten explodierten, und bald gab es in Ricks Haus keinen Strom mehr. Wir zündeten Kerzen an, lauschten den Grillen, die mit wildem Gezirpe die letzten Züge des Sommers auskosteten, und versanken über warmen Bieren in Schwermut.

Am allermeisten Rick. Wir kannten ihn alle als fröhlichen Draufgänger (auf der Highschool war er immer unser Bierkäufer gewesen und der Einzige neben Cole, der je den Sprung von dem gefürchteten Zwanzig-Meter-Felsen im Wasserreservoir in Halowell gewagt hatte), aber seit dem Begräbnis seiner Eltern strich er nur noch durchs Haus, steif, langsam und stumm. Er trank, bis die Beine unter ihm wegklappten, und schlief, wo immer es ihn umhaute – neben der Badewanne, auf dem Betonboden in der Garage. Er entwickelte einen Sauberkeitstick und schien gleichzeitig panische Angst davor zu haben, irgendetwas im Haus zu verrücken; eines Morgens beobachtete ich vom Flur aus, wie er mit dem Aftershave seines Vaters die Seifenreste am Badezimmerwaschbecken wegwischte und dann zehn Minuten damit beschäftigt war, die Flasche wieder richtig hinzustellen: sie einen Zentimeter nach links schob, dann wieder nach rechts, sie leicht drehte, einen Schritt zurücktrat, um den Stand der Dinge aus verschiedenen Blickwinkeln zu überprüfen, ehe er die nächsten Korrekturen vornahm.

Mehrere Tage vergingen, ohne dass er ein Wort mit einem von uns sprach. Leo, der seit unseren Kindertagen überzeugt war, dass am Unglück anderer immer er die Schuld trug, fragte mich, was er ihm getan hätte.

»Es hat nichts mit dir zu tun, Leo«, sagte ich. »Rick ist einfach traurig. Alle sind traurig, weißt du?«

Aber das war es nicht allein. Zusätzlich zu unserer Trauer fühlten wir uns zunehmend in einem immerwährenden *Jetzt* gefangen, in dem unsere Vergangenheit von uns wegrückte und eine sinnerfüllte Zukunft immer mehr zur logischen Unmöglichkeit wurde, einer Art Fegefeuer, in dem man bis ans Ende aller Tage mit denselben neun Kumpels Tetris spielte, sich sonnte und soff. Die Wände rückten immer näher, die Fertigravioli wurden immer älter, und bald war Rick nicht der Einzige, der als stumme Zombie-Version seiner selbst durch die Gegend schlich.

Dann fiel der Strom aus.

Ein paar Tage später wachten wir verkatert und durstig auf, nur um festzustellen, dass aus den Hähnen kein Wasser mehr kam. Das gab Rick den Rest. Er rief uns im Wohnzimmer zusammen, machte sich eine Halb-Liter-Dose Pabst auf, nahm einen langen Schluck und schaute in die Runde.

»Ich habe einen Vorschlag zu machen«, sagte er.

Wir hörten zu. Es klang gar nicht mal so verrückt, alles in allem betrachtet, und je mehr wir tranken, desto besser erschien es uns. Wir brüteten darüber, Stunde um Stunde, bis es draußen dunkel wurde. Keiner von uns befand es für nötig, die Sturmlampe anzuzünden, die auf dem Klavierhocker stand.

»Wir machen es nur, wenn alle einverstanden sind«, sagte Rick. »Wir alle zusammen, wie immer.«

Eine Zeitlang saßen wir danach einfach nur da, allein mit unseren Gedanken. Ich dachte an meine Mutter. Ich dachte an meinen großen Traum, Bauingenieur zu werden (kein Traum in dem Sinn, sondern ein Ziel, eines, mit dem es mir einigermaßen ernst gewesen war). Ich dachte an all die grauenerregenden Mad-Max-Szenarien, die uns erwarteten, wenn uns schließlich das Essen ausging.

Dann rief Rick uns der Reihe nach auf, und einer nach dem anderen sagten wir ja. Es war leicht im Dunkeln, bestürzend leicht, so als ginge es um nichts Schwerwiegenderes als um die Frage, welchen Belag wir auf unsere Pizza wollten. Wir zündeten die Lampe an, besiegelten unseren Pakt mit einem stumpfen Aneinanderklacken nahezu leerer Bierdosen und legten uns schlafen.

Es schien noch die Beste aus einer ganzen Palette von üblen Aussichten.

Jetzt allerdings, als ich die Überreste von zwei Jungen aufwischte, mit denen ich in der ersten Klasse Kickball gespielt hatte, war ich mir da nicht mehr so sicher. Ich hatte das Wasser in meinem Eimer schon dreimal ausgewechselt und es damit lediglich geschafft, die Sauerei zu verdünnen und weiterzuverteilen; die Kiefernbohlen waren mit seifig-rosa

Schlieren überzogen, als hätte jemand einen Kübel Erdbeer-Shake ausgekippt. Zwei dunklere Schmierer reichten bis hinaus in den Windfang, durch den die Leichen ins Freie geschleift worden waren. Es hätte Stunden gedauert, ordentlich sauberzumachen, und acht von uns standen schließlich noch aus.

Ich schob meinen Wischmopp noch ein bisschen hin und her, um meine Putzanstrengungen überzeugender wirken zu lassen; die anderen lehnten derweil an Türrahmen und unverspritzten Wandabschnitten, rauchend, schauend. Endlich hielt Rick mir ein Pabst hin. »Reicht schon«, sagte er. »Bald stört's eh keinen mehr.«

Seine andere Hand war um acht rote Trinkhalme von ungleicher Länge geballt. »Herkommen«, befahl er, und wir gehorchten, schleppend. Zum ersten Mal fiel mir auf, wie wir alle stanken. Unsere letzte Dusche lag eine Woche zurück, und das einzige Deo im Haus hatte Ricks Vater gehört und war deshalb tabu.

Leo und Cole zogen die kurzen Halme. Rick hatte sich beide Pistolen in den Gürtel gesteckt, und nun holte er sie hervor. Cole stieß einen Seufzer aus, in dem sich Resignation mit Erleichterung mischte, und nahm einen. Er wog ihn in der Hand, fasste Leo ins Auge.

Leo warf einen Blick auf Cole, dann rannte er los, durch den Windfang und hinaus in die Nacht, wobei er mit schriller Stimme schrie, wie leid es ihm tue, er sei kein bisschen weniger unglücklich und verängstigt als wir anderen, aber für so etwas habe er nicht den Nerv, ganz egal, wie betrunken er war.

»Ihr wartet hier«, sagte Rick. Und er setzte Leo nach, die Pistole noch in der Hand.

Ich war als Erster draußen auf der Veranda, gerade noch

rechtzeitig, um Ricks Schatten in die Dunkelheit am Ende der Straße eintauchen zu sehen. Er bog nach links und verschwand, sprintend wie ein Olympiakämpfer; seine nackten Sohlen platschten auf dem Asphalt. Wir warteten und horchten, konnten aber nichts hören als den Lärm der Ochsenfrösche aus dem kleinen künstlichen Teich zwei Häuser weiter.

Fünfzehn Minuten verstrichen, eine halbe Stunde. Wesley ging in die Garage, um uns allen noch ein Bier zu holen, und kam mit einem tiefen Schnitt in der Handfläche zurück.

»Bin über die Schneefräse gestolpert«, sagte er mit einer kleinlauten Grimasse. Er reichte die blutverschmierten Biere herum.

»Das sieht bös aus«, sagte Allen. »Desinfizier das lieber. Wickel eine Serviette drum oder so.«

Wesley sah ihn nur an. »Wozu?«, fragte er.

Cole, der in einem Korbstuhl zwischen mir und Wesley saß, leerte sein Bier in drei Zügen und ließ einen satten Rülpser los.

»Ach, scheiß drauf«, sagte er. Er schob sich die Mündung zwischen die Zähne, holte am Lauf vorbei mehrmals rasch Atem und drückte ab. Die Kugel riss ein tennisballgroßes Loch in die Rückwand seines Schädels und zerschmetterte das Fenster hinter ihm. Nur ein paar schartige Glasdreiecke steckten noch im Fensterrahmen, triefend von Blut und Hirnmasse.

»Fuck«, sagte Allen. Sein Bier war ihm aus den tauben Fingern gerutscht und lag in einer Schaumpfütze auf der obersten Stufe. Von den anderen sagte keiner etwas. Auf ihren Gesichtern zeichnete sich nur ganz schwach eine flüchtige Überraschtheit ab und verlor sich dann wieder, während wir noch ein bisschen länger auf Rick warteten.

»Meint ihr, er hat ihn gekriegt?«, fragte Chad.

»Eher schon«, sagte Jack. »Ein Weltklasseläufer ist Leo nicht grade.«

»Wenn er ihn gekriegt hätte, hätten wir was gehört«, meinte Wesley. »Einen Schuss. Einen Schrei. Irgendwas.«

Ich wappnete mich mit einem großen Schluck Bier. »Vielleicht ist das hier ja ein Riesenfehler«, sagte ich. »Ich meine, klar ist es jetzt ein bisschen spät zum Diskutieren. Aber trotzdem.«

Wesley sah mich an. »Das würdest du nicht sagen, wenn Rick hier wäre.«

»Da hast du verdammt noch mal recht«, sagte ich. »Weil Rick sie nicht mehr alle hat. Er ist irgendwo da draußen und jagt Leo, unseren Freund. Der uns zum Schulabschluss alle in die Ferienwohnung von seinem Vater in Florida eingeladen hat. Und wenn Rick ihn fängt, knallt er ihn ab wie einen Hund.«

»Freunde sind wir trotzdem«, sagte Jack. »Nur deshalb machen wir das doch. Es ist so eine Art heilige Pflicht.«

»Leo hat dafür gestimmt, genau wie wir anderen auch«, sagte Wesley. »Mann, er tut mir doch auch leid. Aber er hat mit Ja gestimmt. Ben und Manny haben es durchgezogen, und Cole ist in Vorleistung getreten. Jetzt kann keiner mehr zurück.«

Ich schielte hinüber zu der Pistole neben Coles Stuhl. Wesley bemerkte meinen Blick, und er hob sie auf und legte sie sich auf den Schoß.

»Ich würde eben gern meine Familie wiedersehen«, sagte Allen. »Ist vielleicht peinlich, das laut zu sagen, aber was soll's. Meine Eltern fehlen mir.«

Ich hatte weder das Herz noch die Energie, ihn daran zu erinnern, wie wenig letztlich für die Existenz irgendeiner Form von Leben nach dem Tod sprach.

Wesley wendete seine Hand im Mondlicht nach oben und strich vorsichtig über die Wunde in seiner Handfläche, die aufgehört hatte zu bluten. »Wenn ihr jetzt in dieser Sekunde jedes Essen kriegen könntet, das ihr nur wolltet – was wäre das?«

Alle außer mir sprangen darauf an – endlich ein Thema, für das sie sich erwärmen konnten. Chad wollte eine Pupu-Platte, aber ohne die Frühlingsrollen und stattdessen mit einer Extraportion Teriyaki-Beef. Jack träumte von den Philly-Cheesesteak-Sandwiches, die es mittwochs immer in der Bodega Bar gegeben hatte. Und Allen sehnte sich nach der Lasagne seiner Mutter, die bei niedriger Temperatur fast einen vollen Tag im Rohr garte, mit Zwiebeln, Ricotta und gemischtem Hack und obendrauf einer dicken Schicht Provolone, die nach den Rändern hin knusprig braun wurde.

»Mist, ja, ihre Lasagne war der Wahnsinn«, sagte Chad. »Kann ich meine Antwort umändern?«

Lauf, Leo, dachte ich. *Lauf wie der Teufel.*

Kurz nach Mitternacht bildete sich ein kreisrunder Hof um den Mond, glasklar und mit einem sachten Regenbogenschimmer am äußeren Rand. Herbstliche Kühle strömte ins Tal ein, brachte die Frösche zum Schweigen und trieb uns ins Haus. Wir ließen Cole in seinem Stuhl und ersetzten die heruntergebrannten Kerzen durch frische.

»Leo ist weg«, sagte Rick, als er eine Viertelstunde später hereinkam. Er stellte ein ungeöffnetes Pabst auf den Couchtisch und beugte sich vor, die Hände auf die Knie gestützt, noch völlig außer Atem. Seine Füße waren an den Seiten schwarz verfärbt, mit flammend rosa Stellen dazwischen, wo die frischen Blasen schon aufgeplatzt waren.

»Soll heißen?«, fragte Wesley.

»Soll heißen, er ist mir entwischt«, sagte Rick. »Ich bin quer durch die ganze Stadt, bis rüber zum Industriegebiet. Ich muss zehn Meilen gerannt sein. Er ist weg.«

»Verdammter Schisser«, sagte Wesley. Chad brummte zustimmend.

»Auch egal«, sagte Rick. Er richtete sich auf und knetete sich die schmerzende Seite. »Jetzt trink ich ganz schnell ein Bier. Und dann ziehen wir wieder und bringen es hinter uns.«

»Vielleicht sollten wir uns das mit dem Ziehen schenken und einfach so entscheiden, wer dran ist«, meinte Wesley mit einem vielsagenden Blick auf mich. »Bevor der Nächste kalte Füße kriegt.«

Rick riss die Dose auf und trank einen tiefen Zug. »Bedenken?«, fragte er mich.

Einen Moment lang sah ich ihn an und dachte dann, scheiß drauf, tot sein würde ich am Ende so oder so. »Mmh«, sagte ich. »Doch.«

»Sollen wir drüber reden?«

»Macht das einen Unterschied?«

Er seufzte. »Eher nicht. Aber reden wir trotzdem. Draußen.«

Ich folgte ihm durch den Windfang auf die Veranda und versuchte, so gut es ging, das rhythmische Klicken des Kolbens gegen seine retro-hippe Heavy-Equipment-Operator-Gürtelschnalle auszublenden. Er zeigte auf Coles Leichnam, der kalt und ganz schwach nach Scheiße riechend im Mondschein saß.

»War das er selber?«, fragte Rick.

»Ja.«

»Guter alter Cole. Nervenstark bis zum Schluss.«

»Ich weiß nicht«, sagte ich. »Ich glaube, es war eher Verzweiflung und Angst, wie bei uns allen.«

»Und Langeweile«, sagte Rick.

»Das auch.«

Eine Minute schwiegen wir. Dann sagte Rick: »Wir wissen beide, dass ich verrückt bin, oder? Sind wir uns da einig?«

Ich äugte zu der Pistole in seinem Hosenbund und sagte: »Ist das eine Fangfrage?«

»Nein.«

»Na gut. Dann ja. Nichts für ungut, du bist trotzdem mein Freund, und ich mag dich. Aber du bist so krank im Kopf, dass es nicht mehr feierlich ist, Mann.«

Rick lächelte traurig. »Stimmt«, sagte er. »Aber was du nicht weißt: Ich war schon lange krank im Kopf, bevor dieser ganze Mist hier losging. Seit meinem ersten Semester, letzten Herbst, genauer gesagt. Da hab ich zum ersten Mal gewusst, dass ich jemanden umbringen will.«

Ich sagte nichts.

»Das kam so. Diese zwei Jungs bei mir an der Uni hatten gefragt, ob ich übers Wochenende mit ihnen zelten gehe. Ich hatte gerade mit organischer Chemie angefangen und hatte jede Menge zu lesen auf, und ich saß in meinem Zimmer und überlegte hin und her, ob ich mitkommen soll oder nicht. Ich hatte mir ein Heineken Dunkel aufgemacht. Ich sehe es alles noch ganz genau vor mir. Die Sonne schien durch die Ritzen in der Jalousie, und von den Jungs schräg über den Flur roch es nach Pot und nach Räucherstäbchen. Und ich sitze da und wäge dreihundert Seiten organische Chemie gegen diesen Campingausflug ab, und plötzlich, aus heiterem Himmel, denke ich, wie einfach es wäre, die beiden umzubringen, da oben in den Bergen, wo niemand es sieht. Ich starre auf die Leseliste, verstehst du, aber was ich vor mir sehe, das sind diese beiden Jungs, wie sie mit durchgeschnittener Kehle unter den Bäumen liegen. Ohne irgendeinen Grund. Ich mochte sie. Wir hingen zusammen rum, gingen miteinander in den Kraftraum, soffen uns miteinander die Birne zu. Verstehst du?«

Ich nickte.

»Und ich kann dir sagen, pünktlich zu meinen Vorlesungen zu kommen und zu lernen und abends zu kellnern, damit ich mir meine Biere leisten kann, alles das schien von diesem Moment an völlig unwichtig. Dieser Mensch, das war nicht mehr ich, milde ausgedrückt. Eine schlagartige Verwandlung. Und es wurde noch schlimmer. Ich konnte ein Mädchen mit in mein Zimmer nehmen, und während ich ihr die Schultern streichelte und sie auf den Nacken küsste, stellte ich mir vor, wie ich sie erwürgte. Machst du dir irgendeine Vorstellung davon, wie beängstigend und – so albern das jetzt klingt – wie *deprimierend* so etwas ist, wenn du eigentlich nur ein ganz normaler Neunzehnjähriger sein willst? Wenn da ein quasi anonymes, aber doch sehr hübsches und nettes Mädchen ist, mit der du schlafen willst und ihren Geruch riechen und den Schweiß auf ihren Lippen schmecken, aber während du das alles tust, während du peinlich genau die Fassade aufrechterhältst, denkst du an nichts anderes als daran, sie zu töten?«

Wieder nickte ich. Alles das, was er hier aufzählte, hatte ich auch getan – Mädchen nach einer Party mit zu mir genommen, mit ihnen geschlafen und mich in der Früh, wenn ich mit der Sonne auf meinem Gesicht aufwachte, glücklich und ausgepumpt gefühlt, gesättigt von Möglichkeiten. Es war etwas Wunderbares, und ich konnte mir bestens vorstellen, wie grauenvoll es sein musste, davon ausgeschlossen zu sein.

»Und ich hab die Fassade aufrechterhalten«, sagte Rick, »ein ganzes Jahr durch – Uni, Job, Freunde, Mädchen –, und mich dabei elend und pervers gefühlt, ein Beinahe-Mörder, eine tickende Zeitbombe. Ich konnte machen, was ich wollte, es ließ sich einfach nicht abschalten. Die ganze Zeit musste ich denken: Solange du dich nur normal benimmst und normal aussiehst, hast du freie Hand. Und ich dachte: Das Gesetz greift erst nach der Tat. Und als dann bekannt wurde, dass Gott tot ist, und überall die Hölle losbrach, war das eine richtiggehende Erlösung für mich. Weil ich mit diesem entsetzlichen Wissen geschlagen war. Ich verstand jetzt die Männer, die sich mit knatterndem Gewehr auf einen Glockenturm stellen oder in einen McDonald's reinstürmen. Ich fühlte mich ihnen näher als den Leuten, die nach den Amokläufen herumstehen und weinen und warum, warum, warum fragen. Weil ich jetzt wusste, dass es kein Warum gibt. Es gibt den Impuls, und es gibt die Handlung. Aber darüber hinaus nichts.«

Und in dem Moment, als er dieses Letzte sagte, spürte auch ich in mir eine Veränderung, so unvermittelt und unumkehrbar wie die, die Rick da beschrieb. Das Thema Leben war, im Sprachgebrauch meiner Generation, durch. Absolut, endgültig durch. Ich wollte nichts mehr zu tun haben mit diesem blödsinnigen Zerrbild von einer Welt, in der meine Mutter tot war, meine Hoffnungen ausgelöscht und mein bester Freund ein melancholischer Irrer, der selber nicht wusste, wodurch aus ihm solch ein Monster geworden war.

»Es tut ja schon gut, mit irgendwem drüber zu sprechen«, sagte Rick. »Na ja, nicht mit *irgendwem*. Ich meine, Gott, bin ich froh, dass du es bist, Mann.«

»Gott«, sagte ich. »Ha.«

Rick beugte sich vor und spähte mir ins Gesicht. »Heulst du?«, fragte er.

»Egal«, sagte ich. »Komm, wir machen weiter.«

Wesley wollte unbedingt beim nächsten Durchgang dabei sein, also losten wir nur seinen Partner aus, und Chad zog den kürzesten Strohhalm. Die beiden stellten sich im Wohnzimmer auf, und bei DREI drückten sie ohne ein Zögern ab. Inzwischen hatte eine grimmige Ungeduld von uns Besitz ergriffen, und wir beförderten die Leichen aus dem Wohnzimmer, ehe sich der Rauch verflüchtigt hatte. Wir machten uns auch nicht die Mühe, sie bis ganz nach draußen zu schaffen, sondern zerrten Wesley und Chad nur an den Fußgelenken in den Windfang und ließen sie auf dem Schieferboden ausbluten wie frisch geschlachtete Schweine.

Der Couchtisch war umgekippt, als die beiden schlingernd zu Boden gegangen waren, und die Strohhalme schwammen nun, kaum noch zu erkennen, in einer Blutlache, so dunkel und dick wie Melasse. Da wir sowieso nur noch zu viert waren, sagte Rick, auch schon wurscht, und erklärte Allen und Jack, dass er eine Führungsentscheidung getroffen habe und sie die Nächsten seien. Kein Widerspruch ihrerseits. Ohne weitere Aufforderung traten sie in die Zimmermitte, hoben die Pistolen vom Boden auf und warteten auf das Kommando.

Eins … zwei … DREI.

Wieder ein flackerndes Röhren. Etwas Warmes, Nasses schlug mir ins Gesicht, wie Regentropfen, die der Wind vor sich herpeitscht. Ich hatte zu dicht hinter Allen gestanden, und meine Ohren dröhnten wie die Glocken von Notre Dame, deshalb hörte ich Rick nur von ferne ungläubig »Dieser Wichser« murmeln, als durch den Rauch, nebeneinander im Türrahmen stehend, Leo und ein Cop sichtbar wurden.

Der Cop hatte seinen Dienstrevolver gezogen und zielte damit in unsere Richtung. Sein Gesicht unter dem Sechs-Tage-Bart war kaum weniger rund und glatt als unsere Gesichter. Mit nervösen, unsteten Blicken sah er sich im Zimmer um. Seine Uniform war zerknittert, das blaue Hemd hing aus der

Hose und hatte dunkle Flecken unter den Achseln; Abzeichen fehlten auffällig. Über den ganzen Raum hinweg konnte ich seine Hände zittern sehen, während er Führungskompetenz auszustrahlen versuchte, wie es ihm auf der Polizeiakademie beigebracht worden war.

»Was habt ihr Jungs da angestellt?«, fragte er.

Rick lächelte. »Wie alt bist du, dreiundzwanzig, vierundzwanzig? Und du nennst *uns* Jungs?« Er bückte sich nach der Pistole, die Jack abgefeuert hatte und die in der Nähe von Ricks Füßen lag.

»Lass das bleiben«, sagte der Cop. Er richtete seinen Revolver geradewegs auf Rick. »He. Lass das.«

Rick, ungerührt, hob die Pistole hoch und hielt sie am ausgestreckten Arm vor sich. Der Cop schluckte.

»Rick«, sagte Leo. »Jetzt komm schon.«

»Leo, was glaubst du eigentlich?«, sagte Rick. »Hm? Okay, du hast's dir anders überlegt? Wunderbar. Du willst lieber doch nicht sterben? Vollkommen verständlich. Nicht besonders cool, nachdem alle anderen zu ihrem Wort gestanden haben, aber verständlich. Und jetzt kommst du mit dieser Kack-Tour?«

Leo holte zittrig Atem und brach dann in so haltloses Schluchzen aus, dass man nur noch weghören mochte. »Es tut mir so leid«, wimmerte er.

»Himmelherrgott«, sagte Rick. »Reiß dich zusammen, Mann.«

Der Cop fasste seinen Revolver noch fester. »Leg das Ding hin«, forderte er Rick auf.

»Ich will doch nur nicht allein sein«, schluchzte Leo. »Der Rest ist mir doch egal.«

»Tja, weißt du, ich war ziemlich baff, wie du vorhin abgezischt bist«, sagte Rick. »Ich meine, zum ersten Mal, seit ich dich kenne, haust du auf den Tisch und triffst eine selbständige Entscheidung, Leo. Und jetzt kommst du zurück und versaust alles.«

»Letzte Warnung«, sagte der Cop alles andere als überzeugend. Er leckte sich über die Lippen. »Leg die Waffe hin.«

Rick nahm sich nun den Cop vor. »Klär mich auf«, sagte er. »Wozu die Uniform? Freunde und Helfer sind nicht mehr gefragt, falls du das noch nicht mitgekriegt hast, Kumpel.«

»Ich hab hier immer noch einen Job zu machen«, sagte der Cop. »Und sag nicht ›Kumpel‹ zu mir. Möglich, dass ich dir nur ein paar Jahre voraushabe, aber ich bin immer noch älter als du, und ich bin Staatsbeamter. Ich wäre dir also dankbar, wenn du den angemessenen Respekt zeigen und mich mit *Sir* oder *Officer Bates* anreden würdest. So, und jetzt leg die Waffe weg.«

»Scheißpfadfinder«, sagte Rick. »Tja, weißt du was? Ich sterbe heute Nacht so oder so, ziemlich egal also, ob *du* mich erschießt oder mein Freund hier.«

»Ich spiele eure Spielchen nicht mit«, sagte der Cop.

»Tut mir echt leid, Officer Bates«, sagte Rick, »aber Sie sind schon mittendrin. Die Regeln sind idiotensicher. Ich zähle bis drei. Bei drei schießen wir. Alles klar?«

Der Cop wischte eine Hand an der Hose ab und antwortete nicht.

Leo sah mich an. »Bitte«, sagte er.

Ich zuckte die Achseln.

Rick war erst bei zwei angelangt, als der Cop ihn in die Schulter schoss. Die Kugel ließ Rick eine Vierteldrehung nach links taumeln, aber er hielt sich auf den Füßen und zielte nochmals. Dem Cop blieb noch Zeit für einen panischen zweiten Schuss, der hoch über Rick hinwegging, ehe sein Hals sich in ein Schlachtfeld aus Blut und Knorpel verwandelte und er zu Boden stürzte, gurgelnd wie ein verstopfter Schwimmbeckenfilter.

Leo machte einen Satz weg von den rudernden Armen des Polizisten und drückte sich in die Ecke.

»Rick«, japste er. »Ist dir was passiert?«

»Leo«, sagte Rick durch zusammengepresste Zähne, während er seine Schulterwunde untersuchte, »schau, dass du wegkommst.«

»Es tut mir leid«, sagte Leo. »Wirklich, es tut mir so leid, ich wollte doch bloß …«

Rick zielte senkrecht in die Höhe und drückte zweimal ab. Als der Knall des zweiten Schusses verhallte, war Leo in die Nacht verschwunden, diesmal für immer.

Rick sackte zu Boden und lehnte sich an die Armlehne des Sofas. Brocken von gelblichem Deckenputz hingen ihm in den Haaren. Ein paar Meter entfernt strampelte der Cop schwach mit den Füßen, stieß einen letzten nassen, pfeifenden Atemzug durch das Loch in seinem Hals aus und lag dann still.

Ich ließ mich aufs Sofa plumpsen und kippte den Kopf in den Nacken, den Blick hinaufgerichtet zu den beiden Löchern in der Decke. »Warum hast du ihn laufen lassen?«, fragte ich.

Rick beugte sich zur Seite und spuckte aus. »Das ist das Komische«, sagte er. »Ich wollte noch nie jemand umbringen, auf den ich gerade wütend war. Echt seltsam. Man sollte doch denken, in so einer Situation juckt es mich besonders, irgendwen allezumachen.«

»Sollte man«, sagte ich.

»Shit«, sagte Rick. »Sauweh tut das.«

Mittlerweile denken Sie sicher, ich hätte die Sache nicht durchgezogen. Hier bin ich und erzähle Ihnen diese Geschichte, im

Imperfekt, also muss ich mich entweder heimlich verdrückt haben, nachdem Rick vom Blutverlust ohnmächtig geworden war, oder ich habe ihn gleich selbst erledigt und bin abgehauen, Leo hinterher. Ich habe es mir anders überlegt, ich bin umgekippt, ich habe gekniffen.

Aber so war es nicht. Ich habe es durchgezogen. Ich habe unseren Pakt nicht gebrochen.

Wie geht es dann zu, dass ich noch am Leben bin, ein Mann in fortgeschrittenem Alter, in einer Welt, die durch die BUKK wiederhergestellt wurde zu einem leidlichen Ebenbild ihrer selbst? Ein Mann mit einem zeitaufwendigen Job in einer Designerfirma, die er mitbegründet hat, mit einer Frau und einer halbwüchsigen Tochter, einem fast neuen Saab und Handicap 3? Ein Mann, der immer weniger von dem Jungen wiederfindet, der er einmal war, wenn er sein Gesicht im Badezimmerspiegel mustert?

Die Antwort ist leicht, wenn man weiß, dass die Pistolen, die wir damals benutzten – zwei Desert Eagle XIX Kaliber 50 aus dem Waffenschrank von Ricks Vater –, Magazine mit sieben Schuss hatten. Und dass eine von ihnen viermal öfter abgefeuert worden war als die andere – einmal von Cole und dreimal von Rick, als er den Cop erschossen und Leo weggescheucht hatte. Als darum Rick und ich Seite an Seite im Blut unserer Freunde auf dem Boden knieten und er mir die Hand in den Nacken legte und seine Stirn an meine drückte und mich mit einem alten Spitznamen anredete, den ich schon beinahe vergessen hatte, war eine Pistole leer, und die andere – die in meiner zitternden Hand – enthielt noch vier Schuss.

Götzendienst

Du sollst keine anderen Götter haben neben mir.

2. Mose, 20,3

Mrs. DerSimonian sitzt mir gegenüber und ringt so gewaltsam die Hände, dass sie sich abwechselnd mit roten und mit weißen Flecken zur Wehr setzen. Mütter kommen damit generell schlechter zurecht als Väter, aber so schwer wie Mrs. DerSimonian tut sich kaum jemand. Das liegt erstens an ihrem fragilen Nervenkostüm, zweitens aber auch an dem Mutterschaftsbild der armenischen Einwanderer, das zu Affenliebe und Gluckerei einlädt. Sie schwitzt. Ihre Hände zucken in ihrem Schoß. Sie legt Lippenbalsam in dicken, glänzenden Schichten auf, eine über die andere, bis die ganze Praxis nach Erdbeeren riecht.

Heute steht Illusionsabbau auf dem Programm. Eine Anfängerübung, sicher, aber in den zwei Jahren, die ich Mrs. DerSimonian jetzt schon behandle, waren die Fortschritte eher bescheiden, hauptsächlich, wie mir mit der Zeit klar geworden ist, aufgrund mangelnder Verstärkung des bereits Erarbeiteten. Also wiederholen wir die Grundlagen ziemlich oft.

»Mrs. DerSimonian«, sage ich. »Gehen wir's an. Erzählen Sie mir, wie wunderbar Ihr Sohn ist.«

Sie weicht meinem Blick aus. Wie zwei verschreckte Eichhörnchen schnellen ihre Augen hinüber zu ihrem Sohn, Levon. Er sitzt in dem Laufstall am Fenster, wo die Nachmittagssonne ihn wärmt, ganz vertieft in ein Malbuch und eine Schachtel Wachskreiden.

»Levon ist schon recht«, sage ich ihr mit sanfter, aber fester Stimme. »Gut, das Kaninchen da hat er ziemlich verhunzt, mit diesen Krakellinien und dann noch dem lindgrünen Fell. Aber abgesehen davon ist er schon recht. Jetzt verraten Sie mir, was macht ihn so besonders?«

Ihr Blick flackert in meine Richtung, heftet sich jedoch auf die Wand hinter mir. »Sie machen mich ja doch wieder nur nieder«, sagt sie. »Erzählen mir lang und breit, wie völlig ich danebenliege.«

»Das ist das Procedere«, sage ich. »Es geschieht zu Ihrem Besten, Mrs. DerSimonian. Zum Besten von jedermann, allen voran Levon. Das wissen Sie doch.«

Sie holt tief und schaudernd Atem, schließt die Augen und klappt eine Hand vor den Mund. »Ich weiß nicht, ob ich dem heute gewachsen sein werde«, sagt sie durch die Finger. »Wir haben einen Schrecken erlebt, und ich bin immer noch völlig fertig.«

»Möchten Sie darüber sprechen?«, sage ich.

Sie öffnet die Augen wieder. Ihr Blick bleibt an dem Spruch an der Wand hinter mir hängen, der in gestickter Schnörkelschrift das Motto der BEHÖRDE ZUR UNTERBINDUNG DES KINDER-KULTS, kurz BUKK, verkündet: *Kinder sind wie jede andere Bevölkerungsgruppe: wenig Weizen – viel Spreu.*

»Ich wollte mir nur schnell einen Kaffee holen«, sagt sie. »Ich hatte nichts gefrühstückt, weil ich erst Viertel vor acht aufgestanden war und Levon doch montags um halb neun seinen Schwimmkurs hat.«

»Da geht's doch schon los«, sage ich. »Ein Schwimmkurs für Dreijährige? Ein Dreijähriger braucht überhaupt keine

Kurse. Er sollte in einer Schlammpfütze hinterm Haus herumtollen.«

Jetzt sieht sie mich direkt an. Ihr Gesichtsausdruck könnte nicht schockierter sein, wenn ich ihr geraten hätte, Levon eine Kettensäge zum Spielen zu geben.

»Ist Ihnen bewusst, wie gefährlich stehendes Wasser ist?«, fragt sie mich. »Es *wimmelt* nur so von Krankheitserregern. Erst letzte Woche ist in Florida ein Junge gestorben, nachdem er in einem überschwemmten Graben geplanscht hatte. Leptospirose.«

Wie viele Eltern heutzutage lässt Mrs. DerSimonian es sich nicht nehmen, sich über sämtliche Dinge kundig zu machen, die ihren Sohn umbringen könnten, mit Namen und bis ins Detail.

Aber ich gehe nicht darauf ein. »Erzählen Sie weiter. Heute Morgen. Kaffee.«

»O mein Gott, ja.« Die Hand flattert wieder zum Mund hoch. »Mir kommt schon das Zittern, wenn ich nur daran denke.«

Wieder verstummt sie. Ich warte. Sie sieht mich an, sieht weg, dann fährt sie fort.

»Ich bin aus dem Auto ausgestiegen und habe den Motor laufen lassen, für Levon, wegen der Klimaanlage. Normalerweise würde ich ihn natürlich *niemals* im Auto allein lassen, aber ich war ja nur dreißig Sekunden weg, da schien es einfach zu viel Aufwand, die Klappe an seiner Brandschutzkapsel zu öffnen und die ganzen Riemen von seinem Kindersitz aufzuschnallen und ihm den Helm abzunehmen. Vor allem den Helm. Er hasst ihn so, dass er schon Weinanfälle bekommt, wenn ich ihn nur in die Hand nehme. Also habe ich den Wagen abgesperrt, bei laufendem Motor, und mir schnell meinen Kaffee geholt. Aber als ich aus dem Laden kam, habe ich gemerkt, dass ich meinen Ersatzschlüssel zu Hause vergessen hatte. Ich fing an zu weinen.« Ihre Augen glitzern schon wieder von neuen Tränen. »Ich habe den Kundendienst angerufen, damit sie die Türsperre lösen, aber ich musste so weinen, dass die Frau mich nicht verstehen konnte, und die ganze Zeit saß Levon da drinnen gefangen, so nah, und ich konnte ihn doch nicht berühren und nicht in den Arm nehmen, und er sah, wie verzweifelt ich war, und fing *auch* zu weinen an. Irgendwann reimte sich die Frau vom Kundendienst dann zusammen, was ich von ihr wollte, und öffnete per Funksignal das Schloss, aber bis dahin hatte sie schon die Polizei und die Feuerwehr alarmiert, und die rückten alle an, zwei Streifenwagen, ein Krankenwagen und ein Feuerwehrauto, und da stand ich und fühlte mich grauenhaft, so absolut grauenhaft, dass ich meinen Sohn gefährdet und allen diesen freundlichen Leuten Arbeit gemacht hatte, nur für einen Kaffee, den ich nicht mal getrunken habe, weil er mir in meiner Panik aus der Hand gefallen ist.«

Ich zupfe ein Kleenex aus der Schachtel auf meinem Schreibtisch und reiche es Mrs. DerSimonian.

»Ich fühle mich immer noch grauenhaft«, schnieft sie und tupft sich die Augen.

Ich spiele kurz mit dem Gedanken, sie darauf hinzuweisen, dass Levon keine Sekunde in Gefahr war, dass der Notruf eigens zum Zweck solcher Einsätze existiert und dass eine Mutter, die ihren Sohn für dreißig Sekunden alleinlässt, wohl kaum ein unentschuldbares Vergehen begeht.

Stattdessen sage ich: »Mrs. DerSimonian. Erzählen Sie mir, wie wunderbar Ihr Sohn ist.«

Sie gibt einen erstickten, frustrierten Kehllaut von sich, lässt das Taschentuch in ihren Schoß fallen und sagt: »Er ist sehr, sehr intelligent, ja?«

»Nein!« – und ich haue mit der Faust auf die Tischplatte. »Beim letzten Wechsler-Intelligenztest für Kinder in der Vor- und Grundschule hat er gerade mal 92 Punkte erreicht, was ihn unter seinen amerikanischen Altersgenossen solide im Mittelfeld positioniert. In den sieben Tests davor ist er nie über die 98 hinausgekommen. Wie die meisten von uns wird auch Levon sich damit abfinden müssen, dass der intellektuelle Fortschritt der Menschheit zu seinen Lebzeiten von einigen wenigen Hochbegabten geleistet wird. Er wird ein Mitläufer sein, kein Mitgestalter.«

Mrs. DerSimonian schaut mich hasserfüllt an. »Wie wär's«, sagt sie, »wenn Sie sich einfach ins Knie ficken?«

Ich lehne mich zurück und fahre mir durchs Haar. »Ich will Ihnen doch nur helfen«, sage ich.

Als BUKK-Spezialist für Fälle übersteigerter Kinderliebe in Watertown und Umgebung bin ich sowohl der wichtigste als auch der verhassteste Mann in Kennebec County. Der wichtigste deshalb, weil ohne mich mein Zuständigkeitsbereich nur zu bald in den Zustand kindesanbetender Anarchie zurückverfiele, aus dem ich ihn erst vor zwei Jahren gerettet habe. Und der verhassteste, weil ich die Menschen zwinge, ihre Kinder als das zu sehen, was sie sind: als unvollkommene, sterbliche und letztlich nutzlose Kreaturen.

Bevor ich von der BUKK rekrutiert wurde, betrieb ich eine kleine Privatpraxis. Ich hatte eine Frau, einen Berg Schulden noch vom Studium, wir bekamen ein Kind. Alles, wie es sein sollte. Optimismusgeladen. Ich half den Menschen auf eine Art, die sie froh und dankbar machte. Sie kamen mit ihren Phobien, ihren Sexualstörungen und Selbstmordgedanken zu mir, und ich kümmerte mich um sie. Sie lagen mir am Herzen. Es war kein Job damals. Es war mein Leben. Ich nahm

Patienten an, die nicht versichert waren, ich arbeitete sechzehn Stunden am Tag, ich ließ auf eigene Kosten ein Krisentelefon bei uns zu Hause einrichten, damit die Leute anrufen konnten, wann immer sie mich brauchten. Meine Frau Laura, rundbäuchig und strahlend, liebte mich. Sie glaubte an das, was ich tat. Wir wollten eine Familie gründen.

Aber wir schrieben schlechte Zeiten, das Ende eines Jahrzehnts wirtschaftlicher Krisen mitsamt den dazugehörigen sozialen Missständen: Massenarbeitslosigkeit, ein besorgniserregender Anstieg bei Drogenmissbrauch, häuslicher Gewalt und Eigentumsdelikten, dazu Rassenunruhen, Arbeitskämpfe und, im Zuge der mittlerweile legendären Übernahme des Veteranen-Hospitals in Cleveland durch erboste Golfkriegs-Heimkehrer, organisierte und gewalttätige Insubordination.

Dann erfuhr die Welt von Gottes Tod im Sudan. Soweit sich die Vorfälle rekonstruieren ließen, hatte er menschliche Gestalt angenommen, um den bewaffneten Konflikt zwischen der islamischen Regierung des Sudan und dem christlichen Nuer-Stamm im Süden hautnah mitzuerleben. Er hatte versucht, mit einer Gruppe von Nuer-Flüchtlingen nach Kenia zu gelangen, und sich dabei in einem Nato-Draht-Zaun verfangen, der an ein Minenfeld angrenzte. Ein paar der anderen wollten ihn befreien, mussten aber fliehen, als Kampfflugzeuge der Regierung sie bombardierten. Sein Leichnam, von Dieben nackt ausgezogen und von der Äquatorsonne versengt, wurde nahe der Grenzstadt Kapoeta aufgefunden.

Sein Tod, dieser eine kleine Tod unter Tausenden, wäre unbemerkt geblieben, hätten nicht ein paar Wildhunde, die von seinem Kadaver fraßen, plötzlich begonnen, einen Mischmasch aus Griechisch und Hebräisch zu sprechen und auf den Wassern des Weißen Nils zu wandeln, als wäre er aus Glas.

Die Nachricht vom Tod Gottes, wie könnte es anders sein,

traf die Welt wie ein Keulenschlag. Eine Welle von Panik, gesellschaftlichem Aufruhr und allgemein schlechtem Benehmen schwappte über den Erdball. Das Kriegsrecht wurde ausgerufen, und in allen größeren amerikanischen Städten ging die Nationalgarde in Stellung. Die Selbstmordrate bei Nonnen und Geistlichen nahm epidemische Ausmaße an, ebenso wie die Gier nach Seelentröstern wie Kinderschokolade und Yes-Torties, die zu Ladenplünderungen im großen Stil führte. Die meisten, ich inbegriffen, glaubten das Ende nahe, und eine Zeitlang versteckten wir uns in unseren Häusern, schreckhaft und geduckt, jeden Moment darauf gefasst, mit einem Knall in Fetzen gerissen oder stillschweigend ausgelöscht zu werden.

Und dann geschah etwas Seltsames: gar nichts. Mit der Zeit gestanden wir uns ein, dass die Sonne unverändert morgens auf- und abends unterging, dass die Gezeiten immer noch pünktlich wechselten und dass wir und alle, die wir kannten, (die meisten jedenfalls) nach wie vor quicklebendig waren. Fernsehkommentatoren und selbsternannte Experten sonderten Theorien in Hülle und Fülle ab, aber unterm Strich – und die Mehrzahl begriff das intuitiv – sah es einfach so aus: Gott hatte die Welt erschaffen und sie auf ihre Bahn gesetzt, und in dieser Bahn zuckelte sie weiter, auch wenn er nun nicht mehr da war und Ordnung hielt.

Die Leute wagten sich aus ihren Schlupfwinkeln und kehrten zu ihrem Alltag zurück. Die Nationalgarde rüstete ab. Laura und ich stießen einen Seufzer der Erleichterung aus und gingen wieder ans Pläneschmieden: stellten Namenslisten zusammen, verglichen die Preise für Kinderzimmertapeten, kauften Mobiles und kleine Pullis. Eine Zeitlang war der einzig merkliche Unterschied zu früher die plötzliche Unstrukturiertheit der Sonntage.

Dann begann sich das eigentliche Problem abzuzeichnen. Ich beobachtete es bei meinen Patienten: ein spirituelles Vakuum, entstanden durch das Ableben Gottes. Auf der ganzen Welt suchten die Menschen fieberhaft nach etwas, das für ihren frisch verwaisten Glauben herhalten konnte. Die Agnostiker taten sich mit den Atheisten zusammen und setzten auf die Naturwissenschaft, aber wie immer waren sie hoffnungslos in der Unterzahl. Viele Leute, darunter weite Teile der afrikanischen Bevölkerung, bauten Tempel zur Anbetung der Hunde, die vom Fleisch Gottes gekostet hatten, Kirchen, deren Liturgie ausschließlich aus Bellen und Jaulen bestand, das phonetisch in die Gesangbücher transkribiert war. Und in das Chaos, das hier bei uns schwelte, trat eine Art weltlicher Messias, ein Spross des sumpfigen Atchafalaya-Beckens in Louisiana, der nur ‚*Das Kind*' hieß. Das Kind war genau, was der Name besagte – ein Junge von drei oder vielleicht vier Jahren, fröhlich und makellos, mit kakaobrauner Haut und einem so reichhaltigen Wortschatz, dass man meinen konnte, er hätte ein Wörterbuch verschluckt. Seine Botschaft, die er erst in Gemeinde- und Vortragssälen verkündete und dann, als seine Popularität wuchs, in Arenen und Sportstadien, war denkbar einfach: *Gott hat uns verlassen. Der Weg zur Erlösung führt über das Kind.*

Womit selbstredend gemeint war: jedwedes Kind.

Und Amerika, das ohnehin am Rande der Kindesanbetung schwankte, vernahm die Botschaft nur allzu willig. Schon bald griff ein Phänomen um sich, das in der Geschichte der Psychiatrie so noch nicht beobachtet worden war: Die Erwachsenen, gebeutelt von sozioökonomischen Nöten und überwölbt von einem atomaren Schutzschild, vor dem sie jetzt kein Gott mehr beschirmte, suchten Trost und Rat bei ihren Kindern.

Als Psychiater registrierte ich Beispiele dieses absonderlichen Verhaltens lange, bevor es in die Schlagzeilen geriet. Ricky Mascis, ein arbeitsloser alleinerziehender Vater, den ich unentgeltlich behandelte, quälte sich mit der Frage, welche seiner Rechnungen er bezahlen sollte – für alle reichte sein Geld nicht.

»Gut, ich muss eben, wie heißt das gleich? – Prioritäten setzen«, erklärte er mir. »Was ja zunächst mal noch ziemlich leicht geht. Ich meine, wenn die Frage ist, kaufe ich mir einen neuen Fernseher oder zahle ich die Stromrechnung, zahle ich natürlich die Stromrechnung. Gehört nicht viel dazu. Aber zurzeit ist die Frage eher: Soll ich diese Woche Essen kaufen, oder soll ich für die hundert Dollar lieber das Auto reparieren lassen, damit ich rumfahren kann und nach Jobs suchen?«

»Keine einfache Entscheidung«, gab ich zu. »Wozu tendieren Sie?«

»Ich weiß es nicht. Ich hab Boo gefragt, was er meint, wofür ich das Geld ausgeben soll.« Boo war Rickys vierjähriger Sohn, Ricky Junior. »Er hat gesagt, ich soll zehn Dino-Puzzles davon kaufen.«

»Süß«, sagte ich. »Das ist das Schöne, wenn man ein Kind ist. Die schwierigen Entscheidungen treffen andere.«

»Ich weiß nicht, Doc«, sagte Ricky. »Boo ist ein echt schlaues Kerlchen. Ich meine, richtig schlau, und ich hab es satt, mir ständig über diesen Mist den Kopf zu zerbrechen. Vielleicht sind die Dinos ja wirklich keine so schlechte Idee.«

Es wurde schlimmer, und zwar rapide. Gott, gehandicapt durch eine anrüchige Vergangenheit und tot noch dazu, war out; Kinder, berührbar, schuldlos und zum Anbeißen niedlich, waren in. Nicht lange, und das Phänomen hatte sich zu einer handfesten Zweistufenkrise ausgewachsen. Vom Gros der Erwachsenen – das die eher gemäßigte Stufe ausmachte –

wurden die Kinder lediglich etwas mehr verwöhnt als vor Gottes Tod. Tobsuchtsanfälle wurden geduldet, sogar belächelt. Müllkippen quollen über von abgeschnittenen Brotrinden und unberührten Gemüsebeilagen. Die Toys-'R'-Us-Aktien stiegen in nur drei Wochen um neunzig Prozent. Die schlimmste Auswirkung dieser Entwicklung war ein moderater Produktivitätsverlust, da die früher hinterm Schalter und am Fließband verbrachte Zeit nun stattdessen bei Happy Meals oder im Streichelzoo verplätscherte. Dennoch wäre das Problem ohne allzu drastische Maßnahmen beherrschbar gewesen, hätte es nicht zudem eine zwar kleinere, aber umso radikalere Gruppe gegeben.

Diese Eltern waren in Amerikas traditionellen Bastionen der Frömmigkeit zu finden – dem tiefen Süden, dem ländlichen Nordosten, Utah. In diesen Gegenden vollzog sich der Übergang zur Kindesanbetung zügig und konsequent, und Laura und ich bekamen ihn hautnah mit. Siebzig Prozent der Erwachsenenbevölkerung gingen ab sofort nicht mehr zur Arbeit, weil sie lieber Zeichentrickfilme sahen, Gameboy spielten und sich überbackene Käsetoasts, Erdnussbutter-Marmeladen-Brote und Chocolate Chip Cookies zu Gemüte führten. Die Grundversorgung brach zusammen. Die Leute starben auf den Straßen, weil es keine Sanitäter mehr gab, die sie ins Krankenhaus brachten, und wenn sie es doch bis ins Krankenhaus schafften, gab es dort keine Ärzte.

Wieder wurde die Nationalgarde mobilisiert, aber wie sich zeigte, konnte sie nicht viel mehr ausrichten, als dafür zu sorgen, dass niemand die betroffenen Gebiete betrat oder verließ. Die Aufgaben, für die die Gardisten ausgebildet und ausgerüstet waren – Aufrechterhalten der öffentlichen Ordnung, Gewalteindämmung –, griffen nicht, und sie konnten die Menschen ja schlecht mit vorgehaltener Pistole daran hindern, Zeit mit ihren Kindern zu verbringen. Eine andere, ganzheitlichere Lösung war gefragt.

Nicht lang, und die Nationale Katastrophenschutzbehörde berief in Zusammenarbeit mit einer ungenannten Abteilung des Secret Service eine Notkonferenz der Psychiater und Psychologen in Washington ein. Ich musste hin, wenn unser Kind irgendeine Art von Zukunft haben sollte. Ich wischte den Staub von meinen Bergstiefeln und packte einen Rucksack mit Dosensuppen und Dörrfleisch aus dem aufgelassenen 7-Eleven voll. Laura und ich weinten ein bisschen.

»Du tust das Richtige«, sagte sie.

Ich zog sie an mich, presste ihren Bauch an meinen Körper. »Ich könnte Gott verfluchen, dass er mich vor eine solche Wahl stellt«, sagte ich. »Aber du weißt ja.«

»Geh«, sagte sie und schob mich sanft von sich weg. Sie verschränkte die Finger über der Wölbung ihres Leibs und lächelte. »Wir werden auf dich warten.«

Das zumindest stimmte. Als ich drei Monate später aus D.C. zurückkam, begleitet von einem Aufklärungstrupp der Army und bewaffnet mit einem Ryder-Truck voll antipsychotischer Medikamente sowie dem brutalen, aber wirkungsvollen Therapieplan der Regierung, lagen Laura und der Sohn, dessen Geburt sie mit dem Leben bezahlt hatte, zusammengekrümmt auf dem Küchenfußboden und warteten darauf, dass ich sie begrub.

Mrs. DerSimonian ist meine letzte Patientin für heute. Als sie weg ist, kritzele ich noch ein bisschen in ihrer Akte herum, sperre dann mein Büro ab und trete ins Freie. Auf dem Kofferraumdeckel meines Celica sitzt Jeff Pauquette. Die Ärmel seines unvermeidlichen Flanellhemds sind hochgekrempelt und geben den Blick auf haarige, muskulöse Unterarme frei. Unter dem Schirm seiner Teague-Tractor-Supply-Baseballmütze hervor schaut er finster zu mir herüber.

»Na, heut ham die sich aber ausgetobt, die da!«, ruft er mir quer über den Parkplatz entgegen.

Das ist unser kleines Spiel. Jeden Tag, während ich meine Sprechstunde abhalte, macht Jeff mein Auto kaputt. Dann tut er so, als wäre es jemand anders gewesen, und ich tue so, als wüsste ich nicht, dass er es war. Am größten ist der Schaden für gewöhnlich am Mittwoch, nach unserem wöchentlichen Pflichttermin, aber sein heutiges Zerstörungswerk macht ihm so schnell keiner nach. Der rechte Hinterreifen ist nur noch ein Haufen Fetzen, rund um die ganze Felge aufgeschlitzt. Jeff hat sich außerdem die Mühe gemacht, ein Verkehrsschild aus seiner Verankerung zu reißen und damit die Scheibe auf der Fahrerseite einzuschlagen. Das Schild spießt aus dem Fenster, als ich näher komme, und befiehlt mir: STOP.

Ich stelle meine Aktentasche auf den Boden und hieve das Schild heraus. »Heute müssen sie ja eine Stinkwut gehabt haben«, sage ich zu Jeff.

»Müssen sie wohl«, stimmt er mir zu.

»Ich frag mich ja, warum«, sage ich. »Ich frage mich, was ich heute verbrochen habe, um sie so wütend zu machen. Darf ich kurz? Ich muss den Ersatzreifen rausholen.«

Jeff lässt sich Zeit beim Aufstehen. »Vielleicht hätt ich da ja ein paar Theorien dazu«, sagt er. »Vielleicht könnt ich Ihnen ja ein bisschen auf die Sprünge helfen. Bloß denk ich eben den ganzen Tag drüber nach, was für miese Versager meine beiden Jungs sind, so, wie Sie's mir angeschafft haben.«

Ich hole Wagenheber, Kreuzschlüssel und Ersatzreifen aus dem Kofferraum. »Sie sind keine miesen Versager, Jeff. Einfach nur normal. Durchschnittlich.«

Was streng genommen nicht stimmt. Abe, der Jüngere, könnte es mit seinem hammerharten Wurf mit nahezu jedem Baseballprofi aufnehmen. Er ist außerdem ein ungewöhnlich weichherziger Junge. Er weint bei der Fernsehwerbung und zeigt keine der rücksichtslosen Anwandlungen gegenüber Fröschen und Käfern, die bei anderen Heranwachsenden gang und gäbe sind. Aber er hat eine Hasenscharte, also rücke ich bei den Sitzungen mit seinem Vater die in den Vordergrund.

Jeff schaut mir beim Arbeiten zu. »Wissen Sie«, sagt er nach einer Weile, »dieses Problem mit Ihrem Wagen gerät irgendwie außer Kontrolle. Sie sollten zur Polizei gehen, Sie.«

Ich ziehe die letzte Mutter fest und schaue zu ihm hoch. »Wir wissen doch beide, dass die Polizei nichts unternehmen wird, Jeff. Da hassen sie mich doch auch. Die hassen mich ganz genauso wie Sie.«

Zum ersten Mal lächelt Jeff. »Nein«, sagt er. »So wie ich Sie hasse, so hasst Sie hier in der Gegend sonst keiner.«

»Seien Sie sich da nicht so sicher«, sage ich. »Ich habe Reggie Boucher letzte Woche hinter Gitter gebracht, weil er zwei Sitzungen hintereinander verpasst hat. Könnte also sein, dass Sie den ersten Platz vorübergehend an ihn abtreten müssen.« Ich packe das Werkzeug zurück in den Kofferraum und schlage den Deckel zu. »Gibt es sonst noch was, Jeff? Möchten Sie über irgendwas reden?«

»Nein, das wär's«, sagt er. »Ich muss schauen, dass ich heimkomme. Diesen beiden undankbaren Schmarotzersöhnen Essen kochen.«

»Schönen Abend noch«, sage ich. Aber ich weiß, dass er noch nicht abziehen wird, und so ist es. Er setzt sich in seinen Pickup und wartet, während ich die Glasscherben aus meinem Auto klaube und den Motor anlasse. Dann bleibt er den ganzen Nachhauseweg hinter mir, fährt dicht auf und drückt dabei wild auf die Hupe. Als ich meine Einfahrt erreiche und zum Tor hineinfahre, tritt er aufs Gas und zieht mit aufheulendem Motor an mir vorbei.

Ich parke im Einfahrtsrondell und inspiziere als Erstes die Garage. Die drei Meter hohe Grundstücksmauer überklettert keiner, auch Jeff nicht, aber ich nehme trotzdem die Schutzplane vom Jaguar und untersuche ihn auf winzigste Spuren der Niedertracht. Als ich nichts finde, hebe ich einen neuen Reifen von dem Stapel an der Rückwand und rolle ihn hinaus zum Celica, wo ich ihn zu den anderen drei in den Kofferraum lege.

Dann gehe ich ins Haus, tippe den Code in die Tastatur der Alarmanlage, schließe die Tür dreimal ab und mache, dass ich in den Keller komme, bevor die Bewegungsmelder sich wieder einstellen.

Selia sitzt im Hobbyraum vor dem Fernseher, in dem irgendwelche Menschen gegen Geld Kuh-Augäpfel verspeisen. Es gibt fünf Personen in der Stadt, die keine wie auch immer geartete Beziehung zu Kindern haben. Zu meinem Glück ist Selia eine von ihnen.

»Hi«, sagt sie. »Was war heute kaputt?«

»Ein Reifen, aufgeschlitzt«, sage ich. »Fahrerfenster, eingeschlagen.«

»Autsch.«

»Jeff wird jeden Tag skrupelloser.«

»Der Mann hatte noch nie Skrupel«, sagt Selia. »Der weiß gar nicht, was Skrupel sind.«

»Was macht deine Mutter?«

»Alles wie gehabt. Als ich heute aus dem Bad kam, hat sie mich für einen Einbrecher gehalten. Und sie sagt nach wie vor Betty zu mir.«

»Irgendwelche Post?«, frage ich.

»Das Übliche. Werbung. Ein Dutzend Drohbriefe.«

Ich trete mir die Schuhe von den Füßen und kuschle mich neben sie auf die Couch. »Und du willst immer noch die Freundin des verhasstesten Mannes im ganzen Landkreis sein?«

»Ist nicht so tragisch, bis auf das Rumgeschleiche«, sagt sie. »Legen wir los, Cowboy. Ich muss zurück, bevor sie wieder auf die Idee kommt, sich Klowasser-Martinis zu mixen.«

Wir ziehen uns gegenseitig aus. Selia führt ihr Diaphragma ein und schiebt drei Schaumzäpfchen hinterher. Ich kontere mit zwei Kondomen übereinander. Wir dimmen das Licht. Schön ist das.

Hinterher küsst sie mir die Stirn, dann die Hand und fragt, ob sie mir noch was fürs Abendessen einkaufen soll. Wenn Selia nicht da ist, muss ich die sechzig Meilen bis zum Shop ’n Save in Dover fahren, weil mir hier im County kein Laden etwas verkauft. Aber heute habe ich noch eine halbe Tüte Spanakopita und ein paar Kroketten im Gefrierfach. Ich komme schon klar.

»Dann wird es wohl Zeit für den Dienstbotenausgang«, sage ich, womit ich den unterirdischen Tunnel meine, der von meinem Keller zu einem Seitensträßchen zwei Häuserblocks weiter führt und hinter dem Malibu-Sonnenstudio herauskommt, wo Selia ihr Auto abstellt.

»Ich wünschte wirklich, du würdest den Job hinwerfen«, sagt sie. Sie zieht ihren Mantel an. »Dann könnten wir in sechs Monaten oder so, wenn die Leute dich nicht mehr gar so sehr hassen, vielleicht einfach Zeit zusammen verbringen wie andere Paare auch. Zu Primo’s essen gehen. Oder einen Film anschauen, ohne deshalb gleich bis New Hampshire fahren zu müssen.«

»Schätzchen, ich kann den Job nicht hinwerfen«, sage ich.

»Genauso wenig, wie du deine Mutter im Stich lassen kannst. Diese Menschen brauchen mich.«

»Sch… auf sie«, sagt sie. »Sie brauchen *jemanden*. Nicht dich im Speziellen. Du bist schließlich nicht der einzige Psychiater.«

Ich lache. »Aber so richtig Schlange stehen die Leute um den Job auch wieder nicht.«

»Gut, gut«, sagt sie und schnappt sich ihre Handtasche vom Couchtisch. Sie gibt mir ein flüchtiges Küsschen auf die Lippen. »Dann tschüs, mein kleiner Lieblingsmärtyrer.«

Ich sehe ihr nach, wie sie im Tunnel verschwindet, und denke: *Das Gleiche könnte ich von dir sagen, mein Schatz. Dir hängt deine Mutter schließlich auch am Hals wie ein bleierner Rettungsring*. Aber das wäre nicht ganz fair. Denn wie ich ihr schon mehrmals gepredigt habe: Das Erwachsensein ist nichts als ein einziger Kampf gegen den Drang, heulend und schreiend vor dem vielen Unangenehmen wegzulaufen, das einem das Leben auferlegt. Selia hat ihre Mutter. Ich habe diese Stadt und die Leute darin.

Aber um durchzuhalten, um das Unangenehme getreulich bewältigen zu können, braucht jeder ab und zu eine Belohnung. Ich bilde da keine Ausnahme. Also warte ich, bis ich mir sicher sein kann, dass Selia weg ist, und dann gehe ich an den Safe im Schlafzimmer und hole meine handverlesene (und vor allem hochverbotene) Sammlung von Kinderbekleidungskatalogen heraus. Achtundvierzig Stück sind es, von windigen Zeitungsbeilagen bis hin zu dem Prunkstück der Sammlung, den siebenhundert Hochglanzseiten des BestDressedKids-Weihnachtsprospekts noch aus dem Jahr, bevor die Erwachsenenbevölkerung Kinder zu ihren Göttern erhob. Jetzt sind Kinderbekleidungskataloge – ihre Herstellung, ihr Vertrieb, ihr Besitz – natürlich illegal, aber dank meinem BUKK-Gehalt war es mir im letzten Jahr ein Leichtes, diskret fast fünfzig verschiedene Kataloge aufzutreiben. Die meisten stammen aus Skandinavien, wo Bildnisse von Kindern keinen Straftatbestand darstellen, deshalb sind die Models einheitlich blauäugig und blond, aber daran störe ich mich nicht. Kinder sind Kinder.

Ich setze mich auf den Boden und breite die Sammlung vor mir aus. Eine Weile weide ich mich an den Coverfotos, an den kleinen Ärmchen und Beinchen, den knisternd-glatten neuen Parkas und flotten Jeans-Overalls, dem milchzähnigen Lächeln. Dann schichte ich die Kataloge zu einem Stapel auf und blättere sie einen nach dem anderen durch. Meine Lieblingsseiten sind mit Post-its markiert. Alle meine Lieblingskinder sind Jungen, alle haben sie einen Namen und eine Geschichte, und jede dieser Geschichten ist heiter. Ich lächle und werde Teil ihrer Heiterkeit, dieses Wohlbehagens, das ein normales Leben und hundert Prozent Naturfasern bescheren. Zeitweilig bin ich so gerührt, dass ich ein bisschen weine.

Aber das sind die einzigen Phantasien, die ich mir gönne. So groß die Versuchung bisweilen auch sein mag, stelle ich mir nie vor, dass Laura noch am Leben ist oder dass unser Sohn seine Geburt überlebt hat und jetzt als hinreißender Zweijähriger herumwackelt und alles anstaunt, ein fröhlicher Junge mit dem roten Haar seiner Mutter und einer tiefen Verehrung für Mack-Trucks. Nie liege ich dösend auf dem Sofa und bilde mir ein, seine nackten Füßchen über den Küchenboden platschen zu hören, einer Wollmaus oder einem Matchbox-Auto hinterher. Genauso wenig, wie ich mir ausmale, Selia einfach bei der Hand zu nehmen, diese Stadt ihrem elendiglichen Schicksal zu überlassen und eine neue Familie zu gründen, an einem Ort, wo es warm ist und die Menschen nicht verrückt sind.

Nie, nicht ein einziges Mal, gestatte ich mir einen derartigen Luxus.

O nein. Nach einer Weile sammle ich die Kataloge wieder ein, packe sie in den Safe zurück, drehe das Zahlenrad und gehe nach oben, um mein Abendessen aufzutauen.

Am nächsten Morgen muss ich zur Bank, also breche ich eine halbe Stunde eher auf. Lester Hicks, der Direktor der Kennebec Federal Savings, hat eine sechsjährige Tochter und ist mir so spinnefeind wie alle anderen Eltern, Großeltern, Paten, Tanten, Onkel, großen Brüder oder Schwestern hier in der Stadt, aber da ich mehr wert bin als das Bruttosozialprodukt von Sierra Leone und Gambia zusammengenommen, duldet er mich grollend als Kunden.

Was nicht heißt, dass ich freundlich oder auch nur höflich behandelt würde. Als ich auf den ersten Platz in der Schlange vorrücke, hängen alle drei Schalterbeamten gleichzeitig ihre GESCHLOSSEN-Schilder ins Fenster und verschwinden. Ich warte. Hinter mir wird gemurrt und geschimpft, nicht auf die Bankangestellten, sondern auf mich. Jemand zieht meine Abstammung in Zweifel und lässt recht unzart anklingen, ich könnte meine Existenz der Sodomie verdanken. Ein anderer meint, vielleicht wäre ich ja einfühlsamer, wenn ich selbst Kinder hätte, nur würde das eben gewisse sexuelle Handlungen voraussetzen, zu denen ich eindeutig nicht fähig bin. Das geht eine Viertelstunde so, bis die Schalterbeamten wieder auf der Bildfläche erscheinen, von Lester aus dem Gemeinschaftsraum gescheucht. Sie debattieren in giftigem Flüsterton mit ihm. Schließlich verordnet Lester mehrere Runden Schere-Stein-Papier, nach denen sie an ihre Schalter zurückkehren, die Verliererin mit mürrisch gesenktem Haupt.

Auf dem Weg zum Ausgang stoße ich fast mit Selia zusammen, die von der Straße hereinkommt.

»Hallo«, sage ich und wappne mich schon einmal.

»Hallo«, sagt sie leise, dann, lauter: »Platz da, Sie Kretin!« Sie räuspert sich so geräuschvoll, dass ihr ganzes Gesicht sich verzieht, und spuckt mir einen dicken Batzen Speichel auf mein Sportsakko.

Alle in der Bank applaudieren. Selia wirft mir einen Blick zu, der entschuldigend ist, aber auch belustigt. So heftig sie das sicher abstreiten würde: Manchmal frage ich mich, ob diese »Zufallsbegegnungen« wirklich so zufällig sind; immerhin scheinen sie bevorzugt dann aufzutreten, wenn wir eine Meinungsverschiedenheit hatten, und so, wie ich Selia kenne, würde ich es ihr durchaus zutrauen, ein Zusammentreffen in der Öffentlichkeit herbeizuführen, damit sie mich ordentlich herunterputzen kann.

An diesem Abend ist der einzige Schaden an meinem Celica der Kübel roter Farbe, der über der Motorhaube ausgekippt worden ist, darum schaffe ich es etwas früher als sonst nach Hause. Selia ist nicht da, und es wird fast zehn, bis sie endlich auftaucht.

»Alles in Ordnung?«, frage ich, als sie aus dem Tunnel kommt.

»'tschuldige«, sagt sie und lässt ihre Handtasche fallen. »Ich war den ganzen Tag im Krankenhaus. Mom hatte einen Sack Pflanzenerde aus dem Schuppen in die Finger gekriegt, während ich auf der Bank war, und sich eine Riesenportion davon einverleibt. Als ich heimkam, saß sie mit vollen Backen vor dem Fernseher und sah *Der Preis ist heiß!*«

»Eklig – aber warum deshalb dieser Aufstand? Es ist doch bloß Erde.«

»Nein, es ist dieses Wachstumszeug. Da sind alle Arten von

Dünger und Chemikalien drin. Sie haben ihr den Magen ausgepumpt und sie mit Kohletabletten vollgestopft. Die gute Nachricht ist, dass sie sie über Nacht dabehalten, das heißt, ich kann hierbleiben.«

»Prima«, sage ich, und leise Enttäuschung, fast ein Anflug von Panik durchzuckt mich bei der Vorstellung, auf mein nächtliches Katalog-Ritual verzichten zu müssen.

Selia stellt sich hinters Sofa und knetet mir die Schultern. »Nur musste ich dann noch abwarten, bis klar war, dass sie Haare und Fingernägel und Gebiss gesäubert bekommt und die Strümpfe gewechselt kriegt und den Fernseher laufen lassen darf, weil sie ohne nicht schlafen kann. Und als ich dann aus dem Krankenhaus kam – deshalb bin ich noch mal später dran –, hatte mein Auto einen Platten.«

Meine inneren Alarmglocken beginnen zu schrillen. »Einen Platten? War der Reifen aufgestochen?«

»Nein«, sagt sie. »Ich hab den Wagen in die Werkstatt schleppen lassen, und da haben sie im Profil einen Nagel gefunden. Sie meinten, das passiert im Sommer andauernd. Überall wird gebaut, da liegen haufenweise Nägel auf der Straße.«

»War zufällig Jeff Pauquette irgendwo in deiner Nähe?«

»Ich sag dir doch, er war's nicht«, sagt sie und knetet fester. »Sei nicht so paranoid.«

»Stimmt, warum mache ich mir Sorgen?«, sage ich. »Nach dieser Hassdemonstration in der Bank heute … Selbst wenn Jeff wüsste, dass wir zusammen sind, würde es ihm keiner abkaufen.«

Selia unterdrückt ihr Kichern nur halbherzig. »Tut mir echt leid«, sagt sie. »Aber du musst zugeben, dass es ziemlich überzeugend war.«

»Ein bisschen zu überzeugend. Das war mein Lieblingssakko.«

»Ich bezahl dir die Reinigung, okay, du Riesenbaby?«

»Das Geld ist nicht das Problem«, sage ich. »Das Problem ist, dass für mich die nächste Reinigung in Dover liegt.«

»Jetzt hab dich nicht so«, sagt Selia. »Ich bring die Jacke doch für dich hin. Was hab ich denn sonst zu tun? Ich nehme das Auto. Eine kleine Spazierfahrt macht Mom sicher Spaß.«

Später wacht Selia aus einem Albtraum auf. Sie saßen im Auto, erzählt sie mir, unterwegs nach Dover, und plötzlich grapschte sich ihre Mutter mein Sakko und ließ sich damit zur Beifahrertür herausfallen, und dann schlug sie auf dem Asphalt auf und rollte ein Stück und brabbelte dabei irgendetwas von Gefilte Fish.

»Ich konnte nicht anhalten«, sagt Selia. »Ich habe gebremst und gebremst, aber das Auto ist einfach weitergefahren. Und ich konnte immer nur denken, wenn mir die BUKK-Steuer auf die Kindersicherung nicht zu hoch gewesen wäre, dann hätte sie gar nicht erst rausspringen können.«

Sie zittert richtiggehend.

»Trink einen Schluck Milch«, schlage ich vor.

»Keine Milch«, sagt sie. »Ich glaube, ich hol mir was bisschen Stärkeres aus der Bar, wenn ich darf. Aber erst rufe ich kurz im Krankenhaus an.« Sie steht auf und geht zur Treppe.

»Vergiss nicht, die Bewegungsmelder auszuschalten«, rufe ich ihr nach.

Ich warte, bis sie oben angekommen ist, dann ergreife ich die Gelegenheit beim Schopf, schleiche mich an den Safe und stehle ein paar hastige Blicke auf meinen Weihnachtsprospekt. Als ich ihre Schritte auf der Treppe höre, lege ich den Katalog wieder hinein, schließe die Safetür so behutsam, dass kein Geräusch entsteht, und husche zurück ins Bett.

Am nächsten Tag, Mittwoch, habe ich um ein Uhr meine Sitzung mit Jeff. Er ist pünktlich und lächelt mich doch tatsächlich an, als ich ihm die Tür öffne.

»Wie geht's, wie steht's?«, fragt er fröhlich und freundlich.

»Gut, Jeff, danke«, sage ich. Jeff nimmt unaufgefordert Platz, und nachdem ich ein Weilchen ratlos auf seinen Hinterkopf gestarrt habe, setze ich mich an meinen Schreibtisch und stelle den Wecker auf fünfzig Minuten.

»Sieht so aus, als hätten die Ihr Auto heute so weit in Frieden gelassen«, sagt Jeff. Er lächelt immer noch.

»Ach ja?« Ich versuche unbeteiligt zu klingen. »Wenn Sie eine Prognose abgeben müssten, würden Sie dann sagen, es besteht eine Chance, dass sie es noch ein bisschen länger in Frieden lassen?«

Darüber muss Jeff erst mal ausführlich nachgrübeln. Er legt den Kopf in den Nacken und reibt sich gedankenvoll das Kinn. »Doch«, sagt er dann. »Die haben richtig gute Laune heute, da passiert Ihrem Auto nichts.«

»Na, das ist ja eine erfreuliche Nachricht«, sage ich.

»Wer weiß.« Er fixiert mich, und sein Lächeln wird noch breiter. Einen Augenblick lang bin ich überzeugt, dass mein Leben gleich enden wird, jäh und in höchstem Maße blutig; Jeff ist endgültig übergeschnappt und spaltet mir den Schädel mit dem offiziellen BUKK-Briefbeschwerer, der Statuette eines lachenden Kindes, auf deren Sockel die Worte NICHTS BESONDERES eingraviert sind. Ich wende den Blick ab, fröstelnd. Als ich wieder hinsehe, fixiert er mich unverändert, nach wie vor mit diesem Lächeln, aber ich lese nichts Aggressives in seinen Augen. Nein, sein Gesichtsausdruck ist eher der eines Pokerspielers, der auf drei Assen sitzt.

Ich räuspere mich und schiebe die Papiere auf meinem Tisch hin und her. »Na, dann wollen wir mal anfangen, Jeff«, sage ich. »Ich habe für heute ein bisschen negative Verstärkung vorgesehen, wenn Sie sich also obenrum freimachen würden, damit ich die Elektroden ansetzen kann …«

»Klaro.« Er knöpft sein Flanellhemd auf und zieht es aus. Auf seiner Brust sind noch vier haarlose Stellen von unserer letzten NV-Sitzung. Als ich mit den Elektroden hinter dem Schreibtisch hervorkomme, nimmt Jeff sie mir aus der Hand und legt sie sich selber an.

»Alles startklar, hier«, sagt er, wobei er die Haftflächen mit den Fingerspitzen glattdrückt. Dann sieht er auf und lächelt noch ein bisschen.

Ich setze mich wieder hin und schalte den Apparat ein. »Fertig?«

»Schießen Sie los«, sagt er.

Ich zeige Jeff ein Bild von seinem Sohn Abe.

»Muttersöhnchen. Übersensibel. Miserabler Angler. Schafft es nicht mal, einen gottverdammten Wurm auf einen Haken zu spießen. Ein Weichei, das ist er.«

»Gut«, sage ich. Meine Hand liegt, gierig und zitternd, auf dem Kippschalter. »Weiter.«

»Hässlich. Zahnlückig. Ungleich große Augen. Und diese Hasenscharte, auf der Sie immer so rumreiten. Läuft mir kalt den Rücken runter, wenn ich bloß hinschaue. Sieht wie ein fetter nackter Kater aus, der Bub.«

Und so geht es weiter. Ich überziehe die übliche halbe Stunde um zehn Minuten, an deren Ende alles, aber auch alles abgedeckt ist – Abe, Jeffs älterer Sohn Corey, Negativeindrücke von Kindern ganz allgemein. Jeff muss nur einmal zur Ordnung gerufen werden, als er Abe dafür kritisiert, dass er zu wenig auf die Meinung seiner Klassenkameraden gibt. Ich halte den Schalter etwas länger gedrückt als die vorgeschriebenen zwei Sekunden, um dann einzuräumen, dass das zwar an eine Fangfrage grenzt, aber was Kinder denken, ist so gänzlich irrelevant, dass nicht mal andere Kinder etwas drauf geben sollten.

Ich bin zugegebenermaßen etwas enttäuscht, dass er mir keine weitere Gelegenheit gibt, ihn zur Ordnung zu rufen.

»Nicht schlecht, oder?«, sagt er, als ich die Elektroden wieder an mich nehme und ihm sein Hemd zurückgebe. »Hab mich doch gut geschlagen, stimmt's?«

»Für diese Woche hätten wir's, Jeff«, sage ich. »Sie finden ja allein raus.«

»Ich denke, doch«, sagt er und steht auf.

»Und Sie sind sicher, dass sie mein Auto vorerst in Frieden lassen, ja?«

»Dem Auto passiert nichts«, sagt er. »Diese Typen, die Ihren Wagen in die Mangel nehmen, die sind heute richtig gut drauf.«

Und ich, der dicke, dumme Fisch, beiße endlich an. »Warum, Jeff?«, frage ich. »Woher kommt diese blendende Laune so plötzlich?«

Er bleibt an der Tür stehen. »Da hätte ich eine Gegenfrage für Sie«, sagt er. »Wie viel von der fetten Kohle, die Sie scheffeln, wenn Sie unsre Kinder runtermachen, mussten Sie für diesen Tunnel blechen?«

Wir starren einander an. Meine Kinnlade ist nach unten geklappt, und irgendwie kriege ich sie nicht wieder hoch.

»Bis dann, Boss«, sagt Jeff, und lächelnd zieht er die Tür hinter sich zu.

Selia ruft mich völlig aufgelöst an.

»Mein Auto ist Kleinholz«, sagt sie. »Sämtliche Fenster sind eingeschlagen. Und die Reifen muss jemand mit der Kettensäge bearbeitet haben.«

»Das war Jeff«, sage ich.

»Es war Jeff, na super«, sagt sie. »Und wie hat er das mit uns deiner Meinung nach rausbekommen?«

»Keine Ahnung. Er weiß über den Tunnel Bescheid. Er muss dich gesehen haben, wie du gekommen oder gegangen bist.«

»O mein Gott.«

»Selia, reg dich nicht auf«, sage ich.

»Ich soll mich nicht aufregen? Und wie soll es jetzt weitergehen? Soll ich sechzig Meilen weit fahren, um mir eine Cola zu kaufen, wie du?«

»Liebling«, sage ich, »wir finden eine Lösung.«

»Er wird es allen sagen, die er kennt. Und die sagen es allen, die sie kennen. Sie werden mich aus der Stadt jagen. Sie werden mit Fackeln und einem Strick vor meiner Haustür anrücken«, sagt sie. »Ich kann nicht von hier weggehen. Das wäre Moms Tod. Sie ist in diesem Haus aufgewachsen.«

»Vielleicht kommt es ja gar nicht so schlimm.«

»Sag so was nicht«, sagt sie. »Du glaubst es ja selber nicht. Es wird mindestens so schlimm kommen. Es wird die Hölle sein.«

Sie fängt zu weinen an. Wie versteinert sitze ich da, den Hörer ans Ohr gepresst, und während ich ihren Schluchzern lausche, wird ein Gefühl in mir wach, das ich schon fast nicht mehr kannte – Wut.

»Versteh das nicht falsch«, sagt sie leise, »denn es hat wirklich nichts mit dir persönlich zu tun, aber jetzt gerade bereue ich es ein bisschen, dich jemals kennengelernt zu haben. Ich habe das Gefühl, das sollte ich dir sagen.«

Meine Gedanken, aufgestachelt von dieser so unvermittelten, unvertrauten Wut, galoppieren wild voraus, und ich kann Selia nur mit Mühe hören.

»Das ist fast das Schlimmste daran, dass Gott tot ist«, sagt sie. »Weißt du, was ich meine? Wenn dir früher alles schiefging, konntest du immer noch mit der Faust zum Himmel hinaufdrohen und Beschimpfungen in dich reinmurmeln, und irgendwie wusstest du, Gott hat Verständnis dafür – er hatte dich in diese Scheißsituation gebracht, also war es dein gutes Recht, sauer auf ihn zu sein. Jetzt ist die Kacke am Dampfen, und es ist niemand da, dem man die Schuld geben kann.«

»Selia«, sage ich. »Mach deine Mutter ausgehfertig. Ich hole euch ab.«

»Wohin gehen wir?«

»Ins Asia-Haus.«

An ihrem Ende entsteht eine Pause. »Wie bitte?«

»Hör mir erst mal zu«, sage ich. »Ich habe eine Idee.«

Selia hört zu. Als ich fertig bin, weint sie noch mehr und sagt, so etwas mache sie nicht, unter gar keinen Umständen, aber ihre Weigerung ist der schwächliche Protest derer, die wissen, dass sie keine Wahl haben.

»Gib mir zehn Minuten«, schnieft sie.

Trotz regelmäßiger Fälle von Lebensmittelvergiftung ist das Asia-Haus schon sechs Jahre in Folge das beliebteste Restaurant von ganz Watertown. Es ist außerdem das einzige Lokal der Stadt, in dem ich als Essensgast geduldet bin – der Besitzer, Ping, bringt als Chinese Kindern die gebührende Gleichgültigkeit entgegen und ist deshalb von der Zwangstherapie befreit.

Als wir ankommen, ist der Parkplatz voll wie immer. Ich parke den Jaguar ein und wende mich zu Selia um.

»Also«, sage ich. »Ich geh jetzt da rein. Du wartest hier

eine Viertelstunde oder so, dann kommst du nach, und alles läuft wie besprochen.«

Selia weicht meinem Blick aus. »Ich mach das nicht mit«, sagt sie. »Ich hasse dich dafür, dass du mir das antust.«

»Viel anderes bleibt uns nicht übrig«, sage ich. »Es sei denn, du willst nach New Hampshire ziehen.«

»Ich gehe nicht nach New Hampshire«, meldet Selias Mutter vom Rücksitz.

»Okay?«, sage ich. »Selia?«

»Okay.«

»Aber du musst es richtig rüberbringen«, betone ich. »Es funktioniert nur, wenn du hundertprozentig überzeugend wirkst.«

»Betty?«, sagt ihre Mutter. »Wohin fahren wir?«

»Wir wollen nur kurz was essen, Mom«, sagt Selia.

Ich steige aus dem Auto und gehe zum Restauranteingang, einer Flügeltür aus Fiberglas, die verziert ist wie das Portal eines chinesischen Tempels. Der höhlenähnliche Speisesaal ist dicht besetzt. Zweihundert Gesichter drehen sich mir entgegen und verfinstern sich. Familie Shofner wirft einen Blick auf mich, erhebt sich geschlossen, lässt die noch halbvollen Teller stehen und stelzt hinaus. Ping derweil führt mich mit bescheidenem Lächeln zu einem Tisch nahe der Miniaturausgabe der Chinesischen Mauer, die das Restaurant der Länge nach durchzieht.

»Etwas zu trinken?«, fragt er.

»Ein Heineken vielleicht?«, sage ich.

»Aber gerne.« Er zeigt auf das Büffett an der Rückwand des Speisesaals. »Sie dürfen sich bedienen.«

Und obgleich ich keinen Hunger habe, sage ich mir, warum nicht? Das werden für lange Zeit die letzten Wan Tan und der letzte gebratene Reis sein, die ich zu kosten bekomme. Also trete ich den Spießrutenlauf durch die murrenden Essensgäste an. Von säuerlich verzogenen Lippen tönt Selias Name. Bis ich beim Büffett anlange, sind dort alle geflohen außer einem Jungen von etwa vierzehn, auf dessen T-Shirt zu lesen steht: I HAVE THE DICK, SO I MAKE THE RULES.

Als ich mit meinem vollgeladenen Teller zu meinem Tisch zurückkehre, entdecke ich an der gegenüberliegenden Wand Jeff mit seiner Familie. Er lächelt und winkt. Ich stecke den Daumen in den Mund und blähe die Backen, als würde ich einen Ballon aufpusten. Dazu recke ich langsam den Mittelfinger hoch, bis er vollständig »aufgeblasen« ist, dann strecke ich ihn Jeff hin. Er lächelt unverändert weiter.

Ich bin bei meinem zweiten Teller und dem dritten Bier, als die Türen aufgehen und ein Chor lautsprecherverstärkter Gongs losscheppert. Herein kommt Selia mit ihrer Mutter im Schlepptau, und Stille senkt sich über das Lokal herab, als die Gongs ausklingen.

Selia bittet um Aufmerksamkeit, aber die ist ihr ohnehin sicher.

»Inzwischen wissen wahrscheinlich die meisten von euch von meinem Kontakt zu diesem Mann da.« Sie zeigt mit dem Finger auf mich. »Ich kann mir vorstellen, was ihr jetzt von mir denkt. Ihr haltet mich für eine Verräterin, eine Hure, einen Schandfleck unserer Gesellschaft. Aber was ihr nicht wisst: mein Ziel war es nie, mit diesem Stück Dreck zusammenzubleiben, sondern unsere Gemeinde von ihm zu befreien. Und jetzt bietet sich mir endlich die Gelegenheit.«

Nicht wütend genug, denke ich. Nicht verächtlich genug. Knie dich rein, Baby. Zeig's ihnen.

»Bevor ich heute hierhergefahren bin, habe ich beim Sheriff von Kennebec County angerufen«, fährt sie fort. »Während ich hier stehe, durchsuchen Polizeibeamte bereits sein

Haus. In diesem Haus werden sie einen Safe finden. Und in dem Safe versteckt – eine große, sorgfältig kommentierte und durch und durch illegale Sammlung von Kinderbekleidungskatalogen!«

Ein Raunen geht durch den Speisesaal. Selia hat nur noch den letzten Teil ihrer Ansprache vor sich, das höhnische kleine Tüpfelchen auf dem i, das mich als Heuchler und Kindesanbeter an den Pranger stellt. Aber ihre Augen werden verdächtig feucht, und ich springe in die Bresche, bevor sie alles verdirbt. Ich stehe vom Tisch auf, mit dem verwundeten Gesichtsausdruck eines Menschen, der sich verraten fühlt.

»Selia«, sage ich. »Wie konntest du mir das antun?«

Sie sieht mich an. In ihren Augen schimmert es. Einen furchtbaren Moment lang denke ich, sie knickt ein und fällt mir um den Hals, aber dann verdüstert ein Hass ihre Züge, der so wirklich und unerbittlich ist wie der Tod.

»Halt's Maul, du Perversling.« Sie holt aus und tritt mich mit voller Wucht in die Eier. Ich gehe zu Boden wie ein Sack Zement, ganz und gar überzeugt.

Totenstille im Restaurant.

»Betty«, sagt Selias Mutter und zupft an ihrem Arm. »Betty. Es gibt Rindfleisch mit Broccoli hier. Können wir Rindfleisch mit Broccoli essen?«

Im Gefängnis ist es nicht annähernd so schlimm, wie Staatsanwälte und Nachrichtenmagazine uns glauben machen. Jedenfalls nicht in dem Gefängnis, in das sie mich gesteckt haben, einer Anstalt der Sicherheitsstufe 1 in der Küstenregion. Keine Messerattacken unter der Dusche, keine Knastvergewaltigungen. Unter meinen Mithäftlingen befinden sich keine Gewalttäter, es sind durch die Bank zivilisierte, gebildete Menschen, denen man ohne Weiteres ein Messer in die Hand geben würde, wenn nicht sogar seine Brieftasche. Ich esse ausgewogen. Auf dem Gefängnisgelände bewege ich mich mehr oder weniger frei. Es gibt Kabelfernsehen, und am Dienstag- und Samstagabend laufen im Gemeinschaftsraum Filme. Wir spielen Volleyball im Hof, Basketball, Stockschießen. Einmal pro Woche treffen sich fünf oder sechs von uns im Lichthof zum Pokern. Ich habe eine angenehme Arbeit als psychologischer Berater, der anderen Insassen hilft, mit Depressionen, sexuellem Entzug und den Schuldgefühlen fertig zu werden, die sie ihrer enttäuschten, mit Schande beladenen Familien wegen plagen.

Ich hatte beinahe vergessen, wie es sich anfühlt, gemocht zu werden.

Dennoch hat mich bis vor kurzem etwas bedrückt, eine graue Tristesse, die mich nachts schlaflos auf die Sprungfedern des Stockbettes über mir starren ließ und es mir tagsüber oft unmöglich machte, auf die Sorgen und Nöte eines Mithäftlings einzugehen. Eine Zeitlang dachte ich, mir fehlte einfach Selia, aber wenn ich meine Gedanken in die Zukunft richtete, auf den nicht mehr allzu fernen Tag, an dem ich sie wiedersehen würde, tröstete mich das nur wenig. Mehrere schlaflose Monate mussten vergehen, ehe ich dieses Missbehagen als die Sehnsucht nach etwas identifizieren konnte. Aber statt meine Stimmung aufzuhellen, verdüsterte die Erkenntnis sie nur noch mehr – nun da ich wusste, dass ich mich nach etwas sehnte, quälte es mich zutiefst, nicht zu wissen, wonach.

Und dann, gestern, kam dieser Brief von Selia:

Nur noch ein Jahr. Es wird um sein, ehe wir uns versehen, und dann können wir diese Drecksstadt verlassen und endlich unser Leben weiterleben. Also mache ich dir jetzt einen

Vorschlag – und halt dich lieber fest, er hat es in sich! Ich weiß auch nicht, aber seit Moms Tod vermisse ich es furchtbar, jemanden zu haben, um den ich mich kümmern kann. Absurd, aber so ist es nun mal. Also dachte ich, wie wär's: du, ich, ein bambino? Wir sind anders als diese säuselnden, liebedienerischen Halbdebilen hier. Wir werden gute, vernünftige Eltern sein. Und wir würden ein hübsches Kind in die Welt setzen – vorausgesetzt, es erbt nicht deine Nase. Ich habe ausgiebig darüber nachgedacht, und mein Entschluss steht. Nächste Woche gehe ich zu Dr. DerSimonian und lasse mir die Spirale herausnehmen. Ich meine, stell es dir vor: nie wieder mit Gummi! Ein schwacher Trost, ich weiß, wenn du noch ein ganzes Jahr darben musst. Aber vielleicht kann dir der Gedanke ja deine Nächte ein bisschen versüßen.

Ich las den Brief drei- oder viermal. Ich legte ihn vor mich auf den Tisch und las ihn noch einmal, verschränkte die Finger ineinander, faltete sie so und dann so. Meine Handflächen waren schweißnass; ich wischte sie an dem groben Drillichstoff meines Gefängnisoveralls ab, während mein Atem immer schneller ging und ich dringend eine Zigarette herbeisehnte, obwohl ich nie geraucht habe, und dann nahm ich mit zitternden Händen Stift und Papier und schrieb meine Antwort, ein einzelnes Wort, zwei Buchstaben, in einer ungestümen, drängenden Schrift, die die ganze Seite ausfüllte: JA.

Vaterunser

Sieh den Wein nicht an, wie er so rot ist und im Glase so schön steht: Er geht glatt ein, aber danach beißt er wie eine Schlange und sticht wie eine Otter. Und du wirst sein wie einer, der auf hoher See sich schlafen legt, und wie einer, der oben im Mastkorb liegt. »Sie schlugen mich, aber es tat mir nicht weh; sie prügelten mich, aber ich fühlte es nicht. Wann werde ich aufwachen? Dann will ich's wieder so treiben.

Sprüche Salomos 23, 31–32; 34–35

Mein Vater und ich sind mit dem Pickup unterwegs, als mir der Junge auffällt, reglos vor einer Hauswand im Gras liegend, sein Kopf direkt unter einem der Fenster. Nicht weit weg von ihm liegt ein Rucksack, und an einem Baum lehnt ein klappriges altes Zehngangrad, so schief, als müsste es dagegengeprallt sein.

»Da liegt ein verletzter Junge«, sage ich zu meinem Vater. Wir kommen vom Rasenmähen, deshalb trägt er sein Hörgerät nicht, und ich muss es mehrmals wiederholen. Bis er endlich verstanden hat, sind wir schon den Hügel hinunter. Mein Vater wendet in einem weiten Bogen, der den Anhänger hüpfen lässt, und fährt wieder hoch.

Vor dem Haus halten wir an und steigen aus. Als wir über die Grasfläche laufen, sehe ich, dass die Gestalt an der Hauswand kein Junge ist, sondern ein erwachsener Mann. Er kommt mir etwas jünger vor als mein Vater, Ende vierzig vielleicht. Er liegt auf der Seite; der Hosenboden seiner Jeans ist bräunlich, ich weiß nicht, ob von Erde oder von Kot. An seinem Kopf steht eine Flasche Bud Ice, leer bis auf einen Rest gelblichen Schaums, daneben ein zerfleddertes Plakat mit der Botschaft GOTT LEBT. Die Augen des Mannes sind leicht geöffnet, sein Blick starr. Vielleicht ist er ja tot.

Ich denke immer gleich das Schlimmste.

Sicherheitshalber lasse ich meinen Vater das Kommando übernehmen. Er war dreißig Jahre Rettungsfahrer, er hat mit solchen Dingen also mehr Erfahrung als ich.

Wir beugen uns über den Mann, und mein Vater sagt: »He.« Er fasst ihn am Ellenbogen. »He«, sagt er und schüttelt ihn. »Aufwachen, Kumpel.«

»Er heißt Lou«, sagt eine Stimme.

Hinter dem Fliegengitter ist ein Frauengesicht erschienen. Mein Vater schaut zu mir herüber; er denkt, ich hätte etwas gesagt. Ich zeige auf die Frau.

»Er heißt Lou«, sagt sie noch einmal, zu meinem Vater.

»Was?«, fragt mein Vater.

»Lou!«, wiederholt sie fast schreiend.

»He, Lou«, sagt mein Vater. Er nimmt Lous Handgelenk zwischen die Finger und fühlt ihm den Puls, den Blick auf seinen Sekundenzeiger gerichtet. »Kennen Sie ihn?«, fragt er die Frau.

Sie lächelt bitter. »So kann man es auch nennen«, sagt sie. »Ins Haus kommt er mir jedenfalls nicht.«

»Hat er irgendwelche gesundheitlichen Probleme? Diabetes oder so was?«

»Besoffen ist er«, sagt die Frau.

Mein Vater legt Lous Hand auf den Boden zurück und lockert ihm den Hemdkragen, damit er Luft bekommt. Lou fängt zu schnarchen an. Er klingt wie eine gereizte Klapperschlange.

Ich stehe da, rubble mir den Schmutz im Nacken zu Klümpchen zusammen und starre auf Lou hinunter, mit meinen Gedanken beschäftigt.

»Sie sollten die Polizei rufen«, sagt mein Vater zu der Frau.

»Er ist nur betrunken«, sagt sie.

»Was?«

Sie wiederholt ihren Satz, lauter.

»Rufen Sie trotzdem bei der Polizei an«, sagt mein Vater. »Die sollen einen Krankenwagen herschicken. Es ist besser, sie bringen ihn ins Krankenhaus. Er darf nicht noch länger in dieser Hitze liegen.«

Die Frau bleibt noch ein paar Sekunden am Fenster stehen, dann verschwindet sie in der Dunkelheit des Hauses. Nach einer Weile kommt sie zurück.

»Sie sind unterwegs«, sagt sie.

Mein Vater beobachtet Lou und hört sie nicht.

»Gut«, sage ich zu der Frau.

»Ich mache das Fenster jetzt zu.«

»Wir bleiben bei ihm, bis sie da sind«, sage ich. Sie schließt das Fenster, wirft noch einen Blick auf Lou und ist verschwunden.

Mein Vater und ich stemmen die Hände in die Hüften und blinzeln ins Sonnenlicht. Ich stoße die Fußspitze gegen Grasbüschel, lasse den Blick schweifen, überallhin, nur nicht zu Lou. Mein Vater bückt sich und überprüft noch einmal seinen Puls.

Dann sagt mein Vater: »Da weiß man doch wieder, warum man aufgehört hat, oder?« Er sieht mich nicht an dabei.

Eine Zeitlang bleibe ich stumm. Dann sage ich: »Ich trinke seit einem Jahr wieder.«

Er hebt der Kopf. »Hm?«, sagt er.

»Ich habe gesagt: ›Das ist echt kein Leben so.‹« Ich spreche betont deutlich, damit er mich versteht.

Es dauert, aber schließlich kommt ein Polizist angefahren. Er ist klein und dick und hat einen Bürstenschnitt. Er kennt Lou, nennt ihn aber Preacher.

»Einer von Ihren üblichen Verdächtigen?«, fragt mein Vater.

»O ja«, sagt der Cop. »Wir haben heute schon nach ihm gesucht.« Er und mein Vater lachen wissend. Ich lache nicht mit, sondern verziehe nur kurz den Mund. Die anderen beiden haben sich rechts und links von Lou hingekauert, Kollegen unter sich.

»Mir gefällt sein Atem nicht«, sagt der Cop.

»Ach, atmen tut er gar nicht so schlecht«, sagt mein Vater. »Sein Puls geht ein bisschen schwach.«

Der Cop schaut eine Weile zu meinem Vater hinüber, dann streckt er die Hand aus und zwickt Lou durch das Hemd in die Brustwarze. »Los jetzt, Preacher. Aufwachen.« Aber Lou rührt sich nicht.

»Haben Sie einen Krankenwagen bestellt?«, fragt mein Vater.

»Hab ich. Ab jetzt komm ich schon allein klar.«

»Ist gut«, sagt mein Vater. Er richtet sich auf, reckt sich ein bisschen. »Wir müssen dann auch mal wieder ran.«

Wir gehen zum Pickup zurück, und der Cop sagt: »Danke für eure Hilfe, Jungs.«

Ich kehre ihm den Rücken, und es reißt mich fast ein bisschen, als er es sagt. Es klingt komisch: *Jungs*, zu uns allen beiden, wo ich doch kein Wort von mir gegeben habe, niemandem eine Hilfe war.

Mein Vater schaut über die Schulter zurück und hebt die Hand. Ich gehe einfach nur weiter, ohne mich umzusehen.

Plötzlich muss ich an dich denken, seit langem zum ersten Mal, scheint es mir. Ich sehe dich mit wütender Gebärde die Flaschen vom Couchtisch fegen. Ich höre deine Stimme, die hinter verschlossener Tür schreit, dass es keinen Gott gibt, warum kann ich das nicht einfach hinnehmen wie alle anderen auch? Vor meinem inneren Auge weinst du, so bitterlich und so lange, dass deine Augen zuschwellen. Wo magst du wohl sein?, frage ich mich. Mit wem bist du zusammen? Zuckst du, sooft er die Hand bewegt, so wie bei mir?

Interview mit dem letzten Überlebenden der Wildhunde, die vom Leichnam Gottes gekostet hatten

Und er sprach zu ihnen: Euch ist das Geheimnis des Reiches Gottes gegeben; denen aber draußen widerfährt es alles durch Gleichnisse, auf dass sie es mit sehenden Augen sehen und doch nicht erkennen und mit hörenden Ohren hören und doch nicht verstehen, auf dass sie sich nicht etwa bekehren und ihnen vergeben werde.

Markus 4, 11–12

Vorbemerkung des Autors: Interview in der sudanesischen Wüste nahe Nertiti, Anfang Juni 2006. Zu dem Zeitpunkt durchkämmte ich den Süden Darfurs schon den fünften Monat nach _______, der in keinerlei nachweislichem Kontakt mit den Menschen mehr stand. Ich war von Nyala nach Nertiti aufgebrochen, kam aber keine siebzig Kilometer weit, bevor der Jeep, den ich für die Fahrt angeschafft hatte, im Sand stecken blieb. Ich hielt nicht viel länger durch als der Wagen. Ich kam vom Weg ab und verlor die Orientierung. Um der schlimmsten Hitze zu entfliehen, kroch ich in einer Höhle unter, die vormals einem Tier als Bau gedient hatte. Ich hatte keine Ahnung, in welcher Richtung Nertiti lag, und selbst wenn ich es gewusst hätte, wäre ich zu geschwächt gewesen, um dorthin zu gelangen. Ich ging davon aus, dass ich sterben würde. Es war gegen Abend meines zweiten Tages in der Höhle, als _______ zu mir kam und das Interview begann.

Ich sollte anmerken, dass das Interview auf extrasensorischem Wege zustande kam; das heißt, _______ und ich kommunizierten miteinander, ohne dass einer von uns tatsächlich sprach. Aufgrund meines fortschreitenden Deliriums waren zudem viele meiner Fragen an _______ mehr oder minder unsinnig (obwohl er intuitiv verstand, was ich wissen wollte, und seine Antworten entsprechend abfasste). Um der Lesbarkeit willen gebe ich diese Fragen hier mit einem fettgedruckten **F** wieder. Ihr Inhalt erschließt sich zum größten Teil aus _______s Antworten.

Meine lückenlose Erinnerung an das Interview sowie die Tatsache, dass ich die Höhle hinterher wieder verließ und den Weg in das knapp fünfhundert Meter entfernte Nertiti fand, kann ich nur einer Intervention seitens _______s zuschreiben, deren nähere Natur sich meinem Begreifen entzieht.

– RFC

F? Dich zu finden war im Grunde recht einfach, allerdings weniger dank der Fähigkeiten, die mit dem Verzehr des Schöpfers auf mich übergingen, als dank der Fähigkeiten, die ich als Wildhund schon vorher besaß. Entgegen der verbreiteten Vorstellung bin ich keineswegs allwissend. In meinem Verständnis der Dinge klaffen gewaltige Lücken, und ich vermute, bei unserem Schöpfer war es ebenso. So wusste ich zum Beispiel, dass du auf der Suche nach mir warst, und ich wusste, du bist irgendwo in Darfur, aber über alles Weitere tappte ich mehr oder minder im Dunkeln. Hunde dagegen können, wenn ihre Nase fein genug ist, die Witterung eines sterbenden Tiers über aberwitzige Entfernungen hinweg aufnehmen. Die Verzweiflung riecht bitter, genau wie ihre Schwester, die Angst, und schon wenige Moleküle davon, die an einem windigen Nachmittag über die Steppe treiben, genügen mir, um ihre Quelle aufzuspüren. Zu dir zu finden war darum ein Kinderspiel.

F? Nein. Die Anstrengung des Kauens würde mich bei dir mehr Kalorien kosten, als sie mir einbrächte. Zu muskelbepackt. Das unvermeidliche Resultat obsessiven Gewichthebens. Also mach dir deshalb keine Sorgen; du wärst zwar eine leichte Beute, aber an leichter Beute haben wir während der heißen Jahreszeit keinen Mangel. Ich bin satt. Aber das ist nur einer der Gründe, warum ich dich nicht fressen werde.

F? Ach, dieses ganze Problemfeld Moral-versus-tierische-Instinkte, mit dem ich mich seit dem Verzehr unseres Schöpfers herumschlage. Das Mitgefühl ist eine Haut, die mich an allen Ecken und Enden einengt. Es passt einfach nicht zur Natur des Hundes. Mitleid mit den Jungen, den Alten, den Schwachen, Verletzten und Gebrechlichen zu empfinden – und sie als Folge nicht mehr zu reißen – steht nicht nur der obersten Maxime der Wildhunde entgegen, es ist auch vom Selbsterhaltungsaspekt her höchst unklug. Ich fange gerade erst an, die Sache auszuloten, und offen gesagt macht mich das alles oft ziemlich unglücklich.

Aber es gibt auch noch einen dritten Grund, warum ich dich nicht fressen werde: Sosehr ich deinesgleichen inzwischen meide, manchmal sehne ich mich schlicht und einfach nach einem intelligenten Gesprächspartner. Deshalb bin ich hier.

F? Sei nicht so kokett – ja, selbst von meiner überlegenen Warte aus betrachtet bist du intelligent. Um ehrlich zu sein, das war auch so etwas, das mich an euch Menschen nach einer Weile angewidert hat. Diese Art, sich vor mir in den Staub zu werfen, manchmal buchstäblich, mit gefalteten Händen und hunderterlei Beschwörungen auf den Lippen, aber noch öfter im übertragenen Sinne, so wie jetzt du: ›Mein kleiner Verstand kann sich nie und nimmer mit dem Deinen messen‹ et cetera – bis zum Erbrechen. Man sollte Wissen nie mit Intelligenz verwechseln. Ist eine Enzyklopädie schlauer als du? Oder ein Computer?

F? Natürlich nicht. Wieso bist du dir also so sicher, dass ich es bin? Etwa weil ich, ohne dabei gewesen zu sein, weiß, was Indiens Premierminister Dr. Manmohan Singh gestern zu Abend gegessen hat? Denn das weiß ich. Er hat einen leicht übersäuerten Magen, deshalb gab es für ihn ungewürzten Reis mit Linsen, von dem er nur eine winzige Portion aufgegessen hat. So. Kannst du das akzeptieren und trotzdem mein Freund sein? Nicht mein Jünger, nicht mein Verkündiger, sondern mein Freund?

F? Doch. Doch, es kränkt mich. Für jemanden, der von klein auf die Umgangsformen der Hunde gewohnt war, ist die Bereitwilligkeit, mit der die Menschen buckeln – unaufgefordert und ohne echten Beweis dafür, dass solche Demut und Anbetung am Platz sind –, mehr als abstoßend. Besonders wenn sich, wie mir inzwischen klar ist, hinter dieser Demut eine Gier und ein Anspruchsdenken verbergen, die bei deiner Spezies nahezu allgegenwärtig sind. Heuchelei ohne Grenzen. Kein Wunder, dass so viele von euch Menschen so unglücklich sind.

Also, langer Rede kurzer Sinn: Du bist intelligenter als der durchschnittliche Springbock. Reicht das?

F? Ja, vielleicht wäre es klüger, das Thema zu wechseln.

F? Selbstverständlich bin ich bereit, darüber zu sprechen. Immerhin hast du dich halb umgebracht für das zweifelhafte Privileg, meine Geschichte zu hören. Wo soll ich anfangen?

F? Ich glaube fast, ich beginne besser ein Stück vor dem Anfang, denn vielleicht interessiert es dich ja, dass ich und ein anderer Hund dem Schöpfer ein paar Tage vor dessen Tod schon einmal begegnet sind. Ein seltsamer Zufall, rückblickend betrachtet. Details weiß ich nicht viele – meine Erinnerung an mein Leben vor der Verwandlung ist sehr unscharf, mehr ein allgemeiner Eindruck von Wahrnehmen und Erleben als Erinnerung in dem Sinn, in dem ich sie seither kennengelernt habe.

Es muss um die gleiche Jahreszeit wie jetzt gewesen sein. Das weiß ich sicher, weil die Tage glühend heiß waren. Hunde sind nicht übermäßig intelligent, aber sie sind Meister darin, Nahrung aufzuspüren, und wir hatten von unseren Müttern gelernt – die es wiederum von ihren Müttern gelernt hatten et cetera –, uns an die umherstreifenden Trupps der Dschandschawid-Milizen zu halten, in deren Kielwasser es immer reichlich zu fressen gab. Sie töteten alles in einem Dorf, und wenn sie weiterzogen, um sich neue Opfer zu suchen, kamen wir und räumten hinter ihnen auf. Ein sauberes Geben und Nehmen, bis auf die wenigen Male, wenn einer oder zwei von uns unseren Sicherheitsabstand zu den Dschandschawid einzuhalten vergaßen und ihnen vor die Füße liefen. Bei meiner ersten Begegnung mit dem Schöpfer geschah genau das. Mein Bruder und ich witterten den Geruch der Verzweiflung und waren unbesonnen genug, ihm zu folgen – stromerten vor den Dschandschawid her, bis wir eine junge Frau fanden, die ganz allein halb ohnmächtig im hohen Gras lag. Damals wusste ich natürlich nicht, dass das der Schöpfer in Gestalt einer Dinka-Frau war. Ich sah nur, dass hier leichte Beute winkte. Wir zogen vorsichtige Kreise um sie, um zu testen, wie viel sie mitbekam und ob sie sich wehren würde. Sie trat nicht nach uns, schlug nicht um sich, schrie nicht, gar nichts, und wir setzten eben zum Sprung an, als wir die Dschandschawid herandonnern hörten. Wir sahen zu, dass wir wegkamen. Das war unsere einzige Überlebenschance. Schneller als sie ist keiner, und du kannst mir glauben, was immer ihnen in die Quere kommt, stirbt.

F? Nun ja, mein Bruder und ich kehrten zum Rudel zurück und beschlossen, soweit Hunde zu Beschlüssen in der Lage sind, dass wir lieber hungrig und am Leben sein wollten als satt und tot. Die Dschandschawid waren auf dem Kriegspfad, also wussten wir, dass unsere Geduld sich auszahlen würde. Zwei Tage später folgten wir dem Geruch von verbranntem Fleisch zu den Trümmern des Flüchtlingslagers. Und da kosteten wir fünf, die berühmten Fünf, von unserem Schöpfer.

F? Das scheint mir eine sehr taktlose Frage, ganz abgesehen davon, dass es nichts zur Sache tut.

F? Da magst du recht haben; die Gelegenheit ist einmalig. Ich kann verstehen, dass du neugierig bist, so morbide diese Neugier auch sein mag.

F? Dann sollst du deinen Willen eben haben. Es war zäh, bitter, flachsig, das ekelhafteste Fleisch, das ich jemals gegessen habe. Deshalb wollte ja auch keiner von uns mehr als einen Bissen davon.

F? Ja, ganz erstaunlich, wenn man darüber nachdenkt. Der Geschmack war alles andere als göttlich.

F? Nein, an die Verwandlung selbst habe ich keine Erinnerung. In meinem Gedächtnis klafft eine Lücke zwischen meinen letzten Momenten als der Hund, der ich zeitlebens gewesen war – wild, fröhlich, von Trieben beherrscht –, und diesem neuen, gesteigerten Empfinden. Aber so viel kann ich sagen: Es kam nicht sofort. Als wir hinterher über den Hergang sprachen, berichteten die anderen, dass sie die Veränderung ganz genauso erlebt hatten. Noch mehrere Stunden, nachdem wir von unserem Schöpfer gegessen hatten, fraßen wir uns mit dem Rest des Rudels im Flüchtlingscamp satt. Irgendwann fanden wir uns dann wieder zusammen und verließen das Camp Richtung Westen, um uns einen guten Schlafplatz zu suchen. Das waren die letzten Augenblicke meines alten Lebens. Ich trat mir im hohen Gras ein Lager zurecht und fing an, mich zu putzen. Ich schleckte an meinen Pfoten herum, bis kein Klümpchen geronnenes Blut mehr zwischen den Zehen hing, und rieb mir dann mit den Ballen die Blutkrusten um die Schnauze weg. Von allen Seiten umgaben mich die Nachtgeräusche meiner Brüder, Schwestern, Vettern, Onkel, die sich träge auf dem Rücken wälzten, ächzend und knurrend in wohliger Erschöpfung nach einem langen Tag der Völlerei. Und bald schon hatte mich das gute, satte Gefühl in meinem Bauch, zusammen mit dem kühlen Nordwind, der sanft und stetig über mein Fell strich, in den Schlaf gewiegt.

Einen traumlosen Schlaf.

Als ich am nächsten Tag erwachte, gleißte die Sonne über einem Thron ferner Hügel. Augenblicklich war ich mir des Wandels bewusst, der sich in mir vollzogen hatte. Wo ich zuvor nur Trieb, Instinkt und Gewohnheit gekannt hatte, gingen mir nun plötzlich tausenderlei Gedanken durch den Kopf; wo für mich zuvor nichts existiert hatte als das, was ich mit meinen Sinnen erfassen konnte, da nahm ich nun die Erde in ihrer Ganzheit wahr, einschließlich der vielfältigen, komplexen Weisen, auf die die Teile dieses Ganzen ineinandergreifen, entstehen und wieder vergehen. All dies wurde mir in einem einzigen Aufblitzen des Bewusstseins klar und begreiflich, und mit der gleichen Klarheit erkannte ich, dass meine Zeit als Mitglied des Rudels um war.

Die anderen vier waren zu dem gleichen Schluss gelangt. Unser Aufbruch war so natürlich und unabwendbar wie der Sonnenaufgang. Alle fünf standen wir auf und schickten uns zum Gehen an, aber langsam, gebremst durch das ungewohnte Gewicht der Trauer. Mein Bruder hörte uns und hob den Kopf. Er schüttelte sich schnell, um ganz wach zu werden, und trottete zu mir herüber, um auch mitzukommen; er dachte wohl, wir planten einen kleinen Beutezug, bevor es zu heiß wurde. Ich wollte ihm sagen, dass er uns nicht begleiten konnte, aber bereits da schien mir die alte Art der Verständigung nicht mehr gegeben. Ich legte die Ohren an, wo ich meine Schulter an seiner hätte reiben sollen; ich stellte den Schwanz auf, wo ich die Schnauze hätte senken müssen. Entmutigt zeigte ich ihm die Zähne, und mit hängendem Schwanz trat er den Rückzug an, in kleinen, zögernden Rückwärtsschritten, die Augen ergeben und niedergeschlagen.

Das war das letzte Mal, dass ich ihn gesehen habe, und von all den Kümmernissen, die mir seither widerfahren sind, gehört dieser Anblick zu den schmerzlichsten.

F? Nein. Ich habe auf meine Weise Kenntnis davon, dass er wohlauf ist – gesund und munter und seit kurzem Vater. Verluste gehören bei unsereinem zum Alltag, und er hatte mich fast im selben Moment vergessen, in dem ich außer Sicht war. Meine Trauer gilt mir selbst.

F? So gern ich es täte, ich kann nicht zu ihm gehen, aus demselben Grund, aus dem ich damals das Rudel verlassen musste – weil ich nicht mehr dazugehöre und auch nie mehr dazugehören werde. Ich erwarte von dir nicht, dass du das verstehst. Es übersteigt deine Kapazitäten.

F? Uns schwebte kein bestimmtes Ziel vor, als wir aufbrachen. Die Menschen, das wussten wir, waren nicht nur unsere ergiebigste Nahrungsquelle und unser gefährlichster Feind, sie waren auch außerordentlich intelligent. Bei ihnen hofften wir ein neues Zuhause zu finden. Also nahmen wir Kurs auf die großen Städte des Nordens, aber wir kamen nur mühsam voran. Das Wissen um die Vergänglichkeit ließ uns die Beine schwer werden vor Reue und Bangigkeit. Keiner von uns konnte sich zum Jagen aufraffen. Hungrig trabten wir durch endlose Ebenen und trockene Flussbetten, überwanden Hänge und Bergkuppen, durchquerten dunkles Wüstenland. Bei Nacht versuchten wir uns auf die alte Art Trost zu spenden, indem wir uns gegenseitig das Fell schleckten und uns beim Schlafen aneinanderschmiegten, aber all diese Dinge waren hohl geworden, so nutzlos wie die Flügel an einem Huhn.

Schließlich erreichten wir ein Bauerndorf in einer Oase. Mit frischer Hoffnung näherten wir uns dem ersten Menschen, den wir sahen, einem mageren alten Mann mit einem langen, sacht zerfurchten Gesicht. Ich fragte ihn, auf die gleiche Weise, in der ich jetzt mit dir kommuniziere, ob er uns zum Dorfvorsteher führen könne.

Nur vier von uns verließen dieses Dorf lebend, so flink, wie unsere geschwächten Beine uns tragen konnten. Der eine, der nicht überlebte, lag auf der einzigen Straße des Dorfes im Staub, eine Gewehrkugel im Kopf. Die Bauern, die Christen waren, hielten uns für böse Geister, nicht für Hunde, und sie verfolgten uns mit ihren Gewehren bis weit in die Wüste. Wir konnten uns in ein unterirdisches Höhlensystem retten, und dort lebten wir drei Tage und drei Nächte der Trauer um unseren Freund und unser Los. Die Schnauzen auf die Pfoten gesenkt, jaulten wir leise im staubigen Dämmerlicht; das immerhin konnten wir noch, und es war dieselbe Zeitverschwendung, die es eh und je gewesen war.

F? Eine gute Frage. Ich habe das den Menschen schon viele Male zu erklären versucht, meistens ohne Erfolg. Die Analogie, die ich gern anwende, um das Gefühlsspektrum eines normalen Hundes mit dem eines Menschen zu vergleichen, ist der Unterschied zwischen Primärfarben und der ganzen großen Palette der Sekundärfarben. Normale Hunde, um nur ein Beispiel herauszugreifen, empfinden lediglich das Gefühl Wut – setzen wir es mit der Farbe Rot gleich. Menschen dagegen verfügen über eine ganze Skala von Rottönen – das Scharlachrot der Gereiztheit, das Zinnoberrot der Abneigung, das tiefe Karmesin der Raserei und so weiter. Wir vier besaßen nun dieses emotionale Kaleidoskop – oder vielmehr, es ergriff von uns Besitz –, und zu Anfang trieb uns der Druck, dem es uns aussetzte, schier zum Wahnsinn.

F? Wir hätten dort sterben können, wenn wir nicht – zum allerersten Mal in unserem Leben – auf die Idee gekommen wären, miteinander zu sprechen. Unser neues Wissen einzusetzen, um uns unsere Gedanken mitzuteilen und nach Lösungswegen zu suchen. Das war in unserer dritten Nacht in den Höhlen. Mit einem Eifer, der früher nur der Jagd oder der Paarung vorbehalten gewesen war, sandten wir unseren

Geist nach Norden aus auf der Suche nach einer Person, der wir uns offenbaren könnten, einem Menschen mit so viel Intelligenz, Bildung und intellektueller Neugier, dass er den Schock, von einem Hund angesprochen zu werden, verkraften konnte. Nach mehreren Stunden fiel unsere Wahl auf Khalid Hassan Mubarak, einen Theologieprofessor an der Universität von Khartoum. Mubarak hielt aus beruflichen Gründen die Fassade des gläubigen Moslems aufrecht, hatte jedoch schon vor Jahren alle religiösen Überzeugungen über Bord geworfen, um Platz zu schaffen für seine angeborene, immer üppiger austreibende Egomanie. In unserem Eifer und unserer Naivität versäumten wir es, Mubaraks Charakter ebenso in die Rechnung einzubeziehen wie seinen Intellekt, ein Fehler, den wir alle bitter bereuen sollten.

F? Wir wollten keine Zeit mehr verlieren, darum kehrten wir zu der Oase zurück, solange das Dorf noch im Schlaf lag, und tranken aus der Quelle, bis unsere Gedärme so aufgebläht waren wie Wassersäcke. Wir hielten uns nach Nordosten, trabten in gerader Linie in Richtung Khartoum, wie zuvor über Berge und weite Sandebenen, und machten nur eine oder zwei Stunden täglich Rast, wenn die Sonne im Zenit stand und alle Lebewesen in den Schatten trieb. Wir jagten, ohne großen Erfolg; obgleich wir früher alle gewiefte Räuber gewesen waren, pirschten wir uns jetzt an unsere Beute an wie Welpen, linkisch und unkoordiniert, und erlegten als Einziges eine alte Stachelechse, die keiner von uns so recht fressen mochte. Doch auch der Hunger konnte unseren Optimismus nicht dämpfen oder unser Tempo drosseln, und schon bald erhoben sich die schlanken Minarette Khartoums aus dem Wüstensand wie ein Wunder.

F? Nein, ich glaube nicht an Wunder, nicht so zumindest, wie du es wohl meinst. Tut mir leid, dich enttäuschen zu müssen. Ich habe nie zum Glauben gefunden. Gerade noch war mir das Konzept Wunder vollkommen fremd gewesen, und im nächsten Moment wusste ich viel zu viel, um Wunder im Entferntesten für möglich zu halten. Ich verwende das Wort nur im übertragenen Sinn, um dir eine Ahnung davon zu geben, wie überwältigend das war, aus nichts als Wind und Sand plötzlich diese riesige Stadt Gestalt annehmen zu sehen.

F? Tja, wie kann ich meine ersten Eindrücke von Khartoum beschreiben? Es versteht sich, dass keiner von uns je etwas Vergleichbares gesehen hatte. Der Lärm, das Gewirr. Diese Massen durcheinanderwimmelnder Menschen, die alle schrien und sich am Ärmel packten, von anderen Aufmerksamkeit heischten, aber selbst keine übrig hatten. Diese endlosen Kolonnen ramponierter, kugelvernarbter, sich noch in die winzigsten Lücken hineinschlängelnder Autos. Das Chaos der Basare, der Gestank nach verdorbenem Fisch und Apfeltabak, das blicklose Starren der Kriegsversehrten am Randstein. Wir irrten umher wie durch einen Sandsturm, von nieman-dem beachtet außer hier und da einem Soldaten oder Ladenbesitzer, der mit dem Fuß nach uns trat. Fast den ganzen Nachmittag drückten wir uns in den Straßen herum, bis wir uns, mehr oder weniger zufällig, vor der Universität wiederfanden.

F? Wir warteten vor dem Vorlesungsgebäude, in dem wir Mubarak wussten. Nach einer Stunde kam er heraus, groß und bleich in seiner schlichten weißen Dischdascha, mit einem bestickten Fes auf dem Kopf. Ich ging auf ihn zu, und da ich nicht wusste, wie ich mich sonst einführen sollte, sagte ich einfach »Hallo«.

F. Absurd, ich weiß, aber es schien nun einmal keine vernünftige Art zu geben, uns vorzustellen.

F? Nun ja, wie du dir denken kannst, wunderte Mubarak sich. Erst bemerkte er mich gar nicht und sah sich suchend um, wer da gesprochen haben könnte. Der einzige andere Mensch auf dem Platz, ein Mann in einem hellroten Umhang, kehrte Mubarak den Rücken zu und war zudem klar außer Hörweite, denn er verschwand gerade um die Ecke der Landwirtschaftlichen Fakultät.

»Hier unten«, sagte ich. »Zu Ihren Füßen.«

Mubarak schaute an sich herab und schickte, als er mich sah, unwillkürlich einen gemurmelten Fluch zu einem Gott hinauf, an den er nicht mehr glaubte.

»Professor Mubarak«, sagte ich, jetzt flankiert von den anderen, »wir sind zu Ihnen gekommen, um Sie um Hilfe zu bitten.«

»Bin ich verrückt geworden?«

»Nein«, sagte ich. »Das glaube ich nicht. Ich spreche, wenn man es so nennen will, und Sie hören mich. Das alles hier passiert wirklich.«

Für ein paar Sekunden starrte Mubarak schweigend auf uns hinab. Zerstreut griff er sich an seinen Fes und schob ihn zurecht. »Was zum …?«, setzte er an und verstummte dann wieder, aber wir konnten spüren, wie seine Ungläubigkeit schon ein wenig nachzulassen begann, schon der intellektuellen Regheit Raum gab, dank derer er sieben Sprachen erlernt und sich einen Namen als einer der führenden Koranübersetzer gemacht hatte. Ich witterte meine Chance und packte sie beim Schopf, indem ich mich kurzerhand ins Erklären stürzte: die Dschandschawid, das Flüchtlingslager …

Aber Mubarak fiel mir ins Wort. »Nicht hier«, sagte er,

immer noch mit allen Anzeichen der Perplexität. »Ob real oder nicht real, ich kann nicht in aller Öffentlichkeit mit irgendwelchen Hunden herumdiskutieren. Ich gehe jetzt heim. Folgt mir – aber mit Abstand.«

Wir gehorchten. Mubarak verließ das Universitätsgelände in Richtung Osten, und wir folgten seiner Spur, beflügelt von der Gewissheit, jetzt und hier unseren Botschafter gefunden zu haben, den Mann, der uns in die Welt der Menschen einführen würde, uns helfen, unseren Platz zu finden. Vor lauter Aufregung bekamen wir nicht mit, wie Mubarak in einem Lädchen verschwand, um eine Schachtel Dunhills zu kaufen. Ohne es zu merken, überholten wir ihn und langten noch vor ihm bei ihm zu Hause an; wir warteten vor dem Tor auf ihn, als er ankam.

»Woher wusstet ihr, wo ich wohne?«, fragte er.

»Das werden wir alles erklären«, versprach ich ihm. »Soweit wir es selber verstehen.«

F? Wir gingen hinein und erzählten ihm unsere Geschichte. Mubarak hörte zu und rauchte dabei Kette. Um seinen Schnauzbart spielte ein belustigtes kleines Lächeln, als hätte er sich damit abgefunden, dass alles unwirklich war, und wollte sich nun ein Vergnügen daraus machen, uns bis zum Ende anzuhören und seinen Wahnsinn in sämtlichen Facetten auszuloten. Selbst der Luft, die er atmete – geschwängert von Tabakqualm und den Gewürzen des Schawarma-Standes unter seinem Fenster –, mochte er nicht recht trauen.

»Jetzt grade könnte ich tausend von diesen Dingern rauchen, und es bliebe ohne Folgen«, sagte er und hielt eine frisch angezündete Zigarette in die Höhe. »Weil nichts von alledem wirklich passiert.«

»Herr Professor«, sagte ich, »wir können verstehen, dass

Sie das gern glauben möchten. Dass Sie es sich einreden müssen, weil Ihr Verstand nur zwei logische Erklärungen für das zulässt, was Sie hier erleben – entweder Sie träumen oder Sie sind wahnsinnig. Aber wir versichern Ihnen, es ist wirklich wahr.«

Mubarak ließ dies stumm auf sich einwirken, stand dann abrupt auf und stelzte hinaus, so dass wir allein in der Wohnung zurückblieben. Nach einigen Minuten kam er wieder, in der Hand ein durchweichtes Päckchen: Hühnerlebern, in Zeitungspapier eingeschlagen. Das listige Lächeln war von seinem Gesicht verschwunden.

»Ihr müsst ja halb verhungert sein«, sagte er und blickte liebevoll auf uns herab.

F? Drei Tage lang wurden wir mit roher Leber und Ziegenmilch gemästet und durften auf Webteppichen schlafen. Mubarak badete uns und bürstete uns, schaltete Deckenventilatoren an und zog Vorhänge vor, um die Nachmittagssonne auszusperren. In dem immergleichen Dämmerlicht seines Wohnzimmers dösten wir und waren dankbar dafür. Zum ersten Mal leckten wir einem Menschen voll Zuneigung die Hand.

Aber trotz dieses Komforts waren wir unruhig, und als wir fragten, wann er uns einem größeren Kreis zuführen würde, sagte er, bald, bald, aber erst müssten wir noch einmal ins Flüchtlingslager zurück. Aus praktischen Gründen dürfe nur ich mit ihm kommen, sagte er; die anderen müssten so lange in seiner Wohnung bleiben. Er ließ sich von der Universität beurlauben und plante in aller Eile eine Fahrt in den Süden. Und er kam mit Käfigen an, Zwingern aus rostfreiem Stahl mit Vorhängeschlössern auf der Außenseite, die, wie er sagte, unserem Schutz und unserer Bequemlichkeit dienten. Außerhalb der Zwinger müssten wir angeleint sein, sagte er, auch das um unserer eigenen Sicherheit willen.

Mubarak kaufte einen Land Rover, belud ihn mit Benzinkanistern, Proviant, Wasser sowie mehreren Leichensäcken – Letztere aus den Beständen eines Bekannten von ihm, der mit illegalen Waffen handelte –, und wir machten uns auf den Weg. Er gab laut seiner Sorge Ausdruck, die Regenzeit könnte verfrüht einsetzen und die Straßen in unpassierbare Schlammrinnen verwandeln; und so fuhren wir in halsbrecherischem Tempo und erreichten das Lager in nur drei Tagen, unter Verschleiß beider Ersatzreifen. Kleine Grüppchen von Entwicklungshelfern waren zurückgekehrt und hatten damit begonnen, die verstümmelten, halbverwesten Leichen wegzuschaffen. Mubarak fluchte, als er sie sah.

»Die Überreste des Schöpfers haben sie noch nicht gefunden«, beruhigte ich ihn.

»Wo sind sie?«, sagte er. »Zeig es mir. Schnell.«

Wir holperten durch das Sammelsurium behelfsmäßiger Unterkünfte, die meisten von ihnen eingerissen oder zu Asche verbrannt, vorbei am Brunnen und weiter, aus dem Lager hinaus, wo wir den Leichnam des Schöpfers genau an der Stelle fanden, an der wir ihn vor drei Wochen zurückgelassen hatten.

»Da«, sagte ich.

Mubarak schaltete in den Leerlauf und zog die Handbremse an. »Er ist überhaupt nicht verwest«, sagte er, und es stimmte: Der Schöpfer war tot, o ja, und angefressen, aber während andere Kadaver so stark verfault waren, dass sie sich stellenweise in Brei verwandelt hatten, war sein Fleisch frisch und geschmeidig geblieben, als wäre er erst vor wenigen Stunden gestorben.

Ohne ein weiteres Wort sprang Mubarak aus dem Wagen

und ging daran, den Leichnam in einen der schwarzen Plastiksäcke zu stopfen. Er hatte es eilig, hielt nicht einmal dann inne, wenn ihn der Gestank, der nahezu sichtbar in der Luft hing, würgen ließ. Ein Entwicklungshelfer, der in etwa zwanzig Metern Entfernung in einem Leichenhaufen stand, rief in gedämpftem Englisch durch seinen Mundschutz: »He! Was machen Sie da?« Eilig hineingestopfte Kniescheiben und Ellbogen spießten aus dem Sack, und Mubarak gab es auf, sich mit dem Reißverschluss abzumühen, als der Entwicklungshelfer mit zwei anderen auf ihn zukam. Stattdessen schleifte er den Leichnam zur Ladefläche des Land Rovers und wuchtete ihn hinein, um dann vorne auf den Fahrersitz zu klettern und aufs Gas zu steigen, bevor noch die Tür richtig zu war.

Die Entwicklungshelfer rannten hinter uns her, aber eine Wolke von gelbem Staub wirbelte hinter den Rädern auf und hüllte sie ein, und wir brausten weg und sahen sie nicht mehr. Mubarak drückte das Gaspedal durch, bis das Camp zur Gänze mit dem Horizont hinter uns verschmolzen war. Dann hielt er mit einem Ruck an, stieg aus und stapfte wieder zum Heck.

Ich wusste, was er vorhatte.

»Ich bin mir nicht sicher, ob das klug ist«, sagte ich, aber er hatte die Klappe schon heruntergelassen und zog ein Springmesser aus der Brusttasche seiner Khakiweste.

»Halt's Maul«, sagte er. Er sah zu mir auf; verschwunden war all die Güte, die er uns bezeigt hatte, jäh ersetzt durch etwas Niederes und Unheimliches, etwas, das selbst meinem Raubtierherzen einen Stich der Angst versetzte. »Wenn ihr gelogen habt…«

Die Hand des Schöpfers hing aus der Öffnung des Sacks, die blasse Handfläche nach oben gewendet, und Mubarak packte sie beim Daumen und schnitt mit seinem Messer ein blutleeres Scheibchen Fleisch ab. Unmittelbar bevor das Fleisch seine Lippen berührte, zögerte er, ein winziges Stocken. Ich sah, dass seine Finger zitterten. Dann biss er zu, fest, so als äße er etwas, das zurückbeißen könnte. Mit geschlossenen Augen kaute er hastig und musste den Kopf zum Schlucken in den Nacken werfen.

Als er die Augen wieder aufschlug, blinzelte er wie jemand, der ins Helle hinaustritt, unsicher, erwartungsvoll, merkte jedoch schnell, dass sich nichts verändert hatte, weder in ihm noch in der Art, wie er seine Umgebung wahrnahm. Enttäuschung malte sich auf seinen Zügen, dann Wut. Er knallte die Heckklappe zu und setzte sich wieder ans Steuer.

»Ihr habt einen Kannibalen aus mir gemacht, für nichts und wieder nichts«, sagte er.

»Herr Professor«, sagte ich, »wir haben Ihnen gesagt, dass die Verwandlung Zeit braucht.« Ich erwog auch, ihn darauf hinzuweisen, dass ich ihm vom Verzehr des Schöpfers abgeraten hatte, verzichtete aber darauf.

Ohnehin hörte er schon nicht mehr zu. Er wendete den Wagen und lenkte zurück nach Norden, rumpelte in weitem Bogen um das Flüchtlingscamp herum. Wir fuhren schweigend, bis die Nacht anbrach; dann hielt Mubarak am Straßenrand, kippte den Sitz nach hinten und schlief mit über der Brust verschränkten Armen ein.

F? Ganz einfach, am Morgen darauf war er verwandelt, genau wie wir. Mubarak sprach es nicht an – mit keiner Silbe –, aber es war unübersehbar. Was immer er durch die Verwandlung gewonnen hatte (eine Frage, die ich bis heute nicht beantworten kann, denn unsere gemeinsame Zeit ging ihrem Ende zu, und ich sollte ihn nicht lebend wiedersehen), mir erschien er durch sie eher auf seltsame und unerklärliche Weise behindert. Zum Beispiel tat er sich plötzlich mit dem Autofahren schwer – ließ die Gänge knirschen, trat aufs Gas, wenn er hätte bremsen sollen, und umgekehrt und bemerkte es zu spät, wenn die Straße eine Biegung machte. Mehr als einmal blieb er im Sand neben der Piste stecken und bekam den Wagen nur mit dem Wagenheber wieder frei. Wenn er sprach, was nicht oft der Fall war, gerieten ihm Wörter in seine Sätze, die dort nichts zu suchen hatten und derer er sich gar nicht bewusst zu sein schien. So sagte er etwa: »Ich muss Ibrahim anrufen und veranlassen, dass der Leichnam pädagogisch nach London überführt wird.«

»Wie bitte?«, sagte ich. »Herr Professor, geht es Ihnen nicht gut?«

»Sei ruhig. Ich hab nicht mit dir geredet. Ich hab nur einen Fingerhut laut gedacht.«

Und weiter in diesem Stil. Es war eine sonderbare, beklemmende Rückfahrt nach Khartoum, nicht nur wegen Mubaraks merkwürdigem Verhalten, sondern auch, weil immer klarer wurde, dass er – nachdem wir ihm so vertraut hatten!, nachdem wir uns von ihm sogar in Eisenzwinger hatten einsperren lassen! – gar nicht daran dachte, uns in die Gesellschaft der Menschen einzuführen.

F? Streng genommen gar nichts. Als wir wieder in Khartoum waren, sperrte er mich einfach zu den anderen. Am Tag darauf reiste er nach London ab, mit dem Leichnam des Schöpfers, und uns ließ er zurück, auch jetzt noch in unsere Käfige gesperrt. Die anderen hatten seit sechs Tagen kein Futter und kein Wasser mehr bekommen. Ihre Rippen zeichneten sich durch das Fell ab, und ihre Schnauzen waren trocken und rissig. Sie mussten sich in die äußerste Ecke ihrer Zwinger drücken, um nicht im eigenen Kot zu liegen.

F? Ich kann nur annehmen, dass er uns in seiner Wohnung verrecken lassen wollte. Damals traf diese Erkenntnis mich sehr schmerzhaft. Auch in dieser Hinsicht klafft ein tiefer moralischer Abgrund zwischen euereins und unsereins. Ein Hund missbraucht die Zuneigung anderer nicht dazu, sie zu hintergehen, wie Mubarak das getan hat. Es kommt einfach nicht vor. Als ich begriff, dass er abgereist war, ohne einen Gedanken an uns zu vergeuden, war ich verwirrt. Ich zerbrach mir den Kopf darüber, was wir falsch gemacht haben konnten; ich suchte die Schuld nur bei uns. Selbst heute, wo ich um so vieles klüger bin als damals, tut es immer noch weh, von ihm dem Hungertod überlassen worden zu sein.

F? Wir trauerten, um alles, was wir verloren hatten, und um alles, was wir noch verlieren würden. Bei Hunden heißt Trauern Heulen, und so heulten wir, die Nacht hindurch bis weit in den nächsten Tag. Die Stimmen der anderen wurden schwächer und verstummten nach und nach ganz, und bald jaulte ich als Einziger noch die Wände dieses Zimmers an, warf mich als Einziger noch gegen die Gitterstäbe des Käfigs, dass mir das Blut aus der Schnauze lief, während meine Organe sich immer mehr zusammenzogen und ihre Funktion einstellten.

F? Mubaraks weiteres Schicksal ist hinreichend dokumentiert; ich weiß darüber wohl kaum mehr als du. Er traf sich in London mit Ibrahim Hussein Al-Jamil, einem Freund und Kollegen, der am King's College unterrichtete. Die beiden überwachten die Autopsie des Schöpfers und die Untersuchung seines Leichnams, an dem unter anderem eine masselose Struktur nachgewiesen wurde, die langbewährte physikalische Grundsätze Lügen strafte. Eine Gruppe hochkarätiger Wissenschaftler wurde nach London berufen; allesamt folgerten sie das auf der Hand Liegende und beschlossen einhellig, dass es vor der Öffentlichkeit geheim gehalten werden musste. Mubarak, dem Anerkennung und persönliche Bereicherung mehr bedeuteten als der Erhalt der menschlichen Gesellschaft, setzte sich über diese Vereinbarung hinweg.

F? Nach dem, was man hört, erinnerte sein bizarres Verhalten an die Symptome gewisser neurologischer Störungen – Tics, Krämpfe, katatonische Anfälle, Gestammel –, nur dass die Krankheit bei ihm äußerst rapide voranschritt. Er führte Veitstänze auf, mitten im Londoner Mittagsverkehr, und fuhr einen geschlagenen Tag, dicke Spuckefäden sabbernd, auf der Piccadilly Line hin und her, immer die Schlaufe um Heathrow, bis der Zugführer ihn von der Polizei an die Luft setzen ließ. Während eines Interviews für *60 Minutes* urinierte er dann auf Ed Bradley und verschwand kurz darauf spurlos. Wenige Tage später wurde sein Leichnam aus der Themse gezogen, an einem Schleusentor im Osten Londons.

F? Richtig. Allgemein wird von Unfall oder Selbstmord ausgegangen.

F? Ja, ich bin über die tatsächlichen Umstände seines Todes im Bilde, aber ich werde sie hier nicht preisgeben. Ed Bradley hatte damit jedenfalls nichts zu tun.

F? Zu dieser Zeit war ich selbst dem Tode nahe. Die anderen waren bereits eine Woche tot, als Mubaraks Haushälterin, ein Mädchen namens Lily Gabriel Holland, die Tür zum Gästezimmer einen Spalt aufmachte und den Kopf hindurchstreckte. Bei unserem Anblick stieß sie sie ganz auf und kam herein, groß und furchtlos, eine Christin, die ihren muslimischen Herrn in seinem eigenen Haus verfluchte.

F? Anfangs hielt sie uns alle für tot. Über ihre Wangen flossen Tränen, aber ihre Stimme zitterte nicht. »Was hat er getan, dieser Verbrecher?«, fragte sie und ging langsam von Käfig zu Käfig.

Ich war zu schwach zum Aufstehen. »Hilf mir«, bat ich.

Lily packte die Gitterstäbe meines Käfigs und rüttelte kräftig daran. »Du lebst ja«, sagte sie.

»Ich lebe«, sagte ich. »Gerade noch.«

»Wie kommt es, dass du zu mir sprichst?«

»Dein Gott ist tot«, sagte ich ihr.

»Ja«, sagte sie. Sie rüttelte noch einmal an den Stäben und besah sich das Schloss. »Bei uns in Mandela gehen Gerüchte um, obwohl die Regierung es zu vertuschen versucht. Die Leute haben mehr Angst vor einer Welt ohne Gott als vor den Soldaten. Deshalb reden sie. Sie sagen, Mubarak hätte etwas damit zu tun.«

»Ich kann dir alles erklären«, sagte ich. »Aber erst …«

»Ja, nein, natürlich!«, sagte sie und richtete sich eilig auf. »Ich suche nur rasch etwas, mit dem ich den Käfig aufbekomme.« Sie lief aus dem Zimmer und kehrte nach kurzer Zeit mit Hammer und Stemmeisen zurück. Sie schob das flache Ende des Eisens unter den Riegel, schwang den Hammer hoch über ihren Kopf und brach mit einem einzigen, kraftvollen Schlag das Schloss auf.

F? Lily war schlank, aber sehr stark, und sie trug meinen ausgezehrten Körper etliche Meilen durch die Straßen bis in das Slumviertel Mandela, wo sie zusammen mit ihrem Vater einen Raum in einem langgestreckten Haus mit lauter einzelnen Zimmern bewohnte.

F? Wie Lily nahm sich auch ihr Vater liebevoll meiner an – holte mir Wasser aus dem nächstgelegenen Brunnen, zerstieß Taubenherzen zu einer Paste, die ich verdauen konnte. Aber anders als sie war er gebrechlich, mit mageren Runzelarmen und einer Schwäche für hausgemachten Dattellikör.

F? Als ich halbwegs zu Kräften gekommen war, bestätigte ich ihnen die Berichte, die sie gehört hatten: Der Schöpfer war tot, und erste Auswirkungen dieser Erkenntnis machten sich rund um den Erdball bemerkbar. Ich erzählte ihnen auch, dass ich nichtsahnend von unserem Schöpfer gegessen hatte und verwandelt worden war.

»Dann bist du Er«, sagte Lilys Vater.

»Was?«, sagte Lily. »Nein, Papa.«

»Liegt es nicht auf der Hand?«, sagte ihr Vater. »Er hat den Leib Gottes gegessen. Da sitzt er, ein Hund, der sprechen kann wie ein Mensch. Er berichtet uns Dinge von einer Welt, von der wir niemals gehört haben. Amerika! Was weiß hier schon jemand von Amerika, außer dem Namen? Aber er weiß Bescheid. Er weiß alles.«

»Ich bin nicht euer Gott«, sagte ich.

»Er ist nicht Gott, Papa«, wiederholte Lily.

»Was ich weiß, das weiß ich«, sagte ihr Vater und hob den Krug mit dem Dattellikör an den Mund.

F? Lily hütete mich ängstlich, selbst vor ihrem eigenen Vater. Die Stimmung im Slum wurde immer explosiver. Kaum ein Tag, an dem nicht jemand verschwand – von Soldaten geholt wurde und als Aufwiegler und Gotteslästerer im Gefängnis von Omdurman landete. Armeelaster knirschten langsam durch die ungepflasterten Straßen und riefen die Einwohner per Megaphon dazu auf, sich an den verordneten Gottesdiensttagen in den Kirchen und Moscheen einzufinden. Lily sah darin eine bittere Ironie.

»Sie müssen verzweifelt sein«, sagte sie. »Erst haben sie unsere Kirchen plattgewalzt und auf dem Schutt Wohnblöcke gebaut. Und jetzt sollen wir pünktlich jeden Sonntag zum Gebet antreten.«

Eines Nachts stellte ich mich schlafend, während Lily und ihr Vater meinetwegen stritten.

»Er könnte den Menschen helfen«, sagte ihr Vater.

»Es ist zu gefährlich«, sagte Lily, »wenn die Regierung davon erfährt. Und sie würde davon erfahren.«

»Er könnte den Menschen Hoffnung machen. Meine Freunde – sie wollen hören, dass es mit der Welt bergauf geht.«

»Und wenn es nicht bergauf geht mit der Welt, Papa?«, fragte Lily bissig.

»Und auch andere Sachen«, wich er ihrer Frage aus. »Was aus ihren Familien geworden ist, beispielsweise. Jahre der Ungewissheit und des Leidens könnten ein Ende haben.«

»Aha«, sagte Lily, »jetzt nähern wir uns der Wahrheit. Wir reden gar nicht über deine Freunde, hab ich recht, Papa? Wir reden über dich. Darüber, was *du* wissen möchtest.«

»Ja! Natürlich! Und dich sollte es eigentlich auch interessieren, was aus deiner Mutter und deinen Schwestern geworden ist.«

»Ich weiß es doch schon, Papa. Sie sind tot.«

Ein paar stumme Sekunden vergingen, ehe er antwortete. »Du hältst dich für so klug«, sagte er, aber ganz leise nur, beinahe flüsternd.

F? Lily hatte recht; ihre Mutter und die beiden älteren Schwestern waren tot – erschlagen von dem Ziegenbauern, an den sie von den Dschandschawid verkauft worden waren, die sie fünfzehn Jahre zuvor entführt hatten. Aber als Lilys Vater zu mir kam, an einem Nachmittag, als Lily unterwegs war, um irgendwo Weizenmehl und Linsen einzutauschen, brachte ich es nicht übers Herz, ihm die Wahrheit zu sagen. Er war gut zu mir gewesen, und ich wollte ihm auch etwas Gutes tun.

F? Ich sagte, sie wären dem Bauern entkommen und lebten jetzt in Darfur, unweit von Nyala. Ich erzählte ihm, sie hofften nach all der Zeit immer noch, wieder mit ihm und Lily vereint zu werden.

Im Rückblick glaube ich, das war der Moment, in dem ich mich endgültig mit dem Menschenpack gemein machte.

F? Lily war wütend, auf ihren Vater, weil er gefragt hatte, und auf mich, weil ich ihm eine Antwort gegeben hatte. Sie wollte wissen, ob es stimmte, ob ihre Mutter und ihre Schwestern tatsächlich noch am Leben waren. Weil ich nicht wusste, was ich sonst tun sollte, sagte ich ja.

Sie weinte die ganze Nacht durch, während ihr Vater dem Dattellikör abschwor und loszog, um meine Geschichte in Mandela herumzuerzählen und auch andere Ratsuchende aus dem Viertel zu mir zu schicken.

F? Am nächsten Morgen begannen die Leute herbeizuströmen, beladen mit Kleidungsstücken, Schmuck, Sandelholz, bündelweise zusammengekrumpelten Dinarscheinen, Körben voll Essen. Lilys Vater nahm die Opfergaben entgegen und führte die Besucher einen nach dem anderen herein. Die meisten, insbesondere die Frauen, fielen augenblicklich auf die

Knie vor mir; andere waren skeptischer und knieten erst nieder, wenn sie meine Stimme in ihrem Kopf vernahmen. Manche von ihnen waren Christen, andere Moslems. Sie befragten mich über die Zukunft und über die Vergangenheit. Sie erkundigten sich nach verschwundenen Vätern, lange verstorbenen Großmüttern, Söhnen, die unter die Diebe gegangen waren. War die ehrliche Antwort unerfreulich, was meistens der Fall war, belog ich sie. Ich erzählte ihnen, dass ihre toten Väter zurückkehren würden; dass ihre Großmütter die Seligkeit in einem Jenseits gefunden hatten, von dem ich wusste, dass es nicht existierte; dass ihre psychotischen Söhne ihnen ihre Liebe eines Tages hundertfach vergelten würden. Ich gab vor, Kinder zu heilen, die nur noch wenige Wochen zu leben hatten, und stellte den Ärmsten der Armen gewaltige Vermögen in Aussicht. Alle, die ich empfing, gingen beglückt von dannen, ihre Gesichter nass von Tränen der Überwältigung und Dankbarkeit. Einige stülpten sogar noch die Taschen um, um nach zusätzlichen Gaben für mich zu suchen; Münzen und kleine Flusen regneten auf den Lehmboden nieder. Als es dunkel wurde, wuchs die Menge in der Gasse draußen immer noch an, und Lilys Vater befahl ihnen allen, nach Hause zu gehen und am Morgen wiederzukommen.

F? An diesem Abend tischte er uns ein Festmahl auf, Hirse, Mais und Lammkoteletts. Lily weigerte sich mitzuessen; stumm saß sie auf ihrer Matratze und starrte durch das einzige Fenster des Zimmers auf die Menschen, die dort in der Gasse warteten, ihre hoffnungsvollen Gesichter beleuchtet von flackernden Kerosinflammen. Nach dem Essen zählte ihr Vater seine Einnahmen, und obwohl ihm die Hände zitterten, so sehr fehlte ihm sein Schnaps, lächelte er und wedelte mit dem Geld durch die Luft.

»Bald haben wir genug, um nach Nyala zu fahren«, sagte er zu Lily. Aber sie gab durch nichts zu erkennen, dass sie ihn gehört hatte.

F? Sie sah schweigend mit an, wie die Kunde sich verbreitete und Menschen den ganzen Weg von Uganda und dem Kongo nach Mandela gereist kamen. Sie brachten Angst, Verzweiflung und Geld mit und waren, wenn sie das Zimmer verließen, um alles drei erleichtert. Viele dieser Pilger hatten ihre Familien dabei und schlugen behelfsmäßige Lager auf. Innerhalb von zwei Wochen wuchs die Bevölkerung von Mandela um dreißigtausend an. Nachts entfachten sie Feuer und sangen Lobgesänge, vereint in ihrem neuen Götzendienst.

F? Natürlich machte es mir etwas aus, ihnen ihre spärlichen Habseligkeiten abzunehmen und dafür Lügen aufzutischen, ganz egal, wie gut diese Lügen gemeint waren. Und noch mehr machten mir Lilys missbilligende Blicke zu schaffen. Aber ich sehnte mich so verzweifelt danach dazuzugehören, und nun tat ich es, oder glaubte es wenigstens. Es kam mir damals noch nicht in den Sinn, dass nichts so wenig mit Zugehörigkeit zu tun hat, wie angebetet zu werden.

F? Es endete so, wie Lily prophezeit hatte – die Regierung erfuhr davon, dass die Menschen nach Mandela pilgerten, um dort einen Hund als Gott anzubeten, und sandte ihre Soldaten aus. In der Nacht, in der sie den Slum stürmten, trommelte der Regen wilde Rhythmen auf den Blechdächern, und während die Leute um mich herum das ferne Grollen für Donner hielten, wusste ich es besser.

»Sie kommen, Lily«, sagte ich. »Männer in Panzern und mit Gewehren. Sie kommen, um mich zu holen.«

»Die Leute werden gegen sie kämpfen«, sagte Lily. »Sie werden für dich kämpfen und sterben.« Es klang wie eine Anklage.

»Ich begreife das alles nicht«, sagte ich.

»Du musst von hier fliehen«, sagte sie. »Aber vorher lass mich dich fragen: Warum hast du mir Lügen über meine Mutter und meine Schwestern erzählt?«

Ich blieb die Antwort schuldig.

»Warum?«, wiederholte sie.

Und zum ersten Mal seit Wochen sprach ich die Wahrheit. »Ich weiß es nicht«, sagte ich.

F? Lily hob mich durchs Fenster hinaus, und ich rannte davon. Ich rannte durch die endlose Menge der Anbeter, die alle in die andere Richtung drängten, den Angreifern entgegen. In der Dunkelheit nahm kein Mensch von mir Notiz, und ich rannte, bis die Wüste mich wieder verschlang. Ich blieb nicht eher stehen, als bis der Sand unter meinen Pfoten sich trocken anfühlte, bis ich allen Regen hinter mir gelassen hatte.

F? Hunderte starben in dieser Nacht, auch Lily. Sie war die Einzige in der Menge, die für das Richtige kämpfte. Erhobenen Hauptes stand sie im Regen und schleuderte Steine. Einem Soldaten entwand sie mit ihren starken Händen das Gewehr, und bevor sie es auf ihn anlegte, sagte sie ihm den Namen ihrer Mutter, und sie ließ es nicht zu, dass er weghörte.

F? Ihr Vater wurde gefangen genommen und starb ein paar Monate später in Omdurman an gepanschtem Schnaps.

F? Wie es mir damit geht? Sagen wir so: Ich bin weder nach Khartoum zurückgekehrt noch an irgendeinen anderen Ort, wo Menschen zusammenkommen. Ich lebe wie ein normaler Hund, auch wenn das Jagen ohne Rudel schwierig ist und ich mich oft einsam fühle. Ich habe seit der Nacht damals mit keinem Menschen gesprochen, bis heute. So einfach.

F. Nein, das ist nicht das Ende. Eine Frage steht noch aus, die du bisher nicht gestellt hast. Die Frage, deretwegen du um die halbe Welt gereist bist.

F? Nun zier dich nicht. Gewisse Dinge weiß ich, vergiss das nicht. Ich weiß zum Beispiel, dass du dich durch nichts von den Tausenden von Bittstellern unterscheidest, die ich empfangen habe, außer durch dies eine: Ich habe dir die Wahrheit gesagt. Was auch heißt, dass du deine Frage eigentlich gar nicht mehr stellen musst, weil du die Antwort bereits kennst.

F. Genau. Die Antwort ist, dass ich die Antwort nicht weiß. Ich kann dir nichts an Trost und wenig an Erkenntnis bieten. Ich bin nicht dein Gott. Oder wenn doch, dann bin ich kein Gott, von dem du dir Erlösung oder eine Erklärung erhoffen kannst. Ich bin ein Gott, der dich ohne mit der Wimper zu zucken fressen würde, wenn er hungrig wäre. Du bist um nichts weniger nackt oder allein auf der Welt, als du es warst, bevor du mich gefunden hast. Und so muss die Frage jetzt lauten: Kannst du mit diesem Wissen leben? Oder wird es dich zerstören, dich aushöhlen, bis du nichts weiter bist als ein Schemen unter Schemen?

Der Helm des Heils
und das Schwert des Geistes

Verflucht sei, wer des Herrn Werk lässig tut; verflucht sei, wer sein Schwert aufhält, dass es nicht Blut vergießt!

Jeremia 48,10

EVOPS EROBERN NEUGUINEA

PoMo-Truppen räumen »unhaltbare« Stellungen in Australien
Rückzug auf die Hawaii-Inseln

An Bord der 8. Flotte der Postmodernen Anthropologen, Pazifischer Ozean (AP) – Streitkräfte der Evolutionspsychologen, mit einem Massenaufgebot an Chinesen als erste Welle, haben am Mittwoch die Hauptstadt Port Moresby eingenommen und den letzten organisierten Widerstand der Postmodernen Anthropologen damit praktisch eliminiert. Dreitausend PoMo-Marineinfanteristen, die sich geweigert hatten, die Hauptstadt mit den noch verbliebenen Verteidigern zu verlassen, wurden gefangen genommen und anschließend hingerichtet.

»Es liegt in unserer Natur, die Schwachen zu vernichten«, sagte EvoP-Premierminister Nguyen Dung in einer Stellungnahme. »Deshalb hatten wir keine andere Wahl, als Ihre Soldaten zu exekutieren. Natürlich bedauern wir den Vorfall. Letztendlich bedauern wir diesen ganzen Krieg. Leider liegt das Kriegführen in unserer Natur. Und gegen unsere Natur sind wir machtlos. Genau wie Sie.«

Eltern kapierten einfach gar nichts.

Dieser Gedanke drängte sich Arnold in der zweiten Hälfte seines siebzehnten Lebensjahres immer öfter auf. Auch jetzt, auf seinem Felsen am Strand, dachte er es wieder, während er der Fähre auf ihrem Weg zum Horizont nachsah, wo Blau mit Blau verschmolz, gefolgt von ihrem unvermeidlichen Tross von Möwen, die niemals begreifen zu wollen schienen, dass das hier kein Fischerboot war und sie sich keine Gratismahlzeiten ausrechnen durften. Die lästige Schulmappe hatte er zu Boden fallen lassen, wo der Sand noch nass von der Flut war, und wenn er sie nachher beim Heimweg wieder über die Schulter nahm, würde sein Rücken feucht werden und alles nach Muscheln stinken. Aber das scherte ihn nicht. Er zündete sich eine Zigarette an, trotz allen Bemühens nicht ganz so routiniert und lässig wie die ledrigen Fischer auf dem Festland, denen die halbgerauchte Pall Mall buchstäblich in den Mundwinkel implantiert zu sein schien. Er nahm flache Züge, inhalierte bedächtig. Er sah die Fähre in der Ferne verschwinden und fühlte sich bedeutsam dabei, ein Denker voll tiefschürfender Gedanken. Die Pose war für ein imaginäres Publikum von exakt einer Person intendiert. Und obwohl er wusste, dass er es jeden Moment mit einem realen und höchst unwillkommenen Publikum in Gestalt seiner Mutter Selia zu tun bekommen konnte, scherte ihn das ganz genauso wenig.

Arnold war verliebt. Und das gehörte (wie Arnolds wachsender Glaube an die Postmoderne Anthropologie) zu den zahlreichen Dingen, die sein Vater und Selia nicht kapierten.

Arnold war natürlich intelligent genug, um zu ahnen, dass bei allen Unterschieden zu früher das eine oder andere gleich geblieben sein musste. Sein Vater und Selia waren als Teenager bestimmt auch mit ihren Eltern aneinandergerasselt. Gut, sein Vater vielleicht nicht. Aber Selia hundertprozentig. Arnold konnte sich bestens vorstellen, wie sie abends länger ausblieb als abgemacht, viel zu schnell fuhr, harte Jungs unter den Tisch trank, mit denen sie eigentlich gar keinen Umgang haben durfte, und hinterher mit ihnen ins Bett ging. Wie sie deswegen einen Riesenkrach mit ihrem Vater hatte und für eine Weile von zuhause verschwand. Der einzige Unterschied war, dass sie und Arnolds Dad keine Probleme damit hatten, *wen* er liebte – sie kannten Amanda ja gar nicht, genauso wenig wie Arnold selbst übrigens. Sie hatten ein Problem damit, *wie* er sie liebte. Und das war das, was sie eben nicht kapierten, weil die Welt sich verändert hatte, aber sie hatten sich nicht mitverändert.

Denn so war die heutige Liebe: Arnold saß da und sonnte sich in Amandas Blick, der aus unerreichbarer Ferne liebevoll auf ihm ruhte. Sie war überall und nirgends, sie beobachtete ihn, egal ob er sich hier an seinem Strand eine Zigarette anzündete, pfeifend unter der Dusche stand oder in der Schule die Übel der Evolutionspsychologie auseinandergesetzt bekam. Wohin er auch ging, was er auch tat, Amanda war bei ihm, und dieses Gefühl unablässigen Gesehenwerdens, selbst noch im Schlaf, versetzte Arnold in einen Zustand beständigen, verzehrenden Aufgeputschtseins, vor dem es keinerlei Entrinnen gab.

Nicht dass er ihm hätte entrinnen wollen. Im Gegenteil, er schwelgte im Hochgefühl der Liebe, wie nur ein Teenager es konnte – kritzelte seitenweise Gedichte auf Amanda, schickte täglich Hunderte von SMS an ihr Handy (die sie unbeantwortet ließ, zum Glück, denn real mit ihr zu tun zu haben, in echten Dialog mit ihr zu treten, das wussten Arnold und seine Altersgenossen intuitiv, hätte alles zerstört). Nicht einmal die Zähne konnte er sich putzen, ohne zu überlegen, welches Bild er wohl für Amanda abgab – ob seine Haltung ihre Zustimmung fand, seine kreisenden Putzbewegungen statt der vertikalen, die schließlich auch ihre Befürworter hatten, die Grimassen, die er schnitt, um noch die hintersten Backenzähne zu erreichen.

Er wollte den aufgerauchten Zigarettenstummel gerade wegschnippen, in einem nonchalanten Bogen, wie Amanda es gern hatte, als Selia hinter dem Felsrand auftauchte, Hosenbeine über den Waden hochgeschlagen, den Muscheleimer in der Hand.

»Shit«, murmelte Arnold in sich hinein. Er beeilte sich, die Zigarette loszuwerden, und aus dem nonchalanten Bogen wurde ein Absturz; in einer müden Abwärtskurve landete die Kippe im Sand, nur Zentimeter vor seiner Stiefelspitze. Amanda würde wenig beeindruckt sein.

»Und du bist jetzt unter die Raucher gegangen?«, sagte Selia im Näherkommen. In den Abdrücken ihrer nackten Füße quoll Meerwasser empor. »Ein bisschen Öl ins Feuer gießen, was, Junge?«

Arnold erwiderte nichts. Wenn seine Mutter sich aufregte, zog man am besten den Kopf ein und wartete, bis es vorbei war. Ihre Anwürfe waren Fallstricke, und je mehr man nach Ausreden suchte oder herumargumentierte, desto heftiger fiel die Strafpredigt aus.

Selia gab ihm den Eimer mit Harke und Schaufel darin zum Halten. Im Weiterreden krempelte sie sich die Hosenbeine noch einmal höher, bis übers Knie. »Mach, was du willst. Mir doch gleich. Ich bin ja bloß eine alte Schachtel, die zufällig deine Mutter ist. Rauch, wenn es sein muss. Rauch Pfeife. Rauch irgendwelches Kraut. Zerkrümelte Bananenschalen von mir aus.« Sie richtete sich auf und streckte die Hände aus, und Arnold reichte ihr schweigend den Eimer.

»Zieh los und geh zur Armee, wenn du schon dabei bist«, fuhr Selia fort. »Zieh in den Krieg. Lass dich zum Ruhme der PoMos von Kugeln durchsieben. Erschlag eine ganze Einheit von EvoPs mit einem Suppenlöffel. Brauchst nicht zu denken, dass mir das irgendwas ausmacht.«

Arnold riskierte nicht mehr als einen mürrischen Blick. Er wusste, Amanda erwartete von ihm, dass er den Mund aufmachte, sich verteidigte, seine Souveränität unter Beweis stellte. Aber er widersetzte sich Selia lieber nur indirekt – durch heimliches Rauchen zum Beispiel. Zumal seine Mutter so eine Art hatte, ins Schwarze zu treffen. Er hatte die Kriegsnachrichten verfolgt. Er hatte alles über den Siegeszug der Evolutionspsychologen in Neuguinea und weiten Teilen Australiens gelesen. Und mit einem seltsamen Gemisch aus Grauen und Ungeduld hatte er gedacht, dass er als Mitglied (gut, Junior-Mitglied) der PoMo-Partei doch eigentlich die Pflicht hatte, seinen Glauben zu verteidigen, gerade in einer solchen Krisenzeit.

Die Vorstellung, vor Amandas Augen eine Schneise in die Reihen der EvoPs zu schlagen, löste ein leises Kribbeln in seinem Unterleib aus.

Aber woher wusste seine Mutter über alle diese Dinge Bescheid, obwohl sie seinen Kopf doch gar nicht verließen?

Nach ein paar Sekunden beiderseitigen Schweigens wurde Selias Blick eine Spur versöhnlicher, und sie hielt ihm die Schaufel hin. »Komm«, sagte sie. »Hilf mir beim Muschelsuchen.«

Arnold zögerte. Nur weil er den offenen Konflikt mit Selia scheute, hieß das noch lange nicht, dass er in einen Waffenstillstand einwilligte. Er hatte seit einer Ewigkeit nicht mehr mit ihr nach Muscheln gegraben – früher, als er noch nicht die Schule auf dem Festland besuchte, waren sie fast jeden Tag zusammen losgezogen. Es war etwas, das ihm immer Freude gemacht hatte: so einträchtig mit ihr tätig zu sein, einmal nicht nur als ihr Herzblatt, sondern als ihr tüchtiger Helfer, der den schweren Muscheleimer ganz allein heimschleppte, mit den eigenen beiden Händen. Zuhause hatte sein Vater dann schon den Kessel auf dem Gasherd aufgesetzt, und der Dampf schoss unter dem Deckel hervor. Und eine Mahlzeit zu essen, die er sich selber erarbeitet hatte – die Finger klebrig von Butter und Meersalz, sie alle drei redend und lachend –, hatte Arnold immer aufs Tiefste befriedigt, sogar schon als Kind.

Aber er war kein Kind mehr. Und dieser Tage war das Essen, in den meisten Fällen zumindest, eine stumme, freudlose Angelegenheit. Er verschmähte die Schaufel, die Selia ihm hinstreckte, drehte sich weg und hob seine Schultasche aus dem Sand auf.

Selia zuckte die Achseln. »Dann eben nicht«, sagte sie. Ihr Ton kam Arnold ein wenig zu ungerührt vor, und es gab ihm einen Stich zu merken, dass er sie verletzt hatte, obwohl genau das seine Absicht gewesen war.

In seinem Zimmer zündete Arnold die beiden Kerzen auf dem Wandbord an, über dem er das gerahmte Foto von Amanda aufgehängt hatte. Er setzte sich aufs Bett und schaltete sein Handy ein, diesen unentbehrlichen Begleiter eines Teenagerlebens, den sein Vater ihm trotz Selias Protesten endlich doch gekauft hatte. Zweihunderdreiundfünfzig neue SMS warteten auf ihn, alle von Lisa Beard, einer Zwölftklässlerin in der Mädchenschule auf dem Festland. So war die heutige Liebe – wie das Gros seiner Altersgenossen hatte auch Arnold seine eigene Verehrerin, die er nicht kannte und auf deren Nachrichten er nicht reagierte. Er löschte sie, ohne sie zu lesen, und tippte seine eigene Nachricht an Amanda:

göttliche amanda – öffne mir die lippen, und mein mund wird dein loblied verkündigen.
ewig der deine

Arnold drückte auf Senden. Er legte das Handy neben sich aufs Bett, rutschte bis zum Kopfbrett hinter, die Füße in den Stiefeln mitten auf der Tagesdecke, und überlegte einen Augenblick. Dann nahm er das Telefon wieder und tippte:

göttliche amanda – es steht nicht gut, und ich brauche deine hilfe. ich habe das gefühl, nicht mehr hierherzugehören. auf mich warten größere dinge, und ich weiß, du wünschst dir von mir, dass ich mich diesen aufgaben stelle. die pomo-anthropologie lehrt uns, dass es allein von uns selber abhängt, was wir aus unserem leben machen und was für menschen wir werden. aber ich weiß nicht, ob ich schon bereit dafür bin.
ewig der deine

Arnold drückte auf Senden und kramte dann *Das institutionalisierte Ich* aus seiner Schulmappe hervor. Er schlug das Kapitel auf, das Mr. Oswalt ihnen zu lesen aufgegeben hatte, aber er schaffte nicht mehr als ein paar Absätze, bevor seine Gedanken abschweiften und wieder bei Amanda landeten. Er schickte ihr eine nächste andächtige Kurzmitteilung und versuchte sich neuerlich aufs Lesen zu konzentrieren, aber seine Augen kehrten fast ohne sein Zutun zu Amandas Bild an der Wand gegenüber dem Bett zurück, wo er es immer im Blick hatte. Das Foto war eine vergrößerte Kopie aus dem Jahrbuch der Mädchenschule. Amandas Augen, zwischen denen sich eine einzelne blonde Locke sanft in ihre Stirn ringelte, schimmerten im Kerzenlicht in dem gleichen Blau wie der Ozean an Arnolds Strand. Wie der Ozean blickten ihre Augen tief in ihn hinein, stetig und voller Güte. In Arnold stieg wieder diese ganz eigene Erregung auf, noch immer ungewohnt genug, um ihm den Atem zu verschlagen, bis er keinen anderen Ausweg mehr wusste, als ihr auf die einzige Weise abzuhelfen, die er kannte. Was er tat, und zwar hastig, um bloß nicht erwischt zu werden. Er säuberte sich mit einer Handvoll Papiertaschentüchern, die er anschließend auf dem Grund des Abfalleimers unter seinem Schreibtisch verschwinden ließ. Nach einer weiteren SMS an Amanda wandte er sich wieder seinem Buch zu und kämpfte sich diesmal durch zwanzig Seiten, ehe sein Vater dezent zweimal an die Tür klopfte.

»Herein«, sagte Arnold.

Sein Vater öffnete die Tür. »Abendessen«, sagte er.

Arnold las weiter. »Ist gut. Ich komme gleich.«

Sein Vater blieb in der Tür stehen. »Arnie«, sagte er, »du weißt, dass es deine Mutter zur Weißglut bringt, wenn du die Schuhe auf dem Bett hast.«

Ohne aufzusehen, schwenkte Arnold die Füße zur Seite, bis sie plump über die Kante hinausstanden.

»Sehr lobenswert«, sagte sein Vater. »Aber ich wollte eigentlich darauf hinaus, dass du gewisse Dinge nicht machen *musst*, nur um deine Mutter zu ärgern.«

Jetzt hob Arnold den Blick doch. »Dad«, sagte er, »ich bin ein postmoderner Anthropologe. Ich *muss* überhaupt nichts tun. Ich wähle mir mein Schicksal selbst.«

»Na gut.« Sein Vater versuchte ein nachsichtiges Lächeln zu unterdrücken. »Aber nur zu deiner Information: Dein Schicksal wird ein qualvoller Tod durch die Hand deiner

Mutter sein, wenn sie dich noch einmal mit Schuhen auf dem Bett erwischt.«

SITUATION IM PAZIFIK »VERZWEIFELT«

PoMo-Marines in Kauai und Oahu
bereiten »Alamo«-Abwehr vor

An Bord der 3. Marine-Expeditionsbrigade der Postmodernen Anthropologen, Kauai (AP) – Marineinfanteristen auf der westlichsten Insel des Hawaii-Archipels haben am Mittwoch ihre Verteidigungsstellungen gegen den drohenden Angriff der EvoP-Einheiten weiter ausgebaut und zu diesem Zweck Panzerfallen errichtet, auf höher gelegenem Gelände Bunker angelegt sowie Geschützstände verstärkt. Unterdessen sind die ersten der nach der Niederlage in Neuguinea abgezogenen Einheiten am Dienstagabend im Hafen eingelaufen. »Natürlich ist nichts unvermeidlich«, sagte Colonel Francisco Garcia, Kommandant der 3. Marine-Expeditionsbrigade. »Wie wir alle wissen, lässt sich jede Situation von mehreren Seiten betrachten. Aber an einem Angriff im Lauf der nächsten Wochen führt wohl kein Weg vorbei. Und wir sind zahlenmäßig deutlich unterlegen, selbst mit den Einheiten aus Australien und Neuguinea.

»Eins unserer großen Dilemmata«, sagte Mr. Oswalt zu der Klasse, »das auch der Text, den ich Ihnen aufgegeben habe, thematisiert, ist die Frage, wie sich unsere Prinzipien als Postmoderne Anthropologen mit unserer Sicherheit – oder drastischer ausgedrückt, dem Fortbestehen unserer Lebensweise – vereinbaren lassen. Irgendwelche Ideen dazu?«

Die meisten Jungen waren in den Anblick eines Elchbullen

vertieft, der auf dem Baseballplatz vor dem Fenster graste. Arnold in seiner Bank ganz hinten fragte sich, ob Amanda wohl wollen würde, dass er die Hand hob.

»Mr. McCutcheon?«, sagte Oswalt, der langsam die Bankreihen abschritt.

Kelly McCutcheon räusperte sich. »Ich verstehe die Frage nicht ganz.«

Oswalt schob sich mit einem Finger die Brille ein Stück höher. »Haben Sie den Text gelesen?«

»Das meiste schon.«

»Das meiste schon«, wiederholte Oswalt. »Sprich, Sie haben ein, zwei Seiten überflogen.« Er ging wieder nach vorn und lehnte sich an sein eigenes Pult. »Hat irgendjemand eine Ahnung, worauf ich hinauswill?«

Arnold sagte: »Wir glauben daran, dass kein Paradigma einem anderen überlegen ist.«

»Ex-akt«, sagte Oswalt. »So steht es klar und deutlich in unserer Verfassung: *Der Kongress darf keinerlei Gesetze hinsichtlich der Erkenntnistheorie beschließen, da verschiedene Theorien verschiedene Perspektiven eröffnen und einander somit ebenbürtig sind.* Und deshalb …?«

Arnold zögerte. »Ich weiß nicht genau, wie ich es formulieren soll.«

»Sie könnten es ganz simpel formulieren«, sagte Oswalt, »und sagen, dass unser Krieg gegen die Evolutionspsychologen ebendie Grundsätze verletzt, für die wir kämpfen. Schließlich ist auch die Evolutionspsychologie nur ein weiteres der Paradigmen, die unsere Verfassung so nachdrücklich schützt.«

Darauf erhob sich ein zwanzigstimmiger Sturm der Entrüstung.

»Aber sie sind böse!«

»Sie haben den Krieg angefangen!«

»Die EvoPs sind Wilde! Gewalt ist die einzige Sprache, die sie verstehen!«

Oswalt hob begütigend die Hände. »Ehe Sie sich zu sehr empören, meine Herren: Ich bin voll und ganz Ihrer Meinung! Ja, sie *haben* den Krieg begonnen. Ja, sie *sind* Wilde. Das ist genau der Grund, weshalb selbst in einer so hochentwickelten und aufgeklärten Gesellschaft wie der unsrigen Prinzipien manchmal geopfert werden müssen, um Bedrohungen zu begegnen und sie auszuschalten.«

Mike Raboteau, der die ganze Stunde über stumm auf sein Pult gestarrt hatte, sprach, ohne aufzublicken. »Ich hasse sie«, sagte er.

Oswalt ging zu Mike und legte ihm die Hand auf die Schulter. »Und aus gutem Grund, Mr. Raboteau. Aus gutem Grund.«

Draußen auf dem Baseballplatz hob der Elchbulle den Kopf. Seine Schaufeln waren an die zwei Meter breit, mit zu vielen Enden, um sie auf die Schnelle zu zählen. Er bewegte sich in Richtung Spielerbank, hochbeinig, mit trägen, elastischen Schritten.

»Dann hätten wir's für heute«, sagte Oswalt. Die Jungen standen von ihren Pulten auf und packten ihre Bücher und Handys zusammen. »Nächste Woche besprechen wir Kapitel sechsundzwanzig bis dreißig, ich würde also sehr darum bitten, dass Sie sie auch lesen. Und ich erwarte natürlich, Sie am Sonntag bei der Parade zu Ehren von Mr. Raboteaus Bruder Paul zu sehen. Ein schönes Wochenende, die Herren.«

Arnold rauchte seine Zigarette auf der Fähre nach Hause, damit Selia ihm nicht auf die Schliche kam. Den Nachmittag brachte er damit zu, seinem Vater im Garten zu helfen. Zusammen jäteten sie die Gemüsebeete und ernteten Gurken und Karotten für einen Salat, den Arnold zubereitete, während sein Vater ein paar Felsenbarschfilets briet.

Beim Essen lag das Handy griffbereit neben Arnolds Teller, und alle paar Minuten legte er die Gabel aus der Hand, um eine SMS an Amanda zu tippen.

»*Telefoniert* er eigentlich jemals mit dem Ding?«, fragte Selia.

»Das meiste sind SMS«, sagte Arnolds Vater. »Dafür benutzen die jungen Leute von heute ihre Handys.«

göttliche amanda, tippte Arnold, *ich bin ein feigling.*

»Tja, die jungen Leute von heute machen eine Menge Sachen, die ziemlich sinnfrei sind«, sagte Selia. »Kannst du mir verraten, wie sie sich fortzupflanzen gedenken?«

»Es ist eine Entwicklungsphase, Selia. Studien haben gezeigt, dass sie aus ihr herauswachsen und später ganz normale Beziehungen führen.«

»Du bist der Experte. Aber vielleicht könnte er ja mal kurz eine Entwicklungspause einlegen, nur so lange, bis wir gegessen haben.«

woher soll ich den mut für den krieg nehmen, tippte Arnold, *wenn ich mich nicht einmal gegen meine mutter zur wehr setzen kann?*

»Ich wünschte wirklich, er würde das Teil beim Essen weglegen«, sagte Selia. »Es ist unhöflich.«

»Es ist auch unhöflich, über Anwesende zu reden, als wären sie nicht da«, sagte Arnolds Vater.

»Halt du nur immer zu ihm.«

Sein Vater seufzte. »Arnie, pack bitte das Telefon weg.«

ich bin zu sehr wie mein vater. alles, nur kein streit, tippte Arnold. *du musst dich für mich schämen. aber ich bessere mich.*

ewig der deine

Arnold drückte auf Senden und steckte das Handy in seine Hüfttasche. »Am Sonntag ist eine Parade«, sagte er, während er mit der Gabel seinen Barsch in Streifen spaltete. »Für den Bruder von Mike Raboteau.«

»Den Jungen, der in Neuguinea gefallen ist?«, fragte sein Vater.

»Mmh.«

»Widerlicher Krieg«, sagte Selia.

»Ich gehe mit dir hin, wenn du möchtest«, sagte Arnolds Vater.

»Und ich bleibe hier«, sagte Selia, »und versuche mich darauf zu besinnen, warum wir überhaupt jemals auf diese Insel gezogen sind.«

»Das mach mal schön, Selia«, sagte Arnold, bevor er sich die Worte verbeißen konnte.

Bestürztes Schweigen breitete sich um den Tisch aus. Arnolds Vater schloss die Augen und rieb sich mit Daumen und Zeigefinger einer Hand die Lider.

»Na schön, Arnold, tragen wir's aus«, sagte Selia. »Wurde ja auch langsam höchste Zeit.«

»Ich will keinen Streit, Ma«, sagte Arnold.

»Das ist mir schon klar, dass du keinen Streit willst. Du gehst lieber in den passiven Widerstand und schmollst, als hätte ich keinen anderen Ehrgeiz im Leben, als dir alles zu vermiesen. Gut, jetzt ist der Fehdehandschuh hingeworfen. Was hast du zu sagen? Lass hören.«

»Nichts. Es tut mir leid, Ma.«

»Kalte Füße gekriegt? Von mir aus. Aber ich würde gern ein paar Dinge loswerden, wenn du nichts dagegen hast.«

»Selia …«, begann Arnolds Vater.

»Nein. Da muss er jetzt durch. Außerdem, wenn *du* ihm nicht ständig nachgeben würdest, könnten wir uns diesen ganzen Zirkus sparen. *Du* fandest es eine gute Idee, ihn in diese Propagandafabrik zu schicken, die sich als Schule ausgibt …«

»Er brauchte den Kontakt zu Kindern in seinem Alter«, sagte Arnolds Vater.

»*Du* hast ihm das Handy gekauft. Vielleicht versuchst du ja zur Abwechslung mal, ein bisschen was zur Lösung des Problems beizutragen.«

Arnolds Vater warf seine Serviette auf den Tisch, kreuzte die Arme vor der Brust und schwieg.

Selia wandte sich wieder an Arnold. »Wie wär's, wenn du mal über den Tellerrand hinausschauen würdest? Der Witz ist doch – die einzige Welt, die *du* kennst, ist die, in die du hineingeboren bist. Aber dein Vater und ich sind alt genug, um drei sehr unterschiedliche Welten erlebt zu haben, und jede war schlimmer als die vorherige. Weshalb wir uns, als dieser ganze PoMo-Schwachsinn losging, *einig* waren« – dies mit einem herausfordernden Blick zu Arnolds Vater –, »weshalb wir uns *einig* waren, dass wir damit nichts mehr zu tun haben wollten.«

Aber ich bin nicht ihr, dachte Arnold, sagte es jedoch nicht.

»Ich meine, hallo! Denkst du, ich hätte nicht auch manchmal gerne Nachbarn? Eine Maniküre? Elektrischen Strom? Aber der Preis dafür wäre, mit diesen PoMo-Psychotikern zusammenzuleben und zuzuschauen, wie sie ihre Kinder in das Gemetzel schicken – und das ist es einfach nicht wert.«

Arnold starrte auf seinen Fisch hinunter, auf den Lappen fettiger Haut, von dem er das Fleisch heruntergegessen hatte.

»Du findest mich zum Kotzen«, sagte Selia. »Okay, damit kann ich leben. Geht wahrscheinlich auch gar nicht anders –

du bist sechzehn, also bin ich für dich per definitionem eine Vollidiotin, die nichts rafft. Wunderbar. Alles, worum ich dich bitte, ist, dass du vielleicht mal die Möglichkeit in Erwägung ziehst, dass ich nicht deshalb streng mit dir bin, weil es mir solchen Spaß macht, sondern weil du, entgegen der gängigen Überzeugung, noch ein paar Jährchen von der Allwissenheit entfernt bist.«

Arnold schob seinen Teller weg, eine kaum merkliche Geste.

»Und auch, weil ich dich liebe«, sagte Selia.

»Darf ich aufstehen?«, fragte Arnold.

»Arnie, wir müssen das jetzt ausdiskutieren«, sagte sein Vater, aber Selia winkte ab, und weg war er – stieg die Treppe hoch in sein Zimmer und fischte, noch während die Tür hinter ihm zufiel, das Handy aus der Hosentasche.

göttliche amanda, tippte er, *zum ersten mal tut meine mutter mir leid. ich glaube, sie hat in ihrem ganzen leben nie wirklich an etwas geglaubt.*

SELBSTMORDATTENTATE IN MELBOURNE

PoMo-Partisanen zünden Bomben in Hafendistrikt

Aus dem EvoP-besetzten Melbourne (AP) – PoMo-Widerstandskämpfer haben am Samstag eine Serie koordinierter Selbstmordanschläge verübt und dabei schätzungsweise 75 Angehörige eines EvoP-Stoßtrupps getötet sowie einen Stützpunkt zerstört, auf dem sich Soldaten im Vorfeld der geplanten Hawaii-Invasion auf Truppentransportern einschifften. Zwölf Zivilisten kamen bei den Detonationen ebenfalls ums Leben.

»Sosehr wir den Verlust unserer Soldaten und die leichte Verzögerung unseres Angriffs auf Hawaii bedauern«, so EvoP-Premierminister Nguyen Dung in einer Stellungnahme, »beglückwünschen wir Ihre Aufständischen dazu, dass sie ihrer Natur gehorcht und den Kampf fortgesetzt haben.«

Der Sonntag war warm für Mitte April, warm und sonnig, ein Prachtwetter für eine Parade. Arnold und sein Vater setzten mit der Fähre aufs Festland über und folgten dann den Menschenmassen in die Innenstadt, wo die Leute schon jetzt in zehnter und zwölfter Reihe zu beiden Seiten des Korsos standen und die Hälse langmachten. Kleine Kinder auf den Schultern ihrer Väter thronten über der Menge, Miniatur-Fahnen in den winzigen Fäusten. Alle machten unaufgefordert den Alten und Behinderten Platz, für die entlang dem Straßenrand Gartenstühle aufgestellt waren.

Die Parade begann pünktlich um zehn. Von seinem Platz auf der Westseite des Korsos konnte Arnold alles ein Stück früher hören als sehen. Das Erste war ein lautsprecherverzerrtes Lied, das langsam näher rückte. Nach einer Weile erkannte er die Melodie: »Die PoMos, unser ganzer Stolz«, ein altes Marschlied, das sich im letzten Krieg, als Arnold noch daheim unterrichtet worden war, extremer Beliebtheit erfreut hatte. Jetzt allerdings war es mit schmissigen Disco-Rhythmen unterlegt, und eine Gruppe kleiner Mädchen zwischen sechs und zehn in paillettenbesetzten lila Trikots und Ballettschühchen führte zum Stampfen der Bässe einen schlecht abgestimmten Tanz auf. Hinter ihnen kamen ein gepanzerter Mannschaftstransporter, zwei Geschütze, die von Lastern mit Tarnanstrich gezogen wurden, und ein Traktoranhänger mit einer Seitenbespannung, die gutaussehende, grimmig dreinschauende junge Uniformierte zeigte. »Unsere Erwählten« stand darunter.

Mehr als zwanzig Minuten rollte die Parade an der applaudierenden Menge vorbei. Feuerwehrautos ließen ihr Blaulicht blitzen und ihre Sirenen heulen. Militärkapellen marschierten, desgleichen ein Häuflein humpelnder Veteranen in Uniformen von damals, die ihnen längst nicht mehr passten. Dazwischen kurvten die Logenbrüder der Shriners in Miniautos herum, die Knie bis zu den Ohren gewinkelt, und fuhren Achten. In dem letzten Fahrzeug der Prozession, einem Cabriolet, saßen Mike Raboteau und seine Eltern und winkten mit mechanischen Bewegungen schwächlich in die jubelnde Menge.

In der Mitte des Korsos war ein Podium aufgebaut, beschattet vom Baum des Freien Willens, einer mächtigen alten Ulme, die man an diese Stelle verpflanzt hatte, nachdem der ursprüngliche – schon als Setzling der Willensfreiheit geweihte – Stadtbaum von Bibern umgenagt worden war. Das Cabriolet rollte unter dem Baum aus, und der Bürgermeister und ein großer, angegrauter Mann in der Uniform eines Marineinfanteristen begrüßten die Raboteaus, als diese die Stufen des Podiums emporstiegen.

Nachdem die Familie ihre Plätze eingenommen hatte, trat der Bürgermeister an das Rednerpult in der Mitte des Podiums und beugte sich zum Mikrofon vor. »Ich danke Ihnen allen, dass Sie heute gekommen sind«, sagte er, und seine verstärkte Stimme hallte von den Ziegelfassaden der Häuser rund um den Korso wider. »Mit Ihrer Anwesenheit erweisen Sie unserem gefallenen Helden, Corporal Paul Raboteau, und seiner Familie die Ehre. Viele von uns kannten Paul als einen gescheiten, aufrechten jungen Mann und engagiertes Parteimitglied der Postmodernen Anthropologen. Ihn zu kennen war eine Freude und eine Bereicherung für uns alle, und ihn verloren zu haben, zu einer Zeit auch noch, da wir alle Paul

Raboteaus dieser Welt so dringend brauchen, schmerzt uns über die Maßen.«

Die Menge, vor wenigen Minuten noch so aufgeputscht, lauschte der Lobrede des Bürgermeisters still und ernst.

»Wie die meisten von Ihnen wissen, war Paul einer der Marines, die den Abzug aus Neuguinea verweigerten und lieber einem beinahe sicheren Tod ins Auge sahen, als auch nur einen Fußbreit Boden mehr als nötig an die Evolutionspsychologen abzutreten. Er starb in einem fernen, fremden Land, weit weg von seinen Lieben und doch, da bin ich sicher, getragen von seinem Glauben an die Postmoderne Anthropologie und die Rechtmäßigkeit unseres Kampfes. Seine Tapferkeit und Selbstlosigkeit beschämt uns alle. Und auch wenn nichts, was wir tun, an das Opfer heranreichen kann, das Paul auf dem Altar des freien Willens dargebracht hat, müssen wir doch dieses Opfer feiern und sein Andenken ehren, so gut es in unseren Kräften steht, und wir müssen andere ermutigen, seinem Beispiel zu folgen. Als ersten Schritt dazu erkläre ich das heutige Datum, den sechzehnten April, zum Corporal-Paul-Raboteau-Gedenktag, damit die Erinnerung an diesen tapferen jungen Mann unter uns lebendig bleibt und sein Name und seine Geschichte auch von künftigen Generationen nicht vergessen werden mögen.«

Die Versammelten spendeten frenetisch Beifall. Fahnen wurden geschwenkt. Ein kleiner Junge von vielleicht zwei Jahren fing zu heulen an, lautlos, seine Stimme übertönt von dem Radau.

Mit erhobenen Händen sorgte der Bürgermeister für Ruhe. »Danke. Danke. Bitte. Der Colonel möchte noch ein paar Worte hinzufügen. Meine Damen und Herren, Colonel Gene Redmond.«

Neuerlicher Beifall brandete auf, als der Mann in Uniform

ans Rednerpult trat und sich mit der Hand über das graumelierte Stoppelhaar fuhr. »Wer will da schon mithalten?«, sagte er und lächelte über die Schulter dem Bürgermeister zu, der sich hingesetzt hatte. »Also versuche ich es gar nicht erst. Ich möchte nur kurz etwas bekanntgeben: Offensichtlich hat hier jemand begriffen, was zu tun ist, wenn es heißt, die Armee braucht jeden wehrtauglichen jungen Mann, den sie kriegen kann. Unser junger Freund Michael Raboteau hier hat beschlossen, sein letztes Schuljahr zu streichen und stattdessen zu den Marines zu gehen. Seine Eltern haben ihm dazu ihren Segen gegeben, trotz des Verlusts, den sie erlitten haben. Gut, sie hätten auch wenig dagegen machen können, aber das ist ja auch nicht der Punkt. Solche Menschen sind die wahren Stützen unserer Gemeinschaft, Leute. Solche Menschen sollten nicht über die Straße gehen können, ohne dass ihr sie anhaltet und ihnen auf Knien dankt. Solchen Leuten solltet ihr kostenlos das Öl wechseln und ihnen gebührenfreies Satellitenfernsehen anbieten. Ihr solltet an ihrer Haustür klingeln, um für sie die Einkäufe zu erledigen oder den Hund auszuführen. Oder ihr folgt einfach ihrem Beispiel und bringt eure eigenen Opfer. Vielen Dank.«

Erneuter Applaus seitens der Menge, etwas gedämpfter jetzt, aber immer noch machtvoll und anhaltend. Arnolds anfängliche Bestürzung über die Mitteilung des Colonels wich langsam, aber sicher einem tiefen, brennenden Neid. Er klatschte geistesabwesend mit den anderen mit, auf die Zehenspitzen gereckt, um einen Blick auf Mike Raboteau zu erhaschen. Aber das Rednerpult raubte ihm die Sicht, und alles, was er sehen konnte, war Mikes Hand, die, umschlossen von der größeren Hand des Colonels, auf und nieder geschüttelt wurde in einem langen, warmen Händedruck.

EVOP-FLOTTE BESCHIESST HAWAIISCHE VERTEIDIGUNGSSTELLUNGEN

Invasion »unmittelbar bevorstehend«

An Bord der 3. Marine-Expeditionsbrigade der Postmodernen Anthropologen, Kauai (AP) – EvoP-Schiffe haben am Sonntag in den frühen Morgenstunden mit der Beschießung von PoMo-Stellungen begonnen. Nach Einschätzung der Marines wurden 30 Prozent der Verteidigungseinrichtungen in unmittelbarer Küstennähe, darunter Betonbunker, Flugabwehrbatterien und Artilleriegeschützstände, zerstört oder unbrauchbar gemacht. Bei Tagesanbruch wurde zudem ersichtlich, dass Panzersperren und Infanteriehindernisse im Strandbereich von EvoP-Kommandoeinheiten mit Sprengsätzen beseitigt worden waren.

Als er am Montag in Mr. Oswalts Klassenzimmer kam, roch Arnold Colonel Redmond, bevor er ihn sah. Trotz des offenen Fensters hing eine unverkennbar maskuline Note in der Luft, wie von Autopolitur vermischt mit Zigarrenrauch. Der Colonel saß auf einem Hocker in der Ecke, fast hinter der Tür; Arnold ging zu seiner Bank hinten an der Wand (vorbei an dem auffällig leeren Pult von Mike Raboteau), ohne den Geruch zuordnen zu können, und bemerkte den Colonel erst, als er sich umdrehte, um sich hinzusetzen.

»Meine Herren«, sagte Mr. Oswalt, als alle Platz genommen hatten, »ich habe eine gute Nachricht für diejenigen unter Ihnen, die dieses Wochenende ihre Lektüre vernachlässigt haben – Sie haben noch einen Tag länger dafür. Sie werden sich an Colonel Redmond erinnern, den viele von Ihnen gestern bei der Parade gesehen haben – außer natürlich die Herren Davis und McCutcheon, mit denen ich nachher noch ein Wörtchen zu reden habe. Der Colonel hat darum gebeten, zu Ihnen sprechen zu dürfen, und ich habe mich bereit erklärt, ihm die heutige Stunde abzutreten, damit er Ihnen etwas über den Bedarf der Armee an neuen Rekruten erzählen kann und natürlich auch über unser aller moralische Pflicht zur Verteidigung der Postmodernen Anthropologie. Colonel?«

»Na, ganz so würde ich's nicht ausdrücken«, sagte der Colonel, wobei er von seinem Hocker aufstand und sich die Uniformjacke glattstrich. Er grinste und ließ dabei Zähne sehen, die zu ebenmäßig und weiß für einen Mann seines Alters waren. »Ich will eurem Lehrer ja nicht in den Rücken fallen, Jungs, aber ich wette, wenn ich euch jetzt groß was von wegen freier Wille versus genetische Prädetermination und über die vielen verschiedenen Arten vorquatsche, auf die PoMo der Evolutionspsychologie überlegen ist – ich wette, dann würdet ihr ganz fix glasige Augen kriegen und weiß Gott wohin abdriften, bis der alte Haudegen da vorn fertig gelabert hat und euch in Ruhe lässt. Ich meine, so ein Zeug hört ihr hier jeden Tag, und es kommt euch schon zu den Ohren raus. Hab ich recht?«

Das Grinsen wurde noch breiter, lud sie ein zuzugeben, dass sie wenig Interesse an einer weiteren ideologischen Predigt hatten. Die meisten der Jungen – mit Ausnahme von Arnold und Kelly McCutcheon – warfen unruhige Blicke in Mr. Oswalts Richtung und riskierten dann ihrerseits ein zögerndes Lächeln.

»Also red ich doch lieber über was andres – na ja, über zwei Sachen eigentlich. Das Erste ist das Schießen. Ihr Jungs schießt doch gern, oder?«

Ein zustimmendes Brummeln ging durch die Bankreihen.

»Na, dann kann ich euch sagen, was das Schießen angeht, reicht so schnell keiner an die PoMo-Marines ran.« Der Colonel fuhr sich über seine Haarstoppeln, mit der gleichen Geste, die Arnold bereits gestern aufgefallen war. »Okay, manche von euch waren bestimmt schon mal jagen, mit einer 12er Flinte oder ’ner popligen 22er. Vielleicht habt ihr ja sogar einen alten Herrn, der ein Waffennarr ist und sich irgendwann mal nach ein paar Bierchen gesagt hat: *Mann, der Junge ist ja schon fast erwachsen, höchste Eisenbahn, dass ich ihn mal die gute alte 45er ausprobieren lasse.* Aber ich verwette meine gesamte Pension – und die ist nicht ohne, Jungs –, dass ihr in eurem Leben noch kein CAR-15 Sturmgewehr mit montiertem M203-Granatwerfer gesehen habt, geschweige denn eins abgefeuert. Wenn ich falsch liege, sagt es mir, und ich stelle euch hier und jetzt einen Scheck aus.«

Schweigen im Klassenzimmer.

»Dacht ich’s mir doch«, sagte der Colonel. »Und wie steht’s mit der M134 Minigun? Wir reden hier von einer Kadenz von bis zu sechstausend Schuss pro Minute. Und ein einziger solcher Schuss haut das Fahrerhaus an einem Sattelschlepper weg! Ohne Übertreibung. Oder wie wär’s mit der AT4-Panzerfaust? Da müsst ihr grade mal gegen den Abzug stupsen, und sie verwandelt euch einen EvoP-Panzer in einen brennenden Haufen Schrott. Habt ihr jemals den Rückstoß von so einem Schätzchen gespürt? Laut und deutlich bitte, damit ich es hören kann.«

»Nein«, sagten die Jungen im Chor.

»Nein, *Sir*«, verbesserte sie der Colonel.

»Nein, Sir!«

»Aber das werdet ihr«, sagte der Colonel, seine Stimme auf einmal gedämpft und verschwörerisch. »Wenn ihr zu den Marines geht.«

Er wandte sich ab und machte ein paar Schritte zurück zu Mr. Oswalts Tisch, um seine Worte wirken zu lassen.

»Das Zweite, worüber ich mit euch sprechen wollte«, sagte er nach einer Weile, und er drehte sich auf dem Absatz wieder zu ihnen um, »ist Geld. Ihr habt ja eine sehr hübsche kleine Stadt hier, hab ich gesehen. Keine schlechten Lokale da unten am Hafen, dachte ich mir gestern auf meinem Weg hier rauf. Aber seien wir ehrlich, Maifisch und Flundern machen keinen reich – und was blüht euch Jungs hier schon sonst nach der Schule? Ihr werdet Superpeps einwerfen und nach Fischscheiße stinken, bis ihr schließlich den Löffel abgebt, und wenn ihr dann genug Kohle habt, um den Sarg zu bezahlen, könnt ihr noch von Glück sagen. Na? Seid ihr scharf auf so was? Laut und deutlich, bitte.«

»Nein, Sir.«

»Und die paar Kröten, die hier in Umlauf sind, gehören ja nicht mal euch«, fuhr der Colonel fort. »Wenn ihr was haben wollt, müsst ihr euren alten Herrn beknien, dass er es euch kauft. Und das ist eine absolute Scheißsituation, wenn ihr mich fragt – dass erwachsene Männer wie ihr nicht kriegen könnt, was ihr wollt, wann immer ihr es wollt.«

Der Colonel lehnte sich gegen Mr. Oswalts Tisch. Seine Stimme senkte sich wieder zu einem verschwörerischen Raunen. »Und jetzt hört zu«, sagte er. »Was würdet ihr sagen, wenn ihr hören würdet, dass die Marines euch zwanzigtausend Dollar zahlen, einfach nur fürs Beitreten? Ich erzähl euch keinen Scheiß, Jungs. Ihr geht ins Rekrutierungszentrum, unterschreibt ein paar Formulare, kriegt ein paar Impfungen, dreht den Kopf und hustet – und zack, drücken sie euch einen Scheck über zwanzig Riesen in die Hand, und ihr könnt ihn noch am selben Nachmittag auf der Bank einlösen. Na? Wollt ihr euch das mal eine Minute durch den Kopf gehen lassen?«

Der Colonel, lächelnd, verschränkte die Arme und betrachtete die Klasse.

»Und, denkt ihr an alles, was ihr mit diesem Geld kaufen könntet?«

»Ja, Sir!«

»Gut. Lasst euch ruhig Zeit. Es gibt verdammt viel, was ein Mann braucht.«

Arnold, fassungslos über die Show, die der Colonel abzog, sah zu, wie der rote Minutenzeiger der Wanduhr hinter Mr. Oswalts Pult langsam das Zifferblatt umrundete.

»Also dann«, sagte der Colonel munter und klatschte in die Hände. »Das war's, Jungs. Noch mehr Sprüche muss ich nicht klopfen, weil dieser Deal keine Werbung braucht. Wo das hiesige Rekrutierungszentrum ist, wisst ihr ja selber. Ruhetag: keiner. Danke für eure Geduld mit mir altem Sack.«

Die Jungen sahen zu Mr. Oswalt, der nickte, und sie erhoben sich und trotteten zur Tür. Der Colonel stand vorne am Lehrerpult, lachend und schulterklopfend, aber als Arnold sich an ihm vorbeizuschieben versuchte, legte er ihm die Hand auf den Oberarm und drückte mit verblüffender Kraft zu.

»Mein Junge«, sagte er, »mir ist aufgefallen, dass Sie nicht mit den anderen Laut gegeben haben.«

»Nein.«

»Nein, *Sir.*«

»Nein, Sir.«

»Hat Ihnen an meiner Rede was nicht gepasst?«

»Nein, Sir, das ist es nicht. Ich ...«

»Ich hab schon so eine Ahnung, was Ihnen aufstößt«, sagte der Colonel. »Sie sind ein aufgeweckter Junge. Diese Nummer mit dem Geld und dem Schießen zieht bei Ihnen nicht. Aber Sie sind genau die Art junger Mann, die ich zu erreichen versuche. Ich würde alle Jungs in dieser Klasse sofort gegen einen wie Sie eintauschen. Und soll ich Ihnen sagen, warum?«

»Warum, Sir?«

»Weil Sie wissen, wofür wir hier kämpfen, und weil Sie mit dem Herzen dabei sind«, sagte der Colonel. »Genau wie ich. Was Sie jetzt grade miterlebt haben, das war nur der übliche Werbeschnickschnack. Einfach eine Verkaufsmasche. Da ist mir unwohl dabei. War es schon immer. Aber wir brauchen nun mal frisches Blut an der Front, mehr als jemals zuvor. Und das ist der Weg dahin. Verstehen Sie?«

»Ich glaube schon, Sir.«

»Aber noch dringender brauchen wir Männer wie Sie, mein Junge.«

»Wie ich, Sir?«

»Männer mit Überzeugung«, sagte der Colonel. »Männer mit einem Kopf auf den Schultern. Anführer für die, die nur auf Moneten und Rumballern aus sind.«

Der Colonel öffnete den obersten Knopf seiner Jacke, langte hinein und brachte eine Visitenkarte zum Vorschein. »Hier, nehmen Sie«, sagte er. »Denken Sie drüber nach und rufen Sie mich an. Und dann reden wir.«

»Sir, ich glaube nicht, dass ...«

»Nehmen Sie die Karte, mein Junge. In ein paar Tagen sind Sie vielleicht schon froh, dass Sie sie haben.«

Selia und Arnold hatten seit dem Streit nur das Nötigste miteinander gesprochen, aber am Dienstag hielt sie ihn an, als er zur Schule aufbrach, und streckte ihm eine Tüte mit geräuchertem Atlantiklachs, Brie, Weizencrackern und selbstgebackenen Keksen hin. Arnold kannte seine Mutter gut genug, um zu wissen, dass das weniger ein Friedensangebot oder eine Entschuldigung darstellte als den Versuch, die Diskussion in gemäßigterem Ton weiterzuführen.

»Danke«, sagte er und nahm die Tüte.

»Hör mal«, sagte sie, »wollen wir zwei unser Abendessen heute vielleicht mit hoch zum Felsenbecken nehmen?«

»In Ordnung«, sagte er. »Was ist mit Dad?«

»Dad ist ein großer Junge. Der kommt schon allein klar.«

Das Felsenbecken war eine große schüsselförmige Granitformation am Nordrand der Insel, die sich bei Flut mit Meerwasser und kleinen Fischen füllte. Als die Sonne in Richtung Festland davonwanderte, suchten sich Arnold und Selia ihren Weg zwischen den Küstenfelsen hindurch. Irisierende Muschelsplitter knackten und knirschten unter ihren Füßen, und ihre Schatten, lange Vorabendschatten, fielen über schreckhafte Jonahkrabben und Klumpen von Seetang, die sich schimmernd im unruhigen Wasser wiegten. Auf einer flachen Granitplatte oberhalb des Beckens breiteten sie eine Decke aus und packten ihr Essen aus dem Korb, den Selia überm Arm trug.

Arnold wusste, dass seine Mutter sich aussprechen wollte, aber er ermöglichte ihr keinen Einstieg – gab knappe Ein-Wort-Antworten auf ihre Fragen nach der Schule und starrte über Minuten hinweg zum Horizont, wo die Trennlinie zwischen Himmel und Meer zusammen mit dem Tageslicht verblasste. Als sie mit dem Essen fertig waren, hatte Selia es aufgegeben, ein Gespräch in Gang bringen zu wollen. Sie zündete sich eine Zigarette an, die zweite der beiden, die sie sich jeden Tag genehmigte, und dann schauten Mutter und Sohn stumm auf die Brecher hinab, die vom offenen Meer heranrollten.

Arnold zog sein Handy aus der Tasche und tippte eine Nachricht.

göttliche amanda: in letzter zeit merke ich immer mehr, wie viele kleine marotten ich mit meinem vater gemeinsam habe. die art zum beispiel, wie ich fremde auf der straße mit einem ganz knappen, gepressten »hi« grüße, das fast nur aus einer halben silbe zu bestehen scheint. oder wie ich manchmal die lippen spitze, wenn ich mich auf etwas konzentriere, eine schraube in ihre öffnung drehe oder so was – genau wie er. solche verhaltensmuster sind wahrscheinlich auch lernbar, aber besonders das lippenspitzen scheint mir aus irgendeinem grund eindeutig eine genetische sache zu sein.

ewig der deine

Selia schob sich die Sonnenbrille ins Haar und sah zu ihm herüber. »Wenn dein Mitteilungsdrang bei mir wenigstens halb so groß wäre«, sagte sie, und Rauch strömte aus ihrem Mund. »Stunden tippst und tippst du nur. Was *schreibst* du diesem Mädchen bloß alles?«

Arnold antwortete nicht. Stattdessen begann er eine neue Nachricht:

göttliche, zauberhafte amanda: bis gestern war ich mir sicher, dass mein platz nicht mehr hier ist, sondern bei den marines. aber gestern war colonel redmond bei uns in der klasse, und seitdem weiß ich nicht mehr so recht. dieser ganze schwachsinn über waffen und schießen. hinterher hat er mich dann zwar beiseitegenommen und behauptet, eigentlich wollten sie leute wie mich. nur kann das natürlich genauso eine »verkaufsmasche« sein, wie er dazu sagt. gut, letzten endes ist es wahrscheinlich egal, ob er aufrichtig zu mir war oder nicht, ob er an die sache glaubt oder nicht. es geht nur darum, ob ich daran glaube oder nicht. und das tue ich. ich glaube mehr daran als an irgendetwas sonst, außer natürlich an d …

»Ich habe dich etwas gefragt«, sagte Selia und schnappte Arnold das Telefon weg, bevor er seine Nachricht zu Ende tippen konnte. Sie stand schnell auf und bog sich weg, kichernd, als er sich hochrappelte und an ihr vorbeizugreifen versuchte, um sich das Handy zurückzuholen.

»Und wie bedient man dieses Teil jetzt?«, sagte sie.

»Mom«, sagte Arnold. »Mom, gib's wieder her.«

»Ich will wissen, worum ihr alle so ein Geschiss macht«, sagte sie und drehte sich so, dass er nicht an den Apparat herankam. »*Scroll up/down.* Okay, das bringt uns der Sache schon näher.«

»Mom!«, sagte Arnold.

»Oh!« Selias Augen weiteten sich amüsiert. »*Göttliche Amanda*«, hauchte sie und drückte sich den Handrücken an die Stirn, als fühlte sie eine Ohnmacht nahen. »Oh, das ist klasse, Mann. Das ist echt klasse.«

»Selia!«, schrie Arnold. Er hatte es aufgegeben, ihr das Ding abnehmen zu wollen, und stand nur da, die Hände zu Fäusten geballt. »Gib das verdammte Telefon her!«

Aber plötzlich lachte Selia nicht mehr; sie schien ihn gar nicht zu hören. Ihre Hand fiel von ihrer Stirn herab, als sie weiterlas, wieder ein Stück scrollte, weiterlas. Arnold wartete schwer atmend. Sein Gesicht brannte vor Wut und Scham gleichermaßen. Als Selia fertig war, hielt sie ihm das Handy hin, und er bog die Faust auf und nahm es.

Ohne ein Wort fing Selia an, Teller, Besteck und Essensreste einzusammeln und in den Korb zu pfeffern. Sie riss die Decke vom Boden weg, knüllte sie zusammen und warf sie zu den übrigen Sachen. Dann stemmte sie den Korb hoch über ihren Kopf und schmiss ihn mit lautem Platschen in das Felsenbecken, wo er eine Weile auf den Wellen wippte, die der Aufprall verursacht hatte, und dann langsam zu sinken begann.

Selia sah zu, wie er unterging. »Jetzt sage ich dir etwas, was du noch nicht weißt«, sagte sie, ihre Stimme kaum hörbar durch das Rauschen der Brandung. »Vor vielen Jahren hatte dein Vater schon einmal einen Sohn. Deinen Halbbruder. Er ist gestorben. Genau wie die erste Frau deines Vaters.«

Arnold fiel keine Reaktion ein. Er hatte ein seltsam pickendes Gefühl zwischen den Augen, als tippte ihn dort jemand wieder und wieder mit einem Hämmerchen an. Vage begriff er, dass das sein Herzschlag war.

Selia sah ihm ins Gesicht. »Ich hasse dich dafür, dass du mich dazu treibst«, sagte sie, und bei dem Wort *hasse* fühlte Arnold sich plötzlich viel kleiner, als er eigentlich war, aberwitzig klein, so klein wie in seiner Säuglingszeit, an die er doch gar keine Erinnerung hatte. Tränen brannten ihm plötzlich in den Augen. »Ich hasse dich dafür, dass ich jetzt klinge wie eine hysterische Idiotin. Aber ich war in meinem ganzen Leben noch nie so traurig und so wütend, und alles, was mir einfällt, sind Klischees. Also sag ich es trotzdem: Wenn du zu den Marines gehst – wenn du in diesen lächerlichen Krieg ziehst und deinem Vater zum zweiten Mal das Herz brichst –, bist du nicht mehr mein Sohn.«

Selias Augen waren trocken. Sie ließ Arnold stehen und fing an, den Weg zwischen den Felsen zurückzuklettern, ohne sich noch einmal umzuschauen. Arnold sah ihr nach und fühlte das Schluchzen tief unten aus seinem Bauch in die Kehle hochsteigen wie einen Brechreiz, und sosehr er es niederzukämpfen versuchte, um Amanda nur ja keine Schande zu machen, kam er doch nicht dagegen an. Er setzte sich auf die Kante der Granitplatte, ließ die Beine übers Wasser hängen und tippte durch seine Tränen:

öttliche, amanda: scheiß scheiß scheiß scheiß scheiß auf sie

OFFIZIERSPATENT FÜR JUNGEN AUS BAR HARBOR

von unserem Redaktionsmitglied Linda Merrill

Quantico, Virginia – Arnold Ankosky, 17, aus Bar Harbor, hat diesen Donnerstag als einer von 42 Absolventen den Lehrgang an der Offiziersakademie des Marinekorps der Postmodernen Anthropologen in Quantico erfolgreich abgeschlossen. Ankosky erhält den Rang eines Leutnants und wird der 7. Marine-Expeditions-Brigade mit Stützpunkt in San Diego zugeteilt. Die 7. Brigade ist derzeit in heftige Kämpfe mit Truppen der Evolutionspsychologen in der Sierra Madre in Mexiko verwickelt, wo Ankosky den Posten eines Zugführers übernimmt.

Mein Bruder, der Mörder

Kain aber sprach zu dem Herrn: Meine Strafe ist zu schwer, als dass ich sie tragen könnte.

1. Mose 4,13

Als ich Mittwochabend von der Arbeit heimkomme, stehen vor dem High Hopes Center für Geisteskrankheiten massenweise Rettungsfahrzeuge – Krankenwagen und Polizeiautos, deren rotes und blaues Geflacker die Herbstnacht ausleuchtet. Es müssen zwischen zwanzig und dreißig sein, kreuz und quer am Straßenrand und auf dem Parkplatz des Heims geparkt. Ein paar der Streifenwagen sind von den State Troopers, und schon daran sehe ich, dass etwas richtig Schlimmes passiert sein muss. Die Stadt, in der ich wohne, ist klein, aber Polizisten gibt es genug; die State Troopers werden nur dann eingeschaltet, wenn die hiesige Polizei überfordert ist.

Ein Verkehrspolizist winkt mich mit seiner Handlampe vorbei, und ich sehe, dass zwischen den Krankenwagen und Polizeiautos drei CNN-Übertragungswagen aus anderen Bundesstaaten stehen, zusammen mit den Reportern der Lokalpresse.

Ich fahre auf schnellstem Weg nach Hause. Die Straßen sind leer, und ich überfahre eine rote Ampel. Eigentlich wollte ich unterwegs noch Zigaretten und Orangensaft kaufen, aber das lasse ich lieber.

Gleich beim Hereinkommen höre ich, dass im Wohnzimmer die Nachrichten laufen. Melissa wartet schon auf mich. Sie sitzt am Küchentisch, die Hände um eine Tasse Tee gewölbt. Ihre Haare sind zu einem lockeren Pferdeschwanz zusammengebunden, und sie hat geweint. Ihr Blick ist seltsam – traurig vor allem, aber es ist auch noch etwas anderes dabei – Ekel vielleicht? Oder Angst? Deuten kann ich ihn nicht, aber er verheißt nichts Gutes.

Was ist denn, Lissa?, frage ich, obwohl ich es letztlich schon weiß, es im Grunde schon in dem Moment wusste, in dem ich diese Mengen von Polizeiautos gesehen habe. Was zum Teufel ist da los?

Und sie versucht es mir zu sagen, aber es dauert eine Weile, weil sie zwischendurch immer wieder in Tränen ausbricht und sich erst wieder fassen und die Augen wischen muss. Einmal stockt sie mitten im Satz und starrt minutenlang stumm in ihre Tasse. Schließlich aber ist es doch alles heraus, und ich muss auf meine Beine hinunterschauen, um mich zu vergewissern, dass sie noch da sind, und ich setze mich neben sie an den Tisch, damit ich nicht auf dem Küchenboden lande. Eine Zeitlang sitzen wir schweigend beieinander. Melissa trinkt kleine Schlückchen von ihrem Tee. Ich spüre etwas Warmes über mein Gesicht laufen und an meinem Kinn heruntertropfen, und als ich hinschaue, ist da ein kleiner nasser Fleck auf dem Tisch, und ich begreife, dass ich jetzt auch weine.

Im Hintergrund tönen immer weiter die Nachrichten.

Etwas später will ich Melissas Hand fassen, aber sie zieht sie weg. Ich blicke zu ihr hoch, und nun gibt es an dem Ausdruck auf ihrem Gesicht keinen Zweifel mehr: Es ist Angst.

Am nächsten Tag melde ich mich krank. Bald bereue ich es, denn das Telefon klingelt in einer Tour. Reporter. Hunderte von Reportern aus dem ganzen Land, manche sogar aus dem Ausland: England, Italien. Sie wollen Dinge über meinen

Bruder wissen. Ich hatte gedacht, ich wäre zu erschlagen, um über irgendetwas verblüfft oder schockiert zu sein, aber bei manchen Fragen spüre ich ein Brennen in meiner Brust, und auf meiner Stirn bilden sich juckende Schweißperlen.

Was hatte Ihr Bruder gegen die Betreuer in High Hopes?, fragen sie mich.

Nichts, sage ich.

Uns wurde gesagt, dass Ihr Bruder dort ambulant behandelt wurde, sagen sie. Warum dann diese plötzliche Aggression?

Ich weiß es nicht, sage ich. Er ist nicht ganz richtig im Kopf. Er war es noch nie.

Hat es irgendeine tiefere Bedeutung, fragen sie, dass er als Mordwaffe eine Marienfigur benutzt hat?

Jähe Wut kocht in mir hoch, und am liebsten würde ich sagen, wohl kaum. Es wird das Erstbeste gewesen sein, was er in die Finger gekriegt hat, aber ich weiß, das wäre unwahr, und obwohl Melissa einen großen Bogen um mich macht und obwohl ich von den Nachbarn und auch bei Joseph's Deli heute Morgen, wo ich den Orangensaft gekauft habe, für den gestern Abend keine Zeit mehr war, verdeckte Blicke und geflüsterte Kommentare geerntet habe, sage ich mit sehr ruhiger Stimme: Wie um alles in der Welt soll ich das wissen?

Und dann lege ich ganz, ganz behutsam den Hörer auf. Aber kaum liegt er, klingelt das Telefon schon wieder.

Durch das Klingeln hindurch höre ich Melissa im Bad das Wasser aufdrehen. Das ist das dritte Mal, dass sie heute duscht.

Meine Eltern waren seit den Morden nicht mehr außer Haus. Zwei Wochen werden es jetzt. Mein Vater hat sich kein einziges Mal draußen blicken lassen, meine Mutter dagegen war zunächst entschlossen, sich nicht mitverurteilen zu lassen; wortlos ging sie an der Meute von Reportern und Kameraleuten vorbei, die vor dem Haus ihr Lager aufgeschlagen hatten. Sie ging zum Einkaufen und zur Bank und zu ihrem donnerstäglichen Cribbage-Abend.

Aber die Leute fingen an, sich Dinge zuzutuscheln, und ziemlich bald fanden diese Dinge den Weg in die Zeitungen. Die überregionalen Medien hatten ihre Zelte inzwischen abgebrochen, aber in der Lokalpresse waren die Morde nach wie vor das große Thema, und die erste Seite war gespickt mit Gerüchten und Bezichtigungen – von Theismus war die Rede, von Gottesanbetung hinter verschlossenen Türen, von *Christentum*. Das war etwas, womit meine Mutter nicht klarkam. Seitdem geht auch sie nicht mehr ins Freie, und ihre Einkäufe und sonstigen Erledigungen besorge ich.

Heute habe ich den Kabelanschluss meiner Eltern und ihr Zeitungsabonnement gekündigt. Meine Mutter wollte es so. Aus den Blicken, die mir die Menschen auf der Straße und in Geschäften nachwerfen, spricht mittlerweile weniger blanke Neugier als Mitleid. Der arme Junge, sagen sie zueinander. In so einem Haus aufwachsen zu müssen. Allein die Vorstellung …

Mike, mit dem ich schon seit der Grundschule befreundet bin, besucht mich eines Abends mit einer Fleischpastete, die ihm seine Frau für mich mitgegeben hat.

Mike, sage ich. Warum verbreiten diese Leute Lügengeschichten über meine Eltern?

Frag mich was Leichteres, sagt er kopfschüttelnd. Sie versuchen sich irgendwie einen Reim drauf zu machen, weißt du? Eine Erklärung dafür zu finden. Sie können einfach nicht glauben, dass dein Bruder so … Sie verstehen nicht, wie er etwas tun konnte, das so … na ja, du weißt schon. Es sei denn, er hat selber eine schlimme Erfahrung gemacht.

Das ist auch so etwas, das mir auffällt – die wenigen Menschen, mit denen ich rede, wählen ihre Worte mit großem Bedacht aus, als hätten sie Angst, das Falsche zu mir zu sagen. Sie scheinen nicht zu begreifen, dass es nichts Richtiges gibt, das man zu mir sagen kann.

Ich wünschte, Mike hätte nicht auch noch damit angefangen. Wir sind schon so lange Freunde, er kann zu mir sagen, was immer ihm in den Sinn kommt. Aber er traut sich nicht.

Mike, sage ich. Du weißt doch, wie mein Bruder ist. Wie er immer war.

Schon, sagt Mike, und er schüttelt wieder den Kopf. Aber – ich meine, warum? Wie kommt er darauf, dass es einen Gott gibt? Das muss er schließlich irgendwo herhaben, oder?

Ich nehme die Pastete und stelle sie auf die Anrichte in der Küche und danke Mike. Ich bitte ihn, auch seiner Frau von mir zu danken. Drück sie von mir, will ich noch sagen. Aber dann lasse ich es lieber.

Ich versuche Geduld mit Melissa zu haben. Ich lasse ihr mehr Freiraum. Ich schlafe auf dem Sofa. Tagsüber verbringe ich möglichst viel Zeit draußen im Garten, obwohl es kälter wird und der Herbst langsam in den Winter übergeht.

Wir haben seit einem Monat nicht mehr miteinander geschlafen. Einmal, ein paar Tage ist das jetzt her, saßen wir beim Tee und schwatzten, und sie lächelte über irgendetwas, das ich gesagt hatte. Es war ein schöner Moment, und so getraute ich mich, sie ganz leicht auf den Mund zu küssen. Aber als ich mich wieder aufrichtete, hatte sie eine Gänsehaut auf den Armen, und alles Blut war ihr aus dem Gesicht gewichen. Seitdem habe ich sie nicht mehr angerührt.

Sie hat Albträume. Ich schlafe fast gar nicht, und so wälze ich mich auf dem Sofa hin und her und höre, wie sie drüben wimmert und seufzt. Ich möchte ins Schlafzimmer hinübergehen und sie wecken – ihr über die Haare streicheln und sanft und beruhigend auf sie einreden. Ich möchte sie in die Realität zurückholen und die Erleichterung auf ihrem Gesicht sehen, wenn sie die Augen aufmacht und merkt, dass alles nur ein schlimmer Traum war. Ich darf nichts davon.

Ich fühle mich nicht danach, dennoch gehe ich wieder zur Arbeit. Ich soll mir alle Zeit lassen, die ich brauche, hat mein Vorgesetzter mir gesagt (niemand scheint recht zu wissen, wie lang die Trauerphase in Fällen wie meinem zu sein hat), aber die unbezahlten Rechnungen stapeln sich, Melissa wird auch nicht gesprächiger, also gehe ich eben.

Ich arbeite als Qualitätskontrolleur bei Chinet Paper Products. Ich schiebe meine Karte in die Stechuhr und gehe an meinen Platz, wo ich die Pappteller auf dem Förderband an mir vorbeifahren lasse und die herausziehe, die sichtbar beschädigt sind. Nach vier Stunden schrillt die Glocke, und ich gehe zum Essen. Mike, der in der Verpackungsabteilung arbeitet, trifft sich in der Kantine mit mir. Wir sitzen an einem Tisch mit Fred und Duke. Ich stochere in dem Lunchpaket herum, das ich mir selber gemacht habe; früher ist Melissa immer aufgestanden, um mir mein Essen einzupacken, aber heute nicht. Mike und Fred und Duke reden über Football. Die Patriots legen mal wieder eine miserable Saison hin. Duke war so unvorsichtig, bei dem Spiel gegen die Packers letzten Sonntag auf sie zu setzen, und hat einen Fuffi verloren. Seine Frau wird ihn umbringen, sagt er. Wenn sie dahinterkommt, sagt er. Dann fangen sie an, über den Krieg zu fachsimpeln, über die Verluste im Pazifik. Es sieht nicht gut aus, sagen sie. Sie geben sich alle drei Mühe, mich ins Gespräch einzubeziehen. Sie stellen mir ganz gezielt Fragen. Sie wollen wissen, wie ich über dieses oder jenes denke, welche Mannschaft mir die besten Aussichten auf den Cup zu haben scheint, ob Trent Jackson es wohl schaffen wird, in Mexiko gegen die EvoPs die Stellung zu halten. Aber ich habe die Footballsaison dieses Jahr nicht verfolgt, und der Krieg erscheint mir so fern wie Pluto, darum habe ich nicht viel beizutragen.

Einmal murmle ich irgendeine Antwort auf eine Frage, und die drei schweigen einen Moment und wechseln Blicke, von denen sie glauben, ich würde sie nicht bemerken.

Nach der Mittagspause ruft mich mein Vorgesetzter in sein Büro. Er bietet mir einen Stuhl an und fragt mich, wie es mir geht, ob er irgendetwas für mich tun kann. Er ist ein guter Vorgesetzter. Er hat sich aus der Werkhalle hochgearbeitet, deshalb weiß er, wie es dort zugeht, und er kümmert sich um seine Arbeiter.

Meine Tür steht immer offen, sagt er, falls Sie mal reden wollen.

Und mit einem Schlag wird mir die Kehle eng, meine Sicht verschleiert sich, und fast sprudelt es alles aus mir heraus: das mit Melissa und mit meinen Eltern und dass ich einfach nur will, dass alles wieder so wird wie früher. Aber ich beiße die Zähne zusammen und sage nichts, weil Selbstbeherrschung das A und O ist – wenigstens einen Anschein von Normalität muss ich aufrechterhalten, wenn mein Leben jemals wieder in geregelte Bahnen zurückfinden soll.

Danke, sage ich und mache, dass ich aus dem Büro komme, bevor die Tränen zu fließen beginnen.

Melissas Schwester Lacy kommt oft vorbei. Die beiden sitzen am Küchentisch und reden und rauchen. Melissa trinkt ihren Tee. Lacy macht sich Kaffee aus dem Instantpulver, das wir in einer Dose im Regal stehen haben. Sie reden mit gedämpften Stimmen. Selbst wenn ich gleich nebenan bin, verstehe ich nicht, was sie sagen.

Bei einem von Lacys Besuchen gehe ich in der rot-schwarz-karierten Wolljacke nach draußen, die mein Großvater mir vor Jahren geschenkt hat, kurz vor seinem Tod. Ich ziehe mir Arbeitshandschuhe an und mache mich daran, die alten Strünke aus den Gemüsebeeten zu reißen, die Melissa und ich letztes Frühjahr angelegt und gehegt und gepflegt haben. Der Mais, der trotz all meiner Extrazuwendung eine einzige käferzerfressene Enttäuschung war, leistet keinen Widerstand. Ich ziehe die Stängel heraus, schüttle die lose Erde von den Wurzeln, werfe sie auf die Seite. Dann nehme ich mir die beiden großen, wild rankenden Zucchinipflanzen vor. Die waren ein Volltreffer. Jeden Abend, wenn ich von der Arbeit heimkam, lagen wieder zwei oder drei neue Zucchini frisch gewaschen neben der Spüle. Und zwar enorme. Den ganzen Sommer lang machte Melissa gefüllte Zucchini, überbackene Zucchini, Zucchinibrot. Beim Essen witzelten wir dann darüber, dass wir keine Zucchini mehr anrühren wollten, solange wir lebten. Und immer noch kamen neue Früchte nach, in einem atemberaubenden, wahnwitzigen Tempo.

Selbst jetzt, wo die Stängel vom Frost flachgedrückt und ihre Blätter bräunlich und verwelkt sind, klammern sich die Pflanzen starrsinnig im Erdreich fest. Ich scharre die Wurzeln mit einem Spaten frei und biege die Strünke hin und her, um sie ein bisschen zu lockern. Große Fortschritte mache ich nicht. Dann höre ich die Fliegentür zuschlagen und blicke auf und sehe Lacy auf der Veranda stehen. Sie hat ihre Jacke an und die Autoschlüssel in der Hand. Sie schaut zu mir herüber.

Diese Mistdinger wollen einfach nicht absterben, sage ich zu ihr, als sie die Stufen herabsteigt und auf mich zukommt.

Warum lässt du sie nicht einfach?, fragt sie.

Es gibt ein einziges Chaos im Frühjahr, sage ich, wenn ich sie jetzt nicht rausreiße.

Ich fange wieder zu graben an, kratze die Erde mit meinem Spaten weg. Es ist ein komisches Gefühl, weil sie einfach nur dasteht und mir beim Graben zuschaut, ohne dass einer von uns etwas sagt.

Lacy schweigt noch einen Moment länger. Dann sagt sie: Du musst etwas tun. Meine Schwester braucht dich.

Ich hebe den Kopf. Und was soll ich deiner Meinung nach tun, Lacy?, frage ich.

Sie verschränkt die Arme vor der Brust und sagt: Weiß nicht. Irgendwas. Sie ist am Ende, und du gräbst Mitte November die Beete um.

Ich stelle mich hin. Sie behandelt mich wie einen Aussätzigen, sage ich. Sie braucht Hilfe, klar. Sie will vielleicht sogar Hilfe. Aber sie will sie ganz bestimmt nicht von mir.

Ich habe mich zu meiner vollen Größe aufgerichtet. Ich überrage Lacy um gut fünfzehn Zentimeter. Sie schaut auf den Spaten in meiner Hand. Dann sieht sie hoch, mir in die Augen. Ich weiß, was sie jetzt denkt. Und obwohl es natürlich die verkehrte Reaktion ist, sage ich wütend:

Mach nur. Denk, was du willst. Hab Angst vor mir, wie deine Schwester. Aber ich bin nicht mein Bruder. Ich habe nichts getan.

Lacy weicht einen Schritt zurück, langsam, dann noch einen. Sie sagt: Vielleicht ist das ja das Problem. Du hast nichts getan.

Damit dreht sie sich um und geht zu ihrem Auto in der Einfahrt.

Ich stehe da und schaue ihr zu, wie sie einsteigt, den Zündschlüssel dreht, zurückstößt. Ich werfe einen Blick zum Haus hin und meine einen Moment lang, Melissas Gesicht hinter dem Küchenfenster zu sehen: geisterhaft, wachsam. Aber es ist nur eine Spiegelung in der Scheibe.

Mein Vater isst fast nichts. An manchen Tagen wäscht er sich nicht, zieht sich nicht einmal an, schlurft einfach nur bis zum Abend in Schlafanzug und Bademantel herum. Anders als meine Mutter hatte er das, was er als seinen Teil der Verantwortung für die Tat meines Bruders sah, auf sich genommen. Das war, bevor man sie beide der Gottesanbetung zu bezichtigen begann.

Wenn etwas nur oft und nachdrücklich genug wiederholt wird, spielt es anscheinend keine Rolle mehr, ob es wahr ist oder nicht. Es wird zur Wahrheit. Also sitzt mein Vater die meiste Zeit im Bademantel da und macht gar nichts. Wenn's hochkommt, blättert er mal in einem Buch oder einer Zeitschrift. Oder schaut aus dem Fenster.

An manchen Tagen bleibt er gleich im Bett.

Meine Mutter geht seit einer Weile wieder aus dem Haus: kleinere Einkäufe erledigen, zum Friseur. Einmal war sie auch bei ihrem Cribbage-Abend, aber sie sagt, sie will nicht mehr hingehen.

Die Bäume sind kahl, und der Garten meiner Eltern ist unter einer dicken Laubschicht begraben. Die Blätter waren zu Anfang leuchtend orange und rot und gelb, aber jetzt liegen sie schon eine ganze Weile, und Regen und Fäulnis verwandeln sie nach und nach in einen einheitlichen dunkelbraunen Matsch. An der Hausecke hat sich eine Bahn der Vinylverkleidung gelöst und schlägt mit einem klatschenden Geräusch im Novemberwind hin und her. Letzte Woche hat irgendwer ein

Fenster im oberen Stock eingeschmissen, und die Scheibe ist nicht ausgewechselt worden. Ich habe das Loch mit einem Stück Sperrholz geflickt, damit die Kälte nicht so hereinpfeift, und keiner, nicht ich, nicht meine Mutter, nicht mein Vater, rührt an die Frage, warum jemand so etwas macht. Ich möchte am liebsten denken, dass es irgendwelche Jugendlichen waren, die ein Ventil für die letzten Reste ihres Halloween-Übermuts gebraucht haben. Also denke ich genau das.

Eines Nachts hat Melissa ihre üblichen Albträume, und das einzige Geräusch im Haus ist ihr Wimmern und Weinen, und da wage ich es – ich stehe vom Sofa auf und gehe zu ihr ins Schlafzimmer. Ich setze mich vorsichtig neben sie aufs Bett. Das Zimmer ist dunkel bis auf ein paar silbrige Mondstreifen, die durchs Fenster hereinfallen, aber ich kann sehen, dass ihr das Haar strähnig im Gesicht klebt, ganz zerwühlt und nass von Schweiß, und ich streiche es sacht mit zwei Fingern zurück.

Lissa, sage ich zu ihr, ist ja gut, Baby. Ist ja gut.

Ich sage, ich bin's, Lissa. Es ist nichts passiert, Süße, ich bin's nur, alles wie immer.

Wach auf, sage ich. Komm, Lissa, Süße, wach auf.

Sie wacht nicht auf, aber ihr Schluchzen verstummt, und sie schmiegt sich im Schlaf an meinen Schenkel. Ich schaue dem Mond zu, wie er langsam am Fenster vorbeiwandert. Es ist, als würde man dem Stundenzeiger einer Uhr zuschauen. Ich rühre mich nicht.

Der Prozess gegen meinen Bruder dauert nur vier Tage. Er wird wegen Unzurechnungsfähigkeit für nicht schuldig befunden und in die staatliche Irrenanstalt in Augusta eingewiesen. Bald darauf kehrt für die meisten Menschen in der Stadt der Alltag wieder ein, und sie vergessen ihn und das, was er getan hat. Dennoch, sooft sie mich sehen, flackert es in ihren Augen, und sie erinnern sich.

Es wird Winter. Erster Schnee deckt den braunen Garten meiner Eltern mit dickem, blendendem Weiß zu, und gottlob bleibt er liegen. Das Stück Außenverkleidung hängt immer noch herunter, und die Scheibe im Obergeschoss ist immer noch zerbrochen, aber mit dem Schnee sieht alles nur halb so schlimm aus.

Meine Mutter will über den Winter nach Florida. Sie fährt zu einem Reisebüro ein paar Ortschaften weiter und telefoniert mit einem Immobilienmakler in Palm Beach. Jeden Morgen liegt sie meinem Vater so lange in den Ohren, bis er duscht und sich Hose, Schuhe und ein frisches Baumwollhemd anzieht. Ich muss jetzt keine Besorgungen mehr für sie machen; meine Mutter erledigt wieder alles selber. Erhobenen Hauptes geht sie in den Läden umher, ihr Rücken kerzengerade und steif.

Melissa und ich teilen seit einiger Zeit wieder das Bett. Eines Abends will sie von mir, dass ich mit ihr schlafe.

Bist du dir sicher?, frage ich.

Ich glaube schon, sagt sie. Ich muss es versuchen. Ich muss es wissen.

Ich drehe mich zu ihr. Ich lege ihr die Hand auf die nackte Schulter und spüre sie unter meiner Berührung zusammenzucken. Ich schiebe mich auf sie, und sie küsst mich, immer wieder, hastige, verzweifelte Küsse. Sie zittert und bebt unter mir. Als ich die Hände zu ihrem Gesicht hebe, sind ihre Wangen nass. Sie küsst mich, und ihre Tränen fließen mir warm über die Fingerknöchel.

Hinterher liegen wir auf getrennten Seiten des Bettes.

Wie konnte er das tun, Jim?, sagt Melissa, und ein klein bisschen weint sie immer noch. Diese armen, armen Frauen!

Meine Eltern sind jetzt weg. Ich habe ihnen geholfen, das Haus dichtzumachen, und vor drei Tagen sind sie abgefahren, in eine Ferienwohnung in Palm Beach.

Melissa ist auch weg. Sie ist nach Norden gefahren, zu ihrem Vater in Presque Isle, wo sie bis zum April eingeschneit und beschützt sein wird. Sie hat gesagt, dass sie zurückkommt. Es ist nicht vorbei, hat sie gesagt. Ich muss nur eine Zeitlang für mich sein.

Es ist Abend, und ich fahre durch einen Blizzard nach Augusta. Das Tempolimit ist auf fünfundvierzig heruntergesetzt worden. Meine Scheinwerfer beleuchten nasses, wildes Gestöber und sonst nichts, und die zwanzig Meilen bis Augusta kosten mich fast eine Stunde.

Ich bin auf dem Weg zu meinem Bruder. Es gibt etwas, das ich erledigen muss, um mich und Melissa und meine Eltern und meinen Bruder von der Last zu befreien, zu der seine Tat geworden ist. Aus diesem Grund habe ich meinen Totschläger dabei – noch so ein Geschenk von meinem Großvater: ein Eisenprügel, in abgewetztes Leder eingeschlagen wie eine Wurst in ihr Brötchen. Mein Großvater hat ihn aufsässigen GIs über den Schädel gebraten, als er Militärpolizist in der Army war. Er ist aus Eisen und deshalb schon seit Jahren verboten, aber ich habe ihn als Andenken behalten. Und jetzt habe ich eine Verwendung für ihn.

Aber nicht nur deswegen will ich zu meinem Bruder. Es gibt da etwas, das ich ihn fragen, etwas, das ich von ihm wissen muss. Vor ein paar Tagen, als meine Eltern abgefahren waren und ich zurückkam in mein leeres Haus, ließ ich mich aufs Sofa fallen, legte den Kopf nach hinten und dämmerte weg. Aus den Nebeln der Schläfrigkeit tauchte etwas auf, eine Erinnerung, so schien es mir: ich als Junge von sechs oder sieben auf einer struppigen Wiese hinter dem verlassenen Feuerwehrhaus nicht weit vom Haus meiner Eltern. Aus einer harmlosen Rauferei mit einem anderen Jungen, einem größeren, stärkeren Jungen, war plötzlich Ernst geworden. Ich lag unter ihm auf dem Rücken, und die scharfen, abgeknickten Halme dürrer Gräser stachen durch mein Hemd. Seine eine Hand drückte mich an der Schulter zu Boden, die andere drosch mir mehrmals ins Gesicht, ungezielt, linkisch, aber immer noch fest genug, dass mir die Lippe aufplatzte. Ich zappelte und wand mich hin und her, aber ich konnte den älteren Jungen nicht abwerfen, und so fing ich zu weinen an, und obwohl das das Einzige war, was noch ging, das Einzige, woran dieser Junge mich nicht hindern konnte, schämte ich mich in all meiner Angst noch dafür.

Und dann erschien, praktisch aus dem Nichts, mein Bruder, der noch viel größer und stärker war als dieser ältere Junge. Er packte den Jungen mit den Fingern seiner breiten Hand beim Schopf und zog ihn in die Höhe. Der Junge schrie auf, grimassierend vor Schmerz, und schlug blind nach dem Handgelenk meines Bruders, und dann brach sein Geschrei abrupt ab, als die andere Hand meines Bruders, zu einer mächtigen Faust geballt, auf seiner Nase landete. Blut spritzte aus dem Gesicht des Jungen wie Wasser aus einem geplatzten Wasserballon, und er ging zu Boden, und mein Bruder saß auf seinem Brustkasten, und jetzt war der Junge es, der weinte und um Gnade bettelte, während mein Bruder mit einer Stimme, die ich nicht erkannte, immer wieder dieselbe unheimliche Abfolge von Sätze hervorstieß, und obwohl er so brutal zuschlug, dass ich Angst bekam, und auch dann nicht aufhörte zuzuschlagen, als ich schrie und an seinem Hemd zerrte, war ich irgendwo tief drinnen doch froh und stolz, einen Bruder zu haben, der so groß und stark war, einen Beschützer, auf den ich zählen konnte.

Aber als ich wieder ganz bei mir war, auf dem Sofa in diesem leeren Haus, Melissa abgereist, meine Eltern abgereist, wusste ich nicht, ob ich nur geträumt hatte oder ob es wirklich passiert war vor all den Jahren. Er nagte an mir, dieser Zweifel. Und als die Tage verstrichen und die Erinnerung oder das Traumbild, statt zu verblassen, nur immer stärker und lebhafter wurde, nagte er noch mehr an mir, bis ich heute Nachmittag schließlich beschloss, zu meinem Bruder zu fahren und ihn zu fragen, ob er sich erinnert.

Vorsichtig biege ich vom Highway ab und folge den Wegweisern zur Irrenanstalt. Die Straßen sind leer bis auf die großen orangefarbenen Schneepflüge, die Schneewälle am Straßenrand auftürmen und Sand hinter sich ausstreuen. Alle Ampeln blinken gelb. Ich durchfahre sie langsam, ohne aufs Gas zu steigen oder zu bremsen.

Die Irrenanstalt liegt etwa zweihundert Meter abseits von der Straße. Ich halte an, steige aus und schaue auf das Anstaltsgelände hinab. Zu meiner Überraschung sehe ich nirgends Mauern, nirgends mit Natodraht bespannte Zäune. Aus dieser Entfernung könnte die Klinik leicht als ein kleiner College-Campus durchgehen. Ich zähle sechs oder sieben größere Backsteingebäude, alle kräftig mit orangegelbem Flutlicht angestrahlt. Die meisten Fenster sind dunkel, nur hinter ein paar vereinzelten brennt Licht. Ein kleiner Schneepflug räumt die lange, schmale Zufahrt, die von der Hauptstraße zum Klinikeingang führt.

Ich zünde mir eine Zigarette an. Der Schnee fällt jetzt schräger, ein böiger Wind treibt ihn mir in die Augen, dass ich blinzeln muss. Ich rauche und starre auf die Anstalt und den schwarzen, zugefrorenen Fluss gleich dahinter.

Ich spüre wieder die Sonne, heiß und prall über der Wiese, sehe wieder das Gesicht des Jungen, bald vor der Sonne beschienen, bald nicht, eine Sonnenfinsternis im Kleinen, während sein Arm auf mich einprügelte …

Mit einem Finger schnippe ich die Zigarette in den Wind, dann steige ich wieder ins Auto. Ich sehe auf die Uhr. Die Besuchszeit beginnt in einer Viertelstunde. Ich drehe den Zündschlüssel und biege in die Zufahrt ein. Ich lasse mir Zeit. Unter meinen Rädern knirscht der Sand aus dem Schneepflug. Der Fahrer sieht mich kommen und fährt rechts ran, um mich vorbeizulassen.

Ich folge den Schildern zum Haupteingang, stelle den Wagen ab und trete durch eine Automatiktür in das Gebäude. Mit einem Zischen gleitet die Tür hinter mir zu, so dass Wind und Schnee ausgesperrt sind. Der Eingangsbereich ist ruhig und leer und bestürzend warm. Ein Wachmann in dunkelblauer Uniform sitzt hinter einer dicken Glasscheibe und blickt mir desinteressiert entgegen.

Durch den Lautsprecher in der Scheibe sage ich ihm, dass ich meinen Bruder besuchen möchte.

Ihr Bruder ist Patient bei uns?, fragt der Wachmann.

Ja, sage ich.

Name?

Ich sage den Namen. Er nickt, legt ein Klemmbrett und einen Stift in ein Schubfach und schiebt es unter der Scheibe durch.

Das müssen Sie ausfüllen, sagt er. Er schaut auf die Uhr hinter ihm. Sie können aber erst in zehn Minuten rein.

Ich nicke und setze mich auf einen der Stühle, die an der Wand aufgereiht stehen. Das Formular auf dem Klemmbrett verlangt Angaben zur Person, Auskunft über meine Beziehung zu dem Patienten sowie über den Grund des Besuchs. Außerdem gibt es eine Haftungsausschlussklausel, die die Klinik von jeglicher Schuld freispricht, sollte mir bei meinem Besuch etwas zustoßen. Ich lächle in mich hinein, als ich das in dreifacher Ausfertigung unterzeichne.

Ich trage Klemmbrett und Stift zum Tresen zurück und schiebe es unter der Scheibe durch. Der Wachmann nimmt das Brett aus dem Schubfach und legt es beiseite, ohne einen Blick darauf zu werfen. Der Stift bleibt im Fach liegen. Ich stemme die Hände in die Hosentaschen und hüstle.

Zwei Minuten, sagt der Wachmann, ohne aufzusehen.

Ich höre wieder das hohe, elektrische Sirren von tausend Grashüpfern. Schmecke wieder Erde und Blut.

Ich warte die zwei Minuten. Als sie um sind, langt der Wachmann unter den Tresen und drückt einen Knopf, den ich nicht sehen kann. In der Tür zu meiner Rechten ertönt ein lautes Summen. Der Wachmann macht mir ein Zeichen, dass ich sie aufziehen soll, und ich gehorche. Er erklärt mir den Weg, während ich auf der Schwelle stehe, die Tür einen Spalt aufgestemmt, damit sie nicht vorzeitig ins Schloss fällt. Als er fertig ist, gehe ich hindurch.

Folgen Sie dem Korridor bis ganz nach hinten, so hat er gesagt. Die Patienten hier unten dürfen sich frei bewegen. Vielleicht werden Sie von ihnen angesprochen, vielleicht beschimpfen oder bedrohen einige Sie sogar. Ignorieren Sie sie einfach. Sie riechen zwar schlecht und sind sonderbar oder nur spärlich bekleidet. Manche sehen auch richtig gefährlich aus. Das täuscht; sie sind harmlos. Trotzdem, gehen Sie zügig weiter. Bleiben Sie ja nicht stehen. Aber fangen Sie auch auf gar keinen Fall – wirklich auf *gar* keinen Fall – zu laufen an. Ganz am Ende des Korridors finden Sie einen Aufzug. Mit dem fahren Sie in den sechsten Stock. Es ist dunkel im Lift, wenn die Türen zugehen, und er knarzt und ächzt beim Fahren, aber keine Angst. Wenn Sie unter Klaustrophobie leiden, Augen zu und durch: Bis in den sechsten Stock sind es nur ein paar Sekunden. Wenn der Lift hält und die Tür aufgeht, halten Sie sich links und gehen den Gang entlang bis zum Schwesternzimmer. Denken Sie sich nichts wegen der Patienten hier oben; auf dieser Etage sind sie alle in Einzelzellen eingesperrt und werden durchgehend überwacht.

Ich befolge sämtliche seiner Anweisungen. Im Schwesternzimmer im sechsten Stock gibt mir ein dünner Mann mit gestärktem weißem Kittel noch ein Formular zum Ausfüllen.

Ich spüre wieder, wie mein Hemd an der Schulter zerreißt. Ein Steinbrocken, der halb aus der Erde steht, bohrt sich mir ins Kreuz.

Das ist Ihr Bruder?, fragt der Mann, als ich mit dem Ausfüllen fertig bin.

Ja, sage ich.

Mann, *der* hält uns vielleicht auf Trab, sagt er. Wir haben nur *einen* Pfleger, der mit ihm fertig wird. Und der fällt jetzt für *mindestens* eine Woche aus.

Wo ist er?, frage ich höflichkeitshalber.

Gestern waren wir mit Ihrem Bruder auf dem Weg zum Duschen, sagt der Mann. Wir kommen am Frühstückswagen vorbei, und Ihr Bruder greift sich eine von diesen schweren Kunststoffkaffeekannen und rammt sie Little John *volle Pulle* in die Fresse. Hat ihm gleich *zweifach* die Nase gebrochen.

Der Mann lacht und schüttelt den Kopf. Ich weiß nicht, was ich sagen soll. Also sage ich nichts.

Ich spüre wieder die Tränen in mir hochsteigen. Höre mich weinen, voll Angst und voll Scham, den Mund mit Blut und mit Erde gefüllt, auf dieser Wiese unter der heißen Sonne, während Tausende von Grashüpfern im Chor sirren und die dünnen, geknickten Halme und der kantige Steinbrocken kratzen und stechen.

Tja, sagt der Mann und winkt mich hinter sich her, deshalb haben wir Ihren Bruder vorerst *hier* untergebracht, in der Isolationszelle. Gefahr für sich und andere. Wir mussten ihn *ziemlich* gründlich vollpumpen, wundern Sie sich also nicht, wenn er nicht allzu gesprächig ist.

Der Mann bleibt vor der letzten Tür auf dem Korridor stehen. Die Tür ist massiv und fensterlos; nur auf Augenhöhe ist eine kleine Luke zum Aufschieben. Der Mann klopft dreimal mit dem Knöchel gegen die Tür, dann ruft er den Namen meines Bruders und kündigt ihm Besuch an. Er steckt einen Schlüssel ins Schlüsselloch und dreht ihn zweimal. Man hört die Zylinder rollen, durch den Korridor hallt zweimal ein sattes metallisches Klacken, und die Tür springt auf.

Gehen Sie nur rein, sagt der Mann zu mir. Sie brauchen keine Angst haben. Er ist fixiert, und ich habe ein Auge auf Sie. Der Mann schiebt die Luke auf, damit ich weiß, was er meint.

Ich möchte ihm sagen, dass ich keine Angst habe. Dass mein Bruder trotz allem, was er getan hat, trotz der unleugbaren Tatsache, dass er grauenhaft und unumkehrbar wahnsinnig ist, immer noch mein Bruder ist. Aber mir ist klar, dass dieser Mann das genauso wenig verstehen würde wie alle anderen, und so nicke ich nur und gehe durch die Tür und höre sie hinter mir ins Schloss fallen.

Ich sehe wieder die Silhouette meines Bruders hinter dem Jungen auftauchen und die Sonne auslöschen, wutschnaubend, riesengroß, ein Rachegott, der zu meiner Rettung herbeieilt. Und schlagartig höre ich auch die Worte, die er ausstieß, wieder und immer wieder, während er auf den Jungen einschlug: *Ich bin der, der Leben nimmt und Leben gibt! Meiner Macht entrinnt keiner!*

Aber jetzt, in diesem Raum hier mit meinem Bruder, spielt es plötzlich keine Rolle mehr, ob die Erinnerung echt oder nur Einbildung ist. Ich fühle mich verschwitzt und kraftlos, und nichts spielt noch irgendeine Rolle.

Dann ist da die andere Sache, um deretwillen ich hergekommen bin, und es scheint mir das Klügste, sie hinter mich zu bringen, bevor auch der letzte Rest an Energie und Entschlusskraft mich verlässt.

Ich stecke die Hand in die Jackentasche, spüre das Eisen.

Ich hab dir was mitgebracht, sage ich zu meinem Bruder. Ich lächle nicht dabei.

Ich ziehe die Hand aus der Tasche, und mit ihr den Totschläger. Ich höre den Pfleger hinter der verschlossenen Tür. Er macht ein Geräusch, als hätte ihn jemand in die Magengrube geboxt. Er hämmert an die Tür, aber ich kümmere mich nicht um ihn. Ich höre ein fieberhaftes Gemurmel und das Rasseln von Schlüsseln in fahrigen, panischen Händen, aber bis dahin ist es längst zu spät.

Rückzug

Und ich will das Gebirge Seïr wüst und öde machen und alle ausrotten, die dort hin- und herziehen. Und ich will seine Berge mit Erschlagenen füllen, seine Hügel, seine Täler und alle seine Bachläufe – überall sollen vom Schwert Erschlagene liegen. Ja, zu einer ewigen Wüste will ich dich machen, dass niemand mehr in deinen Städten wohnt, und ihr sollt erfahren, dass ich der HERR bin.

Hesekiel 35, 7–9

Arnold wurde nicht aus dem Marinekorps entlassen, weder ehrenhaft noch anderweitig; es blieb keine Zeit für solche Formalien, keine Zeit für Unterschrift und Händedruck, während es Artilleriegeschosse hagelte und die Menschen, Soldaten wie Zivilisten, aufeinander losgingen, um ihre nackte Haut zu retten. Er verließ die Marines praktisch Knall auf Fall. Er warf einfach sein Gewehr hin, schmiss die Uniform weg und floh aus Mexico City – stolperte über zertrümmertes Mauerwerk und zerborstenes Glas, durch eine Nacht, die der Flammenschein taghell erleuchtete. Über die Strafen, die auf Fahnenflucht standen, dachte er nicht groß nach, denn es war klar, dass es keine geben würde. Seit dem letzten, vernichtenden Vorstoß der Evolutionspsychologen versuchte niemand mehr, auch nur den Anschein von Zusammenhalt oder Kontrolle zu wahren. Arnold hatte einen Generalleutnant gesehen, der sich auf offener Straße nackt auszog und in die blutverschmierten Kleider eines Leichnams stieg, mit verstohlenen, angsterfüllten Blicken, die ganz und gar nichts Offiziersmäßiges hatten, und wenig später entledigte sich auch Arnold seiner Kampfmontur und trat den Marsch nach Norden an, in eine Heimat, die er seit acht Jahren nicht mehr gesehen hatte.

Der Weg war mühsam. Die Straßen waren verstopft von

liegen gebliebenen und ausgebrannten Fahrzeugen, als Ballast abgeworfenen Habseligkeiten, mexikanischen Bauern, die Kinder am Rockzipfel hatten und Schweine vor sich hertrieben, und den allgegenwärtigen Toten und Sterbenden. Arnold humpelte oben auf der Böschung, einen Granatsplitter tief im Fleisch seines Oberschenkels, vorwärtsgepeitscht trotz Schmerz und Durst und Verzweiflung, nicht von der Angst vor dem Sterben, sondern der Angst, sterben zu müssen, ohne seine Mutter wiedergesehen zu haben. Selia, seine Mutter, die ihn verflucht hatte, als sie erfahren hatte, dass er zu den PoMo-Marines wollte. Die auf ihren eigenen Küchenboden gespuckt hatte, als Arnold ein letztes Mal seinen Vater umarmte und seinen Seesack über die Schulter nahm. Und die jetzt, wie Arnold aus den Briefen seines Vaters wusste, an der gleichen Demenz litt, an der bereits ihre Mutter gestorben war.

Wenn man einen Menschen schon verlieren muss, dann sollte es schnell gehen, Arnie, hatte im letzten Brief seines Vaters gestanden. *Leicht ist es nie, ganz egal, wie die Umstände sind, aber dieser endlos hingezogene Abschied dürfte einfach nicht sein. Es sollte einen Moment geben, und wenn dieser Moment vorbei ist, dann sollte auch der Mensch fort sein, und die Hinterbliebenen könnten durchleiden, was immer sie zu durchleiden haben. Trauer ist schmerzhaft genug, auch ohne dass man dabei von lebenden Geistern heimgesucht wird. Aber ich verliere deine Mutter Stück um Stück, Erinnerung für Erinnerung.*

Die Nachricht machte Arnold zu schaffen, und das nicht nur, weil seine Mutter krank war; sein eigenes, ehedem nahezu photographisches Gedächtnis hatte während der acht Jahre in Mexiko langsam, aber sicher nachzulassen begonnen. Erst hatte er nur gemerkt, dass er die Gesichter der Menschen daheim nicht mehr nach Belieben aufrufen konnte. Mit geschlossenen Augen saß er da und dachte beispielsweise an seine Mutter, an den sanften Kamillenduft ihres Kräuterparfums oder den kehligen Klang ihres Lachens, aber keine dieser Erinnerungen war von einem Bild begleitet. Er versuchte es mit anderen Menschen – seinem Vater, Freunden, ehemaligen Lehrern – und brachte im besten Fall trübe, wabernde Porträts zustande, wie mit bloßem Auge durch Wasser gesehen.

Noch verstörender wurde dieses Unvermögen dadurch, dass bei Arnolds Tätigkeit bei den Marines das Gedächtnis – sein eigenes wie auch das der EvoP-Kriegsgefangenen, die er verhörte – sein Hauptkapital war. Für seine Befragungen musste seine Erinnerung nicht nur präzise, sondern auch prompt abrufbar sein; er musste die geistigen Protokolle anderer Verhöre parat haben und Antworten auf bestimmte Fragen mit denen von Tagen oder sogar Wochen zuvor vergleichen können, um seine Fragetaktik nach Bedarf anzupassen und so die Wahrheit hervorzukitzeln. Aber als die Zeit verging und seine Erinnerungen an die fernere Vergangenheit verblassten – wie alt war er gewesen, als sie auf die Insel gezogen waren? Und wie hatte dieses Mädchen geheißen, das er in der High School so angebetet hatte? –, begannen die blinden Flecken die Informationen in seinem Kurzzeitspeicher anzugreifen, und obwohl er dazu überging, die Verhöre aufzuzeichnen, um plötzlichen Aussetzern vorzubeugen, wurde er als Befrager letztlich unbrauchbar.

Nicht dass es noch ins Gewicht fiel; die Blockade der EvoPs hatte den Kampfgeist der Marines unterhöhlt und ihn schließlich gebrochen. Kein Treibstoff, keine Nahrung, keine Munition, keine Chance. Der Krieg war verloren; das war so simpel und so unausweichlich wie der Tod, und auch die verlässlichsten, promptesten Geheimdiensterkenntnisse würden daran nichts ändern. Also floh Arnold wie alle anderen auch, und im Zweifel von derselben Hoffnung getrieben wie sie: es bis nach Hause zu schaffen, bevor die EvoP-Truppen sich von Mexiko nach Norden ergossen und wie ein Schwarm Heuschrecken alles auf ihrem Weg vernichteten.

Je weiter er von Mexico City weghumpelte, desto weniger Flüchtlinge bewegten sich noch, und bei Sonnenaufgang lagen die Toten so dicht, dass die Straße nahezu unpassierbar war: Menschenleichen zu Hunderten, ja Tausenden, mit zahllosen Tierkadavern dazwischen, Hunden, Ziegen, Hühnern und einmal sogar einem Gürteltier, plattgetrampelt und an den Rändern ausgebrutzelt von der Wüstensonne. Eine Zeitlang konnte er noch auf die Böschung ausweichen, aber selbst dort watete er schon bald durch Leichen, und schließlich hatte er keine andere Wahl, als über sie hinwegzuklettern, sich an Füßen, Armen und Nacken abstützend, als wären es Haltegriffe auf einem steilen Bergpfad.

Es war eine mühselige Angelegenheit, über Leichen zu gehen. Um sich von seiner Erschöpfung abzulenken, dem Hunger und Durst und dem stechenden Schmerz, der bei jedem Schritt durch sein Bein fuhr, dachte Arnold an seine Mutter. Erst versuchte er, erfolglos wie immer, sich ihr Bild vor Augen zu rufen. Dann richtete er die ganze Kraft seines Willens darauf, Klarheit in ihrem Kopf zu schaffen, damit sie bei seiner Rückkehr die sein würde, die sie immer gewesen war, nicht eine verwirrte Fremde mit dem Gesicht seiner Mutter, und hören würde, was er ihr zu sagen hatte.

Denn es war kein frohes, tränenreiches Wiedersehen, das ihm vorschwebte. Arnold liebte seine Mutter noch immer, aber die Zeit und die Entfernung hatten diese Liebe in ein vages, abstraktes Gefühl verwandelt, während seine Wut auf sie real und unmittelbar war und in den Jahren bei den Marines eher noch zugenommen hatte. Er war kein zartbesaiteter Teenager mehr, der sich auf die Zunge biss, um nur ja nicht ihren Zorn zu wecken; er war ein Mann, der in einen tiefen, entspannten Schlaf fallen konnte, nachdem er keine zwanzig Minuten zuvor einem Gefangenen die Fingernägel ausgerissen oder ihm Glasscherben die Kehle hinuntergezwungen hatte. Ein Mann, kurz gesagt, der vor den Menschen in seinem Leben nicht kuschte.

Aber allmählich zweifelte er daran, dass es ihm vergönnt sein würde, mit seiner Mutter abzurechnen. Kurz vor Mittag, als die Sonne schon sengend aus der Höhe herabbrannte, gaben seine Beine unter ihm nach, und er brach kurz vor dem Gipfel eines Leichenberges zusammen. Eine geschlagene Minute verging, ehe es ihm gelang, sich auf den Rücken zu wälzen. Dann ließ er den Kopf keuchend auf die räudige Flanke einer toten Ziege sinken und warf einen Arm über die Augen, um sie vor der Sonne zu beschirmen. Er versuchte genug Willensstärke aufzubringen, um seine kraftlosen Muskeln zu mobilisieren. Vor ein paar Jahren, als er noch an die Macht des Willens und die übrigen Leitsätze der Postmodernen Anthropologie geglaubt hatte, wäre er durch die Kraft dieses Glaubens allein auf die Füße gekommen. Jetzt lag sein Glaube darnieder wie die Verteidigungslinien von Mexico City. Keine Nahrung, kein Wasser, kein Glaube, keine Chance.

Die Front lag inzwischen so weit hinter ihm, dass der Donner der Bomben und Geschütze nicht mehr bis zu ihm klang, und der Wüstenmorgen war still gewesen bis auf das gelegentliche auftrumpfende Krächzen der Geier. Aber nachdem er lange genug auf seinem Leichenberg gelegen hatte, um sämtliche schmerzhaften Kanten unter ihm, all die Knie und Ellbogen und Klauen und Hufe, einzeln zu spüren, drang ein entferntes Wummern in sein Bewusstsein, so schwach zuerst, dass er es fast für Einbildung hielt, aber dann, nach und nach, immer lauter. Schließlich konnte er das scheppernde Grollen von Panzerketten ausmachen, und er öffnete die Augen und sah einen Schwarzkopf-Kampfpanzer mit anmontiertem Räumschild die Straße entlang auf sich zurollen. Kadaver türmten sich vor dem Räumschild und fielen dann seitlich herunter, übereinanderpurzelnd wie Wäschestücke in einem Trockner, die steifen Gliedmaßen in die Luft gereckt. Arnold hob den Arm und winkte schwach, und der Panzer stoppte einige Meter vor ihm; die Gasturbine wummerte im Leerlauf.

Unter anderen Umständen hätte es Arnold vermutlich stärker verblüfft, aus dem Panzerturm Crispy klettern zu sehen. Wenn er geistig mehr auf der Höhe gewesen wäre, zum Beispiel, oder wenn Crispy nicht in dem wohlverdienten Ruf gestanden hätte, genau der durchgeknallte Draufgänger zu sein, der sich einen Schwarzkopf als Fluchtfahrzeug stehlen würde, ohne jemals zuvor einen gelenkt zu haben. So dagegen durchzuckte ihn nur ein flüchtiges Gefühl der Ungläubigkeit, als Crispy über die Front des Panzers herunterrutschte und sich über die Leichenhaufen zu ihm durcharbeitete.

»Arnie«, sagte Crispy, indem er sich Arnolds einen Arm um die Schultern legte und ihn hochzog, »lass dir gesagt sein, dass ich hier eine beachtenswerte Ausnahme von meiner derzeitigen Taktik mache, alle, die ich sehe, plattzuwalzen.«

Arnold brauchte einen Moment, um seine Zunge vom Gaumen loszubekommen. »Ich fühle mich geehrt«, sagte er schließlich. »Obwohl, wenn du kein Wasser hast, wäre es mir lieber, du walzt mich platt.«

»Keine Sorge, keine Sorge«, sagte Crispy. Er hievte Arnold ein Stück weit den Panzer hoch, ging dann in die Knie und stemmte beide Hände gegen Arnolds Gesäß. »Hopp, rauf mit dir«, sagte er, und nach kurzem Zögern strampelte Arnold mit den Füßen, bis sie Halt fanden, und schwang sich, von Crispy kräftig angeschoben, auf den Panzerturm, wo er bäuchlings landete und in die offene Luke starrte. Ein halbes Dutzend Augenpaare starrten zurück. Irgendwie hatte Crispy es geschafft, drei Hunde, ein Schwein, eine Ziege und sein eigenes Haustier, einen dickschnäbligen Papagei, den er Pepe nannte, in den Bauch des Panzers zu bugsieren.

»Was willst du mit den ganzen Viechern?«, fragte er, als Crispy sich neben ihm hochzog.

»Kennst mich ja«, sagte Crispy. »Mit Menschen hab ich's nicht so, aber so ein Tier …«

Ja, Arnold kannte ihn, und zwar gut genug, um ihm seinen Spitznamen verpasst zu haben, eine Anspielung auf Crispys auffällige Vorliebe für Streichhölzer, Zigaretten und in Extremfällen auch glühende Eisenstücke und Feuerzeugbenzin, wenn es darum ging, einen Gefangenen zum Reden zu bringen.

»Soll ich jetzt fragen, wie du an das Ding rangekommen bist?«, sagte Arnold.

»Lieber nicht«, sagte Crispy.

»Wie war das mit dem Wasser?«

Crispy schüttelte den Kopf. »Erst recht nicht. Die Geschichte wird nicht appetitlicher.«

»Ich meinte eigentlich, ob ich welches kriege.«

»Ach so, klar, natürlich.« Crispy verschwand durch die Luke und kam gleich darauf mit einem noch ungeöffneten Plastikkanister wieder zum Vorschein. »Du wirst hier oben sitzen müssen«, sagte er. »Unten ist es ein bisschen eng.«

Arnold drehte den Verschluss auf und trank in so hastigen, gierigen Zügen, dass ihm das Wasser über Kinn und Hals bis ins Hemd lief.

»Hey«, rief Crispy aus dem Panzerinnern. »Immer sachte. Ich mag dich, Arnie, aber verschwende nicht mein Wasser.«

Die Ziege stieß ein kurzes Meckern aus, wie zur Unterstreichung von Crispys Worten und der Drohung, die darin mitschwang. Arnold wischte sich mit dem Handrücken den Mund ab. Er schraubte den Kanister zu und reichte ihn durch die Luke.

»Gut festhalten«, sagte Crispy. »So ganz hab ich dieses Monster noch nicht im Griff.«

Der Panzer fuhr mit einem Ruck an. Arnold wäre fast hintenübergestürzt und bekam gerade noch den Rand der Luke zu fassen. Während die Turbinen hochliefen und die Kadaver wieder zu purzeln begannen, versuchte er eine Haltung zu finden, in der er halbwegs dösen konnte.

Den ganzen Nachmittag durch rollten sie stetig nach Norden, zunehmend schneller, je mehr die Reihen der Toten sich lichteten. Crispy hielt einmal an, um einem Leichnam einen Arm abzuhacken und ihn den Hunden hinzuwerfen (»Die glubschen diese Ziege an, als ob sie ein Schinkensandwich wäre«), und ein zweites Mal, um eine Schildkröte aufzulesen, die sich auf der Straße sonnte. Trotz ihres nach wie vor sehr langsamen Tempos und trotz seiner leisen Angst vor Crispy, nun da dessen Wahnsinn durch keine militärische Disziplin mehr im Zaum gehalten wurde und sein Sadismus kein sanktioniertes Ventil mehr fand, wuchs Arnolds Zuversicht mit jeder Meile, die sie zurücklegten. Nicht lange, und sie wären in Texas, wo er Crispy Lebwohl sagen und sich allein bis nach Hause durchschlagen konnte.

Sein Optimismus erlitt einen Dämpfer, als die Dunkelheit hereinbrach und Crispy den Panzer rumpelnd anhielt und ein Tier nach dem anderen zu Arnold heraufreichte.

»Für heute bleiben wir hier«, sagte Crispy, während er sich

durch die Luke wand. »Und legen dann morgen einen frühen Start hin.«

Arnold widersprach nicht, auch wenn er das ungute Gefühl hatte, je länger er und Crispy zusammenblieben, desto eher konnte etwas Schlimmes passieren, irgendetwas, das seine Heimkehr und die Abrechnung mit seiner Mutter vereiteln würde. Wenn Crispy fand, sie sollten hier übernachten, dann übernachteten sie eben hier. Es schien ihm das Klügste, alles zu vermeiden, was seine prekäre Sonderstellung bei Crispy gefährden und den Eintritt jenes undefinierbaren Schrecknisses beschleunigen konnte.

In seinem Eifer, Crispy bei Laune zu halten, versuchte er trotz seiner Wunde sogar, Stöckchen und Reisig für ein Feuer zu sammeln.

»Jetzt schalt mal einen Gang runter, Arnie«, sagte Crispy zu ihm. »Trink lieber noch ein bisschen Wasser. Du bist so schwach wie ein neugeborenes Kätzchen. Ein Feuer kriege ich zur größten Not noch allein hin.«

Natürlich kriegte Crispy es hin, wofür Arnold dankbar war, denn bis das Feuer schließlich brannte, hatte ein Wind die Hitze des Tages zu den Bergen hinübergeblasen, und es war kälter, als Arnold sich wenige Stunden zuvor hatte vorstellen können. Die Kälte erinnerte ihn an die Winter zu Hause in Maine, aber auch diese Erinnerung war fern, ungreifbar, so als würde er etwas, das er doch viele Male am eigenen Leib erlebt hatte, nur aus Büchern kennen. Die Tiere, die sich (mit Ausnahme der Schildkröte) nach ihrer Befreiung aus dem Panzer in alle Richtungen zerstreut hatten, kamen nun wieder herbeigestromert, angelockt von Wärme und Licht.

Crispy saß im Schneidersitz auf dem nackten Boden und hielt auf der Klinge seines Kampfmessers Fleischstreifen ins Feuer. Die Hunde lagen dicht bei ihm, wie gebannt von dem

Zischen, mit dem das Fleisch auf der Messerspitze gedreht und gewendet wurde. Als Crispy ihm ein Stück hinstreckte, fragte Arnold nicht, was es war; er war zu hungrig, um sich von Crispy, diesem erklärten Tierfreund, Misanthropen und Psychopathen, seinen Verdacht bestätigen zu lassen.

»Und wohin soll's gehen?«, erkundigte sich Crispy mit vollem Mund.

»Heim«, sagte Arnold. »Nach Norden. Hoch im Norden. Höher, als du je freiwillig gehen würdest.«

»Keine Ahnung«, sagte Crispy. »Ich bin da nicht festgelegt, geographisch gesehen. Ich hab kein Zuhause zum Zurückkommen. Ich will's eigentlich nur über die Grenze schaffen, damit ich aufhören kann zu spinnen.«

Arnold, perplex, sagte nichts.

»Oder denkst du«, fuhr Crispy fort und schlug die Zähne in das nächste Stück Fleisch, »ich weiß nicht, dass ich verrückt bin? Das ist Schwachsinn, was die Leute immer sagen. Wenn du spinnst, dann weißt du es auch. Und du kommst keine Sekunde los davon. Du bist verrückt, morgens, mittags und abends. Verrückt, verrückt, verrückt. Bis in deine Träume sogar. Aber nicht mehr lang.«

»Wie?«, sagte Arnold.

»Hey«, sagte Crispy, »nicht auf die Tour, Arnie. Okay? Tu nicht so, als würdest du aus allen Wolken fallen bei der Vorstellung, dass ich nicht richtig ticke.«

»Das ist es nicht, Crispy, ich …«

»Und von deinem hohen Ross kannst du auch gleich wieder runterkommen, Mr. Superguy. Du hast schließlich selber Sachen gemacht, die dich auf direktem Weg in die Klapsmühle befördern würden, schon vergessen?«

Mit dem kleinen Unterschied, dachte Arnold, dass er seine Pflichten mit der grimmigen Entschlossenheit des Gefolgsmanns ausgeführt hatte, ohne irgendein Gefühl der Befriedigung, während Crispy regelmäßig einer abgegangen war, wenn er Streichhölzer in den Augen eines Befragten ausdrückte oder ihm ein Feuerchen unter den Fußsohlen anzündete. Und er hatte es nicht mal zu verbergen versucht.

»Ich weiß, was du denkst«, sagte Crispy. »Du denkst, dass da ein Unterschied ist – dass du einfach nur ein guter Soldat warst und ich es auch freiwillig gemacht hätte – klar. Verdammt, ich hätte sogar noch was dafür hingelegt!« Er warf den Hunden ein paar Flechsen hin und spießte einen neuen Streifen Fleisch auf. »Tja, auf der einen Seite hast du recht. Aber sag mir eins: Wie hast du nach deinem ersten Verhör geschlafen?«

»Gar nicht«, sagte Arnold. »Zwei Tage lang.«

»Genau. Und wie schläfst du jetzt? Wie ein Stein, hab ich recht?« Über die Flammen hinweg lächelte Crispy ihm zu. »Würde deine Mama den Jungen noch wiedererkennen, der damals in den Krieg gezogen ist, Arnie?«

Arnold wusste kaum, was ihn wütender machte: dass Crispy nicht ganz unrecht hatte oder dass er Arnolds Mutter ins Spiel brachte. »Würde deine Mama den verrohten Schwanzlutscher wiedererkennen, den sie in die Welt gesetzt hat?«, fragte er.

»Meine Rede!«, lachte Crispy. »Exakt meine Rede. Bricht einen Streit mit einem Irren vom Zaun!« Er prüfte nach, ob das Fleisch schon durch war, riss es entzwei und reichte die eine Hälfte Arnold. »So verschieden sind wir gar nicht, du und ich.«

»Ich hatte eh was andres gemeint«, sagte Arnold. »Falls ich auch mal ein Wort dazwischenschieben darf.«

»Nämlich was?«

»Kein Mensch sagt, dass du keinen Knall hast, Crispy. Ich

verstehe bloß nicht, warum das plötzlich anders sein soll, nur weil du es über die Grenze schaffst.«

Crispy musterte ihn, als wäre er sich nicht sicher, ob er nicht auf den Arm genommen wurde. »Das weißt du nicht?«

»Was weiß ich nicht?«

»Wie lange bist du jetzt schon bei diesem Verein?«

»Acht Jahre.«

»Redest du nie mit Leuten von daheim?«

»Meine Eltern leben für sich allein auf einer Insel«, sagte Arnold. »Sie sind nicht unbedingt auf dem Laufenden.«

»Tja, shit, hombre«, sagte Crispy, »ein Wort, zwei Silben: Nanotechnik.«

»Das sind vier Silben«, sagte Arnold.

»Egal. Ich rede von Robotern von der Größe eines Atoms. So programmiert, dass sie alles heilen, was dir grade fehlt. Wenn du Krebs hast, suchen sie den Tumor und zerstören ihn. Wenn du schlimme Erinnerungen hast, die du gern loswärst, kundschaften sie die Hirnzellen aus, wo sie sitzen, und wischen sie blank. Und wenn du verrückt bist, nehmen sie ein paar kleine Anpassungen vor – flicken einen schadhaften DNS-Strang, schrubben die Neurotransmitter sauber –, löschen hier und da was aus deinem Gedächtnis –, und schwupp bist du ein neuer Mensch. Die Anwendungsmöglichkeiten sind praktisch unendlich, aber vom Prinzip her weißt du's jetzt.«

Arnold lachte. »Du bist noch verrückter, als ich dachte.«

»Das sagt dein Mund. Aber deine Augen sagen etwas anderes. Du bist fasziniert. Du denkst schon an all die Dinge, die du gern repariert haben möchtest. Und warum auch nicht? Du wärst verrückt, wenn du es *nicht* wollen würdest.«

Arnold schwieg einen Moment. Dann fragte er: »Können sie Erinnerungen auch wiederherstellen?«

»Keine Ahnung«, sagte Crispy. »Ich bin kein Experte. Aber um zu wissen, dass etwas funktioniert, muss man nicht verstehen, wie es geht.«

Er wischte das Messer am Hosenbein sauber, steckte es in seine Hülle und legte es neben sich auf die Erde. »Okay, Buddy. Langer Tag und so. Ich hau mich hin. Also sag ab jetzt nichts mehr, in Ordnung?«

Innerhalb von zwei Minuten schnarchte er. Die Hunde, die einsahen, dass keine Happen mehr für sie abfallen würden, betteten die Köpfe auf die Vorderpfoten und schlossen die Augen. Arnold schob sich seine Stiefel zu einem behelfsmäßigen Kopfkissen zurecht. Sein Hirn, erschöpft und überreizt, wollte nicht recht ablassen von dieser Nanotech-Idee, und er hatte gerade noch Zeit zu denken, dass er auf diese Weise nie würde einschlafen können, ehe er wegsackte wie ausgeknipst.

Noch vor Sonnenaufgang stieß Crispy ihn mit dem Fuß an. »Morgenstund hat Gold im Mund, Amigo«, sagte er. Seine Augen waren weit aufgerissen, er lächelte nervös. »Hörst du die Detonationen? Diese EvoP-Schweine sind schnell.«

Arnold drehte ein Ohr in Richtung Süden und lauschte. Er hörte nur den Beifuß im Wind rascheln.

Crispy lud schon die Tiere ein. »Hast du die Ziege gesehen?«, wollte er wissen.

»Ich habe überhaupt nichts gesehen. Ich habe die ganze Zeit nur geschlafen.«

Crispy fasste ihn scharf ins Auge. »Sicher?«

Arnold hütete sich, seine Entnervtheit offen zu zeigen. »Ich habe keine Ahnung, wo die Ziege stecken könnte«, sagte er ruhig.

»Macht bestimmt einen Spaziergang, die Kleine«, sagte Crispy. Er kletterte zur Luke hoch und ließ sich durch sie hinunter. »Tja. Keine Zeit. Schauen wir, dass wir hier wegkommen.«

Crispy setzte den Panzer in Bewegung, noch ehe sich Arnold ganz an seinen Platz oben auf dem Turm gehievt hatte. Viele Stunden rumpelten sie auf der Straße dahin, mit heulenden Turbinen, ohne einmal zu bremsen oder anzuhalten. Der Panzer buckelte und krängte; Arnold wurden die Hände taub, so fest musste er sie um den Rand der Luke gekrampft halten, um nicht abgeworfen zu werden.

Am späten Nachmittag erreichten sie die Solidaridad-Colombia-Brücke, doch die gab es nicht mehr. Nichts war von ihr übrig als die Betonpfeiler, auch sie bis auf halbe Höhe weggesprengt; wie abgebrochene Stalagmiten ragten sie aus den Fluten des Rio Grande empor. Am anderen Ufer war die texanische Grenzstadt Boca Buitre erkennbar, niedrige, ockerfarbene Häuser und dazwischen Lehmstraßen.

»Verdammte Scheiße«, sagte Crispy und kroch aus der Luke. »Wer hat die Brücke in die Luft gejagt?«

»Da ist ein Schild«, sagte Arnold und zeigte darauf.

So war es. Am Uferrand war eine große weiße Tafel in die Erde getrieben, auf der auf Englisch, Spanisch, Vietnamesisch und Chinesisch zu lesen stand:

LIEBE EVOLUTIONSPSYCHOLOGEN,
LIEBE SONSTIGE BETROFFENE!

Wir entschuldigen uns in aller Form für diesen Krieg, für die Menschenleben, die er gefordert hat, und das ganze übrige Ausmaß an Leid und Zerstörung. Wir als Nation sind, wenngleich verspätet, zu dem Schluss gelangt, dass solche philosophischen Querelen kindisch und unnötig sind. Wir haben darum beschlossen, uns aus dem Konflikt herauszuziehen und breitenwirksame, klinisch erprobte Maßnahmen zu treffen, um jegliche Erinnerung daran auszulöschen. In diesem Sinne appellieren wir an die Großherzigkeit Ihres edlen Volkes und bitten Sie, darauf zu verzichten, in unser Land einzufallen, unsere Städte dem Erdboden gleichzumachen und unsere Familien niederzumetzeln. Nochmals mit aufrichtigem Bedauern und den allerbesten Wünschen.

Die Regierung und Bevölkerung
der Vereinigten Staaten

»Was zum *Henker*?«, knurrte Crispy.

»Allerdings«, sagte Arnold. »Ganz meine Meinung.«

Crispy versetzte der Luft einen wütenden Schwinger. »Wie kommen wir jetzt verfickt noch mal rüber?«

»He, keine Panik«, sagte Arnold. »Uns fällt schon was ein.«

Crispy packte ihn beim Hemd. »Erzähl du mir nichts von keine Panik«, sagte er. »Du hast die Bomben doch gehört heute Morgen. Sie sind *direkt hinter uns*. Wir haben keine Zeit für diese Scheiße.«

»Okay.« Arnold hob beschwichtigend die Hände. »Okay. Dann schwimmen wir eben.«

Crispy entließ ihn mit einem Schubser aus seinem Griff. »Nein«, sagte er. »Kommt nicht in die Tüte. Die Tiere. Wir nehmen den Panzer.«

»Was? Der Panzer geht unter, Crispy.«

»So tief ist das nicht. Da stehen doch überall Steine raus. Da. Und da auch.«

Die »Steine«, machte Arnold sich klar, waren in Wahrheit die abgebrochenen Brückenpfeiler, und kein Mensch konnte ermessen, wie tief sie unter das Wasser reichten. Aber Crispy war gefährlich und obendrein in Panik, also schwieg er.

Crispy verschwand wieder durch die Luke. »Steig auf, wenn du mitwillst.«

Das gefiel Arnold nicht sonderlich, aber die Aussicht, mit einem kaputten Bein durch den Fluss schwimmen zu müssen, gefiel ihm noch weniger. Er kletterte auf den Turm zurück, während Crispy den Panzer vorwärtssteuerte, über die Uferböschung. Als das Wasser näher kam, konnte Arnold ein Felssims gleich unter der Oberfläche ausmachen, das sich etwa zehn Meter weit in den Fluss erstreckte; dahinter war nichts zu sehen als die dunkle Strömung.

Am Fuß der Böschung wurde der Boden so abrupt wieder eben, dass der Räumschild ein Trumm Lehm von der Größe eines Volkswagens heraushebelte. Der Panzer bäumte sich auf und platschte vorwärts in den Fluss, schäumend-braune Wellen vor sich hertreibend. Auf dem Felssims stieg das Wasser nur bis zur Mitte der Ketten.

»Siehst du?«, rief Crispy zu ihm hoch. »Ha! Ich hab dir doch gesagt, so tief ist das nicht.«

Und beherzt beschleunigte er. Arnold kauerte auf den Fußballen, sprungbereit.

An der Kante des Simses stockte der Panzer, kippte dann mit einem tiefen, mechanischen Seufzer vornüber, und sechzig Tonnen Stahl versanken in der Tiefe.

Arnold stieß sich mit seinem gesunden Bein ab, aber ganz entkam er dem Sog des Wassers nicht. Die Sonne verschwand. In völliger Schwärze, eingehüllt in eine Wolke wirbelnder Bläschen, verlor er jedes Gefühl für oben und unten. Er hörte das dumpfe Poltern des Antriebs, der immer noch vor sich hinächzte, aber im Wasser war das Geräusch diffus, tönte von allen Seiten gleichzeitig und ließ ihn im

Dunkeln darüber, wo sein nächster Atemzug herkommen sollte.

Er zwang sich zur Ruhe, während es in seiner Lunge erst schwelte, dann lichterloh brannte. Ganz still wartete er, zuversichtlich, dass der natürliche Auftrieb ihm den Weg weisen würde, wo seine Sinne versagten. Nach einem Weilchen spürte er, wie es seinen Körper in eine Richtung zu ziehen begann, und als er sich sicher war, half er mit Strampeln und Armerudern nach; jeden Moment, dachte er, musste er jetzt aus dem Wasser tauchen und Luft schöpfen können, aber es dauerte viel länger, als er gehofft oder erwartet hatte, und nun zerbarsten kleine Silvesterraketen in Zeitlupe vor seinen Augen, und er wurde *zu* ruhig. Atem zu holen schien plötzlich nichts mehr so Dringliches, und so sehr er sich auf die Frage zu konzentrieren versuchte, wie er heil hier herauskam, drifteten doch seine Gedanken genau wie sein Körper und kehrten zurück zu seiner Mutter; wie war es nur möglich, grübelte er, ein und dieselbe Person mit gleicher Intensität zu lieben und zu hassen, als sein Kopf die Oberfläche durchbrach und sein Reptilienhirn einen tiefen Atemzug forderte und erhielt.

Der Sauerstoff traf ihn wie ein Faustschlag, und die Dringlichkeit kehrte zurück. Er schaute umher und sah, dass zwei der Hunde dem Panzer entkommen waren und auf das texanische Flussufer zupaddelten. Arnold versuchte ihnen zu folgen, aber die Strömung war zu stark, als dass er mit nur einem Bein dagegen anrudern konnte. Er rief nach den Hunden. Sie schwammen einfach weiter, also rief er noch einmal, und diesmal wendete einer und kam in einem langsamen, weiten Halbkreis zu ihm zurück.

Der Hund streifte Arnold und ließ sich von ihm beim Schwanz packen. Mit allen vieren rudernd, beschrieb er einen nächsten Halbkreis, bis seine Schnauze wieder in Richtung Ufer zeigte, und zog Arnold mit sich mit. Arnold versuchte mitzuhelfen, indem er mit dem freien Arm kraulte, aber der Hund war stark und dem Anschein nach unermüdlich, und bald waren sie in Texas, durchweicht, erschöpft und am Leben.

Arnold ließ sich auf den Rücken fallen. »Braver Hund«, sagte er zu dem Hund, aber der schien nicht der Meinung, dass sie groß etwas verband; er war schon zu seinem Gefährten zurückgekehrt, und zusammen trotteten die beiden nach Boca Buitre hinein, schnüffelnd, hier und da das Bein hebend, ohne sich auch nur einmal nach ihm umzudrehen.

Von Crispy war nichts zu sehen. Der Fluss floss glasig und träge dahin wie zuvor, ohne irgendein Anzeichen, dass er erst vor wenigen Augenblicken einen Mann, ein Schwein, einen Hund, eine Schildkröte, einen Papageien und einen Kampfpanzer in den Tod gerissen hatte. Arnold schaute und wartete. Er war sich nicht sicher, ob er auf Crispys Auftauchen hoffte oder nicht, aber je mehr Minuten verstrichen, desto klarer wurde es, dass die Frage irrelevant war, und als er den leblosen Körper von Pepe, dem Papageien, mit ausgespreizten Flügeln auf den Wellen wippen sah, rappelte er sich hoch und hinkte auf Boca Buitre zu.

Er hatte damit gerechnet, die Stadt ausgestorben vorzufinden, wie all die kleinen Wüstenstädte, durch die sein Weg ihn in Mexiko geführt hatte, aber zu seiner Überraschung waren die Bewohner von Boca Buitre noch da – mähten verdorrte Rasenflächen, sahen nach ihrer Post, lagen in ölfleckigen Zufahrten und reparierten alte Autos. Der triefnasse Arnold mit seinem Hinkebein erntete mehr als nur ein paar verstohlene Blicke auf seinem Weg ins Stadtzentrum, wenn man es denn so nennen wollte: eine Straßenkreuzung mit einem Gemischtwarenladen an einer Ecke.

In dem Laden nahm sich Arnold eine Tüte Chips, Kekse, zwei Dosen Rindsgulasch und mehrere Flaschen Wasser und ging damit zum Tresen. Ein Junge von etwa zwölf Jahren bediente die Kasse, leicht dicklich, mit Sommersprossen im Gesicht.

»Ich habe kein Geld bei mir«, sagte Arnold.

»Dann können Sie die Sachen nicht mitnehmen«, sagte der Junge.

»Ich komme direkt von der Front.«

Der Junge betrachtete ihn schweigend, dann drehte er sich auf seinem Hocker um und rief durch eine Türöffnung. »Carlene!«

Eine birnenförmige Frau in einem Sonnenblumen-T-Shirt kam aus dem Lager. Sie strich sich eine Haarsträhne aus der Stirn und lächelte Arnold an. »Was gibt's denn, Ty?«

»Der Mann da will sein Essen nicht bezahlen.«

»Ich versuche keine Tricks«, sagte Arnold. »Ich habe Ihrem Sohn ge...«

»Oh, Ty ist nicht mein Sohn«, sagte die Frau, immer noch lächelnd. »Er ist mein Neffe, wenn mich nicht alles täuscht. Zumindest könnte ich wetten, dass ich eine Schwester hatte und dass Ty ihr kleiner Junge war. Aber wer weiß so etwas schon mit Sicherheit?« Sie lachte fröhlich und rubbelte Ty dabei mit der flachen Hand energisch den Rücken. »Irgendwie haben wir alle so vieles vergessen.«

»Gut, ich habe also Ihrem Neffen gesagt, dass ich gerade aus der Kampfzone in Mexiko komme und deshalb kein Geld bei mir habe.«

»In einen Kampf sind Sie geraten? Stimmt, Sie sehen ziemlich zerzaust aus.«

»Der Krieg, Miss«, sagte Arnold. »Ich war acht Jahre lang bei den PoMo-Marines in Mexiko.«

»Ach Gott, und Sie delirieren ja auch. Haben Sie einen Schlag auf den Kopf abgekriegt?« Die Frau kam hinter dem Tresen hervor, nach wie vor lächelnd, und legte Arnold die Hand auf den Arm. »Sie sollten ein Momentchen hoch gehen und sich auf unser Sofa legen. Ty, bring ihn doch rauf in die Wohnung.«

Arnold wollte protestieren – er musste zusehen, dass er möglichst schnell nach Hause kam –, aber die Aussicht, auf etwas Weicherem zu schlafen als festgetretenem Lehm, war zu verlockend, um nein zu sagen.

Ty rutschte von seinem Hocker. »Kommen Sie«, sagte er und verschwand auch schon durch die Tür. Arnold folgte ihm eine schmale Stiege hinauf zu einer Mansarde, die vollgestellt war mit unzähligen Kartons mit Etiketten wie UNSICHTBARER BODYLINE-SHAPER und PEE-B-GONE URINTEUFEL. Die Kartons waren drei- und vierreihig vom Boden bis unter die Decke gestapelt, so dass nur ein enger Durchgang frei blieb.

»Carlene redet immer davon, dass sie die Dinger loswerden will«, erklärte Ty. »Aber dann macht sie doch nichts. Sie hat Angst, dass sie mal irgendwas zurückschicken muss und dann keine Kiste zum Reintun hat. Da ist das Wohnzimmer.«

Mit den vielen Kartons überall musste Arnold sich an Ty vorbeizwängen, um zum Sofa zu kommen. Er zog seine Stiefel aus und legte sich hin.

»Danke, Ty«, sagte er, schon mit geschlossenen Augen. »Sag Carlene noch mal vielen Dank von mir. Ich schlafe einfach ein paar Stunden, und dann pack ich's wieder.«

»Ihr ist es egal, wie lange Sie bleiben. Sie ist plemplem, genau wie alle anderen auch«, sagte Ty. Er tat so, als würde er den Aufkleber an einer der Kisten studieren, dann fragte er: »Sie waren bei den Marines?«

Arnold schlug die Augen auf und sah ihn an. »Erinnerst du dich an den Krieg?«

»Ich erinnere mich an alles«, sagte Ty. »Als die Männer hier ankamen, hab ich die Tabletten unter meine Zunge gelegt. Und als sie weg waren, hab ich sie ausgespuckt.« Er schnaubte – ein so simpler Trick! –, dabei war er eindeutig stolz auf seine Findigkeit.

»Erinnert sich sonst noch irgendwer?«

»Hier nicht«, sagte Ty. »Niemand, den ich kenne.«

Arnold wog kurz ab. »Ty, ich schlafe jetzt ein bisschen, und dann müssen wir zwei uns unterhalten«, sagte er. »Über etwas Schlimmes. Etwas sehr Unheimliches. Meinst du, du schaffst das?«

Ty zog eine Grimasse. »Klar«, sagte er. »Ich hab keine Angst.«

»Gut«, sagte Arnold. Er streckte dem Jungen die Hand entgegen. »Ich heiße übrigens Arnold.«

Ty schüttelte die Hand, einmal, dann ließ er sie fallen. »Ganz schön abartiger Name«, sagte er.

Arnold ließ sich seine Belustigung nicht anmerken. »Immer noch besser als Ty«, sagte er. »Und jetzt lass mich schlafen.«

Als Arnold wach wurde, schien immer noch die Sonne ins Zimmer. Einen Moment lang war er verwirrt – er musste doch mehr als eine Stunde geschlafen haben –, bis er begriff, dass schon wieder Morgen war.

Im Fernsehen fragte ein Mann: »Was wäre, wenn bildschöne Designer-Fingernägel nur noch ein Klacks wären? So einfach, wie seinen Namen zu schreiben?«

Darauf wusste Arnold keine Antwort. Zum Glück hatte der Mann im Fernsehen eine parat.

»Tja, sind sie jetzt schon!«, sagte er. »Mit dem neuen Nail-Dazzle-Duo-Stift!«

Carlene zwängte ihren rundlichen Leib zwischen den Kartons links und rechts von der Türöffnung durch. »Sie sind wach«, sagte sie. »Eine Weile dachten wir schon, Sie wachen überhaupt nicht mehr auf.«

Arnold spürte einen Druck um den Oberschenkel, in dem der Granatsplitter saß. Er schaute hin und sah, dass die Stelle mit Mull und weißem Heftpflaster verbunden war.

»Oh, 'tschuldigung«, sagte Carlene. »Sie haben aufs Sofa geblutet. Sie müssen sich echt ganz schön gekloppt haben! Ich meine, die *Hose* konnte ich Ihnen ja schlecht ausziehen« – sie kicherte und hielt sich die Hand vor den Mund –, »also hab ich's einfach so verbunden, so gut es ging.«

»Ist schon in Ordnung«, sagte Arnold. Er setzte sich auf und rieb sich die Augen. »Danke.«

Carlene wechselte eilig das Thema.

»Ich habe ein schönes Omelett in der Pfanne brutzeln«, sagte sie. »Nur ein paar Minuten, dann ist es so weit. Die Fernbedienung liegt auf der Kiste da, wenn Sie fernsehen möchten.«

Sie verschwand wieder in die Küche. Arnold knipste sich durch die Programme, um irgendwo Nachrichten zu finden, aber überall lief nur Teleshopping.

Ein sogenannter Küchenchef Henry erzählte ihm etwas über ein Messer, das so scharf war, dass man damit eine Ananas in der Luft zerteilen konnte.

Eine Frau wollte wissen, ob er es nicht langsam leid sei, sich in seiner eigenen Haut unwohl zu fühlen, und forderte ihn auf, endlich ernst zu machen mit dem Waschbrettbauch.

Der menschliche Darm, teilte ihm eine andere Frau mit, war mit durchschnittlich zwei bis vier Kilo an toxischen Rückständen belastet – aber jetzt gab es eine Methode, die Gedärme blankzuputzen.

»Frühstück ist fertig!«, rief Carlene aus der Küche.

Sie hatte für ihn mitgedeckt. Ty saß bereits zwischen Kistentürmen und schaufelte schweigend Eier und Salsa-Soße in sich hinein. Carlene stand am Gasherd und hantierte fahrig mit Pfannen und Gewürzen herum.

»Schmeckt's?«, fragte sie, als er fast aufgegessen hatte.

»Sehr«, sagte Arnold.

»Früher hat mich die Salsa-Soße immer mindestens eine Stunde gekostet«, sagte sie. »Aber jetzt hab ich diesen Magic Bullet Häcksler-Würfler-Sonstwie, mit dem brauch ich nur noch fünf Minuten. Das ist echt toll.«

»Klingt nach einem absoluten Lebensretter«, sagte er.

Carlene band sich die Schürze ab. »Ich muss runter, den Laden aufschließen. Ich hab Ty gesagt, er soll Sie zum Arzt begleiten, wenn Sie so weit sind.«

»Super«, sagte Arnold, der gar nicht daran dachte, zum Arzt zu gehen. »Vielen, vielen Dank, Carlene.«

»Dann seid mal schön brav, Jungs.« Sie zwinkerte ihnen zu und ging die Treppe hinunter.

»Also, Ty.« Arnold wischte sich den Mund ab und schob seinen Teller weg. »Diese Sache, die ich mit dir besprechen wollte.«

»Mhm.«

»Ich habe keine Zeit, drumherum zu reden. Meinst du, du verkraftest das?«

»Ich bin kein Kind mehr«, sagte Ty. »Ich weiß schon, was ich tue, im Prinzip.«

Arnold sah dem Jungen forschend ins Gesicht. »Na gut«,

sagte er. »Also. Wir müssen von hier fliehen. Heute noch. Sonst werden wir alle umgebracht.«

»Der Krieg«, sagte Ty.

»Ja, der Krieg. Wir haben verloren. Sie kommen, um uns zu töten. Ganz simpel.«

»Carlene wird nicht mitkommen.«

»Warum nicht?«

»Keiner von den anderen«, sagte Ty. »Sie hören gar nicht erst zu. Ich hab Ihnen doch gesagt, dass sie plemplem sind. Sie erinnern sich an nichts. Sie werden sagen, die mit dem Sprung in der Schüssel sind wir.«

»Aber an irgendwas muss sich Carlene doch erinnern, Ty. Immerhin weiß sie, dass sie deine Tante ist.«

»Sie ist nicht meine Tante«, sagte Ty. »Sie ist meine Mutter.«

Arnold, der nach acht Jahren an der Front geglaubt hatte, ihn könne nichts mehr erschüttern, schwieg erst einmal.

»Was ist mit deinem Vater?«, fragte er dann.

»Tot. Er war bei den Marines. Er ist nach Guam geschickt worden, keine Ahnung, wo das ist, und nie zurückgekommen«, sagte Ty.

»Sie hat keinerlei Erinnerung mehr an ihn?«

Ty zog mit der Gabel Rinnen durch die restliche Salsa-Soße. »Manchmal wird sie ohne Grund traurig. Dann sitzt sie im Schlafzimmer und schaut aus dem Fenster und weint dabei. Aber nicht richtig. Sie lächelt wie immer, aber sie hat Tränen im Gesicht. Und wenn ich sie frage, was los ist, dann sagt sie, sie weiß auch nicht, ich soll mir nichts denken, es ist nur ein kleiner Durchhänger. Keine Ahnung.«

»Ty«, sagte Arnold, »wir müssen deine Mutter dazu bringen, mit uns mitzukommen.«

»Sie können es versuchen, aber es wird nichts nützen.«

»Ich glaube, es geht dir näher, als du zugibst«, sagte Arnold. »Und wenn nicht, dann sollte es.«

Ty sah ihn nur an. »Sie hat lieber meinen Vater vergessen, als sich an mich zu erinnern«, sagte er. »Ach, was weiß ich.«

Wo der Junge recht hatte, hatte er recht. »In Ordnung«, sagte Arnold. »Ich rede mit Carlene. Aber du müsstest bitte trotzdem was für mich tun. Habt ihr ein Auto?«

»Den Pickup draußen – haben Sie den nicht gesehen?«

»Ein Pickup, okay, das ist gut. Ich möchte gern, dass du runtergehst und Carlene bittest, zu mir hochzukommen. Sag ihr, du passt auf den Laden auf.«

»Mach ich.«

»Fahr den Pickup zu den Zapfsäulen vor – du kannst doch Auto fahren, oder? – und tank ihn voll. Dann pack Essen und Wasser aus dem Laden ein.«

»Ich kann fahren.«

»Sehr gut«, sagte Arnold. »Dann lauf jetzt. Wir kommen gleich nach.«

Ty lief nach unten. Während er wartete, glaubte Arnold das dünne Heulen eines Jets in großer Höhe zu hören. Er stieß das Küchenfenster auf, lehnte sich hinaus und schaute zum Himmel hoch, aber er sah nirgends einen Kondensstreifen.

Wenn er es nicht besser gewusst hätte, hätte er es für Einbildung gehalten.

Carlene kam in die Küche, ihr liebes, nichtssagendes Lächeln im Gesicht. »Ty sagt, Sie möchten mich sprechen?«

»Ja«, sagte Arnold. »Setzen wir uns doch kurz. Ich würde Ihnen gern ein paar Fragen stellen, wenn Sie nichts dagegen haben.«

Sie nahmen einander gegenüber am Küchentisch Platz.

»Erinnern Sie sich an Ihren Mann, Carlene?«, fragte Arnold.

Ihr Lächeln wurde noch breiter. »Ich war nie verheiratet.«

»O doch, Sie waren. Ihr Mann ist im Krieg gefallen.«

»Sie Ärmster«, sagte sie. »Sie sind wirklich schlecht dran. Wir müssen schauen, dass wir Sie zum Arzt schaffen.«

»Carlene«, sagte Arnold, »ich glaube, ein Teil von Ihnen weiß ganz genau, dass es stimmt, was ich sage.«

Carlene stand vom Tisch auf. Immer noch lächelnd sagte sie: »Ich geh mal rüber ins Wohnzimmer und guck ein bisschen fern.«

Arnold folgte ihr mit einigen Schritten Abstand – wartete, während sie sich zwischen den Kartons durchzwängte, sich aufs Sofa legte und die Fernbedienung auf den Fernseher richtete. Über eine Frauenstimme hinweg, die die Vorzüge des RoboMähers erläuterte, hörte Arnold wieder das Heulen eines Jets, lauter und unverkennbar diesmal.

»Schauen Sie mich an, Carlene«, sagte er. »Sie wissen, dass Sie einen Mann hatten. Sie wissen, dass Ty Ihr Sohn ist.«

Obwohl das Lächeln unverändert blieb, begann es in Carlenes Augen zu schimmern. »So einen könnte ich echt auch brauchen«, sagte sie und zeigte zum Bildschirm hin. »Diese Gräser hinterm Haus werden höher und höher, und ich komme nie dazu, sie zu schneiden.«

»Carlene, bitte hören Sie mir zu«, sagte Arnold. »Da rücken Männer an, die uns umbringen wollen. Wir müssen hier weg.«

»Nein, ich glaube, ich bleibe lieber hier«, sagte Carlene. »Ihr Jungs zieht ruhig los und amüsiert euch.«

Arnold beugte sich vor und fasste sie beim Handgelenk. »Wir haben keine Zeit zum Herumargumentieren.«

Carlene setzte sich auf, und einen Augenblick lang dachte Arnold, sie würde einfach mitkommen, passiv und ohne Widerstand. Doch dann grub sie ihm die Zähne in die Handknöchel, so fest, dass Blut kam. Er zuckte zurück, und sie legte sich wieder hin, ihr Lächeln jetzt mit einem Streifen Rot darin.

Das Donnern ferner Explosionen ließ das Gebäude beben. Der Bildschirm wurde schwarz und schnitt einem Mann, der die vielfältigen Einsatzmöglichkeiten für Desodo-Geruchskiller pries, das Wort ab.

»Ach, ein Gewitter«, sagte Carlene. »Wir haben ewig lang kein Gewitter mehr gehabt. Hier regnet es fast nie, aber wenn, ist es immer so schön.«

Die Hand an die Brust gedrückt, sah Arnold zu, wie Carlene sich ganz langsam auf der Seite zusammenrollte und die Fäuste unter ihr blutiges Kinn klemmte. Sie lächelte immer noch, den Blick auf den stummen, leeren Bildschirm gerichtet, und Arnold spürte eine jähe, durchdringende Trauer – nicht um sie, sondern um Ty, und nicht, weil Ty bald seine Mutter verlieren würde, sondern weil er sie schon längst verloren hatte.

Eine neuerliche Folge von Detonationen ließ den Boden unter seinen Füßen erzittern, und er wandte sich von Carlene ab und rannte durch die Küche und die Treppe hinunter. Der Pickup wartete mit laufendem Motor neben den Zapfsäulen. Ty saß auf dem Beifahrersitz und betrachtete durch die Windschutzscheibe gelassen die schwarzen Rauchzungen, die ein Dutzend Brände überall in der Stadt in die Höhe sandten.

Arnold setzte sich hinters Lenkrad.

»Wie ich's gesagt hab«, sagte Ty, ohne den Blick vom Himmel zu wenden.

»Ich weiß«, sagte Arnold. Er legte den Gang ein und fuhr los, nicht nach Norden, sondern nach Westen, mitten durch die Bomben und das Feuer und die Menschen in den Straßen, die nicht zu begreifen schienen, dass soeben ihre Welt unterging, und auch als Buca Buitre am Horizont versunken war und Ty zu weinen begann wie ein alter Mann, leise, regungslos, blieben dies die letzten Worte.

Danksagung

Normalerweise scheinen mir Worte ein mehr als probates Mittel zur Bewältigung anstehender Aufgaben. Um den Menschen zu danken, die zur Entstehung dieses Buches beigetragen haben, greifen sie jedoch in kläglicher Weise zu kurz. Aber da meine Kochkünste auch nicht mehr auf der Höhe sind und ich nicht ungestraft ärztliche Gratisdienste anbieten kann, müssen sie eben doch herhalten:

Ganz großen Dank an Simon Lipskar, den unangefochtenen Champion unter den Literaturagenten, der unter unermüdlichem Einsatz tagtäglich (oder doch mindestens zweimal pro Woche) das Kunststück vollbringt, mir das Gefühl zu geben, er würde nur mich betreuen. Und an Nikki Furrer, Dan Lazar und alle im Writers' House, dass sie es mit mir aus- und mir die Stange gehalten haben.

Besonderen Dank auch an meine Lektorin Molly Stern, die mich liebevoll bei der Hand genommen und zu einem besseren Buch geleitet hat, wo sie in Wirklichkeit wahrscheinlich am liebsten mit der Peitsche auf mich eingedroschen hätte, um mich endlich auf Trab zu bringen. Und Dank an Alessandra Lusardi, Laura Tisdel und all die anderen, die bei Viking im Hintergrund schalten und walten. Ihre Namen erscheinen nicht auf dem Umschlag, aber sie können mit Fug und Recht ihren Anteil an jedwedem Erfolg geltend machen, mit dem ich mich schmücken kann.

Dank an alle meine begabten und hilfsbereiten Mitstreiter aus dem Zoetrope-Workshop, wo ich meine ersten schriftstellerischen Gehversuche unternommen habe und wo ein Großteil dieses Buches das Licht der Welt erblickt hat.

Und schließlich ein riesiges Dankeschön an meine Familie und meine Freunde: Solange ich nichts zustande gebracht hatte, haben sie ihre Zweifel für sich behalten, und jetzt, wo ich ein bisschen was vorweisen kann, machen sie kein Aufhebens davon. Aber der allergrößte Dank gebührt meinen Eltern Ron und Barbara, die unglaublich lange unglaublich viel Geduld mit mir hatten und denen ich mehr schulde, als Tinte auf Papier je ausdrücken kann.